JN209489

櫛木理宇

RIU
KUSHIKI

逃亡犯とゆびきり

小学館

Contents

写真／葵

モデル／育実・小椋明

装丁／大原由衣

逃亡犯とゆびきり

第一話　一一七人の敵

死にたくないけど、死ぬ。

あたしは一一七人に殺された。

あいつらのせいで死ぬ。ばいばい。

I

その電話は非通知だった。おまけに相手は名のりもしなかった。

にもかかわらず相手が瞬時にわかったのは、呼び名のせいだ。

「世良（せら）か？」

女の声だった。三十代前半、つまり同年代に聞こえた。だがいまの友人知人の中に、未散（みちる）をこんなふうに呼ぶ女性はいない。みな「世良ちゃん」か「世良さん」、もしくは「未散さん」である。

――わたしを世良と呼び捨てにするのは、高校時代の友人だけだ。

「おまえ、古沢（ふるさわ）かよ？」

思わず未散は問いをぶつけた。

つい口調が十四年前に戻ってしまう。栃木の片田舎で女子高生だった頃の、ぞんざいで荒っぽい口調に。

「当たり」

同じく当時の語調で、古沢福子――約三年間で四人を殺した逃亡犯――は、愉快そうに笑った。

「盗んだスマホからかけてるから、番号調べても無駄だぞ」と。

2

ときは二週間前にさかのぼる。

未散はノートパソコンの前に座り、メーラーを立ちあげていた。

新着メールは二通。すこし迷って、ゲーム専門雑誌『プレ通メイト』からのメールを先にひらく。

文面に目を走らせ、ほっとした。

先日送ったエロゲ、いや18禁ゲームの提灯記事にOKが出たのである。

〝現役女子大生・甘草寧々〟名義で書いたやっつけ仕事だ。未散はほかにも〝姫木飴乃〟だの〝紗々宮みく〟だのと、若い女っぽい変てこなペンネームを山ほど使い分けている。

「世良ちゃんありがとね、今回も助かったよー。でも世良ちゃんって、ほんと器用で気が利くよねえ」

と、『プレ通メイト』の編集長はいたくご機嫌だった。

そのあとの「雑誌のカラーに合わせて、便所の落書きみたいなの書くもんね」という台詞はよけいだが、まあギャラは払ってくれそうだ。

「お気に召したならよかったですー。またいつでもお声がけください！」

と未散はお決まりのレスポンスを打った。

送信ボタンをクリックし、ため息をつく。

未散がライターとしてデビューしたのは、二十歳(はたち)の春だ。

その頃は〝女子大生〟の肩書さえあれば、いくらでも仕事はもらえた。ほとんどはエロかお笑いだったが、かまわなかった。体当たりの突撃レポートをこなしながら「いずれは硬派な記事をものにするんだ」と野心に燃えていた。

――それがまさか、三十二歳になってもこのざまとは。

そう苦くひとりごちる。

十二年前の時点で「出版不況だ」とはすでに言われていた。しかしここまでではなかった。出版界どころか社会全体が冷え込み、貧しくなったと肌で感じる。

テレビのＣＭが過払い金請求とソシャゲだらけになるなんて、あの頃誰が想像しただろう。巷(ちまた)には子ども食堂があふれ、大人は炊き出しに並ぶようになった。

未散自身、いつ収入が途絶えるかわからない。エロだろうが便所の落書きだろうが、贅沢(ぜいたく)は言えない。仕事があるだけマシだ。

――かじりついてでも、自分の筆一本で生きていかなきゃ。

指で眉間(みけん)を押さえる。

――栃木の実家には帰れない。親には、絶対に頼れやしないんだから。

「あーいかん。ネガティヴになってるわ」

切り替え切り替え、と自分に言い聞かせ、未散は目を閉じて深呼吸した。

ゆっくり三つ数えてから、まぶたを上げる。そして新着メールのもう一本、『週刊ニチエイ』からの報（しら）せをひらく。

六大週刊誌の一誌だけあって、こちらの文面はまともだった。

「世良さま、お世話になっております。

以前ご相談した企画が正式に通りましたので、お報せいたします。世良さまの担当記事は『高窪（たかくぼ）女子中学生墜落死事件』と決まりました。前後編で、18字×22行、四段組を三ページの予定です。念のため、該当事件の新聞記事のPDFを添付しました。ご確認をお願いします。締め切りは……」

――高窪女子中学生墜落死事件。

未散は背すじを伸ばした。

――またの名を、JC一一七事件。

先月の十七日、十五歳の少女がビルの屋上から落ちて死んだ。

千葉県高窪市の市立第二中学校に通う三年生だった。

ワイドショウは一週間以上、わんわんと騒いだ。ネットの匿名掲示板にも専用スレッドが乱立した。未散自身、PDFで確認するまでもなく気にかけていた事件である。

――『週刊ニチエイ』からお声がかかった上、こんな注目度の高い事件を任せてもらえるなんて。

「もしやわたし、人生の分かれ目にいるんじゃない……？」

つぶやいた瞬間、臍下（せいか）がざわついた。

エロでもお笑いでもない、ひさかたぶりの『世良未散』名義の仕事である。社会性の強い記事を書きたいと願っていたところに、未散本人もそそられる素材を託された。幸運どころか、運命だとすら感じた。

――いい記事、書かなきゃ。

この好機は逃せない。絶対にものにしないと、と己に言い聞かす。

メーラーを最小化し、未散はダウンロードしたPDFファイルをひらいた。


その事件は、夏休みの余韻冷めやらぬ九月十七日の午後に起こった。

死亡したのは高窪市在住の少女、清水萌佳。

十七日は日曜日だった。萌佳が落ちた瞬間、一帯には通行人の少女たちの悲鳴が響きわたった。

リズリサやサマンサモスモスなど、中高生に人気のテナントが揃ったファッションビルからの墜落であった。

死の原因は、真っ先に〝いじめ〟が疑われた。

実際、萌佳はクラスでも部活でも無視されていた。おもに女子の間で広まったいじめで、六月なかばからはじまっていたという。

しかし学校側は「自殺するほどひどいいじめではなかった」と発表した。

この発言は、マスコミからさんざんに叩かれた。匿名掲示板でもSNSでも、大いに物議をかもした。

確かに、暴力や金銭要求などはなかったようだ。だからといって「自殺するほどじゃない」など と他人が言うのはおかしい。子どもを守るべき教育者の台詞とは思えない、と批判された。

事件が注目された理由は、ほかにもあった。

まずは萌佳が美少女だったこと。次に、その死がいくつかの奇妙な謎をはらんでいたことだ。

そのうちひとつが、萌佳に先んじての投身自殺である。

同じく高窪二中の若い男性教諭が、三箇月前、マンションの屋上から飛び降りていたのだ。遺書はなかった。

田舎の平和な中学校にあるまじき連続自殺であった。

警察は、萌佳と男性教諭の関係を洗った。しかし二人にさしたる接点は見つけられなかった。「男性教諭の自殺に、清水萌佳が心理的に影響された可能性はある」。それだけに終わった。

一箇月後、萌佳の死は自殺と断定された。

例の〝いくつかの謎〟の残りは解明されぬままに、だ。ワイドショウや週刊誌からも、事件の続報は絶えた。

冷静に考えれば新たな事件やゴシップにかき消されたせいである。だが事件に注目していた人々の目には「性急」と映った。「不自然な急ぎぶりだ、どうもきな臭い」と邪推された。

かくして彼女の墜落死は、いまだ定期的にＳＮＳでトレンド入りする。インターネットを中心に、陰謀論者や好事家たちに考察されつづけている。「殺人だ」「いや謀殺だ」「馬鹿らしい。ただの自殺に決まってる」等々。

――つくづく、無名のライターが注目されるには絶好の題材だ。

あらためて未散は意気込んだ。

またとないチャンスだ。いい記事を書きたい。できればこれを足がかりに認められ、すこしでも名を上げたい。

だが、そう気負うそばから邪心がむくりと頭をもたげる。

――馬鹿だな。

――わざわざそんな賭けに出なくても、もっといいネタがあるじゃん？

心の仄（ほの）暗い部分がささやきかけてくる。

——あのネタを編集部に持ち込もうよ、絶対受けるに決まってる。

——ひょっとしたら、ルポ本の一冊も書かせてもらえるかもしれない。好機を逃していいの？

自分の名を冠した本が出せるんだよ？

邪心のささやきは、執拗で残酷だ。そのうえ未散本人が忘れた頃、コンスタントに息を吹きかえすときている。

——逃亡中の指名手配犯、しかも連続殺人犯とリアルで友達だったなんてさ。超が付く特ダネ。ううん、超々特ダネじゃん。

——どの編集部だってほしがるネタだよ。さっさと売りこんじゃえ。

——もし本が売れたら、さすがの母親も、掌かえしてあんたを見なおすかもよ？

未散はかぶりを振った。

邪心が消えるまで振りつづけた。ノートパソコンを閉じ、窓の外を見る。

十月の夜はとっぷりと濃く、忌々しいほど穏やかだった。

3

翌日、未散はさっそく高窪市へ取材に向かった。カメラマンを連れ歩ける身分ではないから、当然一人である。

総武線の快速電車は、時間帯が半端なおかげで空いていた。

座席に着いてすぐスマートフォンを覗く。

ポータルサイトのトップ記事は『G&Gの営業益、一・二兆円超』『ガソリンまたも値上げ』『決勝進出がかかる伊戦、今夜七時放送』そして『注目の連続殺人犯、罪の行方は？』

最後の見出しに、目が吸い寄せられた。

思わず記事をタップする。

『〝瑞葉一家惨殺事件〟の初公判が昨日、東京地方裁判所でひらかれた。殺人などの罪に問われている最川軍司被告（47）は――』

なんだ、と未散は思った。

――なんだ、古沢のことじゃないのか。

車窓の外をちらりと見やる。

高窪駅に着くまで、時間はありそうだ。指をさらに動かす。検索ボックスに文字を打ち込む。

『連続殺人犯　女　シリアルキラー』と打って、タップした。

検索結果にあらわれた記事に、未散は目をすがめた。

一番目と二番目の記事は、くだらないアフィリエイトサイトだ。だが三番目は、精神医学者の言葉をふんだんに引用した記事だった。

見出しは『女性のシリアルキラーは、ほんとうにすくないのか？』

未散は記事をひらいた。

くだんの精神医学者いわく、

『男性の殺人者はおしなべて能動的である。みずから路上に出て、見知らぬ人間を無差別に、かつ派手に殺す。それに対し女性は〝迎えてひっそり殺す〟パターンが多い。近づく者を、自分のテリトリーに引きこんでから殺すのだ。ゆえに女性のシリアルキラーは、男性のそれに比べて人目に付きづらい。

たとえば〝斧(おの)を持つ夫人〟ことベル・ガネス。彼女はインディアナで、すくなくとも十四人を殺害した。その大半は文通によって、ガネスが自宅の農場へ呼び寄せた男たちであった。

次に、コネチカットで療養所を営んでいたエイミー・A・ギリガン。彼女は看護した老爺(ろうや)のうち五人と結婚し、五人全員を殺した。かつ九人の老女に遺言書を書かせ、その直後に毒殺した。

ほかにはノースカロライナのナニー・ドスがいる。彼女は甘く煮たプルーンなどに殺鼠剤(さっそざい)を混ぜ、五人の夫を含む計八人を毒殺した。ドスは陽気で愛想のよい夫人で、近隣住民に好かれていた。だがその仮面の下に、真っ黒な殺意を隠していた』——。

そこまで読んだところで、高窪駅に着いた。

未散は記事をブックマークして電車を降りた。


高窪市立第二中学校は、駅から徒歩十五分の市街地に建っていた。

航空写真で見たならコの字形だろう校舎は、目にやさしいクリームいろに塗られている。広い校庭を、五台のLED投光器がぐるりと取りかこむ。バックネットの真新しいグリーンがあざやかだ。

見た目から、学校の荒廃や陰りはうかがえないな、と未散は思った。設備は整っているし、破損や落書きもない。きれいなものだ。

一応学校へ取材を申し込んでみたが、無駄だった。慇懃(いんぎん)な断り文句が返ってきただけに終わった。

未散はやや遠くから校舎をスマートフォンで撮り、その場を離れた。


つづいて向かった先は、清水家だった。自殺した萌佳の生家だ。

場所は新浦安にアクセスのいい高級住宅地。一軒家で、白黒のレゴブロックを積んだような外観のデザイナーズハウスである。

出迎えてくれたのは、萌佳の母親だった。

――わ、すごい、母娘そっくりじゃん。

未散は思わず感心した。

母親は実年齢よりはるかに若く見えた。タイトなニットワンピースに、手入れの行き届いたセミロングの髪。しかし顔は土気いろだった。両目の下が隈でどす黒い。

未散はリヴィングに案内された。

萌佳の母は茶の一杯も出さなかった。代わりにソファへ座るやいなや、一気呵成にしゃべりだした。

「取材の申し込みがあれば、全部受けているんです。よっぽどあやしい雑誌や、野次馬じゃない限り全部ね。ええ、みなさんに聞いてもらってます。あなたも是非聞いていってくださいな。だってわかってほしいんですもの。うちの子は自殺なんかしない。うちの萌佳は強い子です。自殺なんか絶対にするはずがない、ってね！」

奔流さながらの語調だ。

だがつづいた言葉の大半は、夫に対する愚痴だった。

彼が「取材なんか受けるな」「恥をさらすな」「世間さまに顔向けできない」と怒鳴るばかりなこと。最近はちっとも家に帰ってこないこと。もっと話し合いたいのに、逃げまわること。一昨日電話したらビジネスホテルにおり、背後に女の声が聞こえたこと、等々――。

未散はそのすべてに相槌を打った。神妙な顔でいちいちうなずき、

「大変ですね」

「ひどいわ」

と合いの手を入れた。入れながらも思った。

「よくあることだ」と。

子どもが事件やトラブルに巻きこまれた両親は、往々にして不仲となる。たいてい男親のほうが現実を直視できず、仕事に逃げるか若い女に走る。

加害者家族にいたっては、もっと激しい崩壊を見せる。

たとえば、有名な連続女児殺人犯の父親は自殺した。そのきょうだいはこぞって職を辞し、妻子を守るために離婚した。某無差別殺傷事件の犯人の弟も自殺した。極端なケースとしては、女子高生誘拐殺人犯の父親が、夫婦喧嘩(げんか)の末に妻を踏み殺している。

――富裕な清水家は、これまで順風満帆な暮らしだっただろう。

資料によれば、萌佳は母親が二十五歳のとき産んだ子である。一人娘だ。

父親は大手製薬会社の課長。母親は専業主婦。その間にできた萌佳は、マスコミも驚嘆する美少女だった。

とくにダンス部で鍛えたスタイルは抜群で、とうてい中学生に見えなかった。母娘で並ぶとしばしば姉妹に間違えられた。高収入の父親も加えれば、モデルルームのサンプルにもできそうな理想的な家庭であった。

――だがその家庭は、いまや瓦解(がかい)寸前だ。

娘は無残な死を遂げ、父親は現実逃避の浮気。

母親は土気いろの顔で、見知らぬ女相手につばを飛ばして叫ぶ。「あの子は殺されたんです。絶対に殺人です！」――と。

「ええ殺人です。絶対に殺人ですよ。その証拠に、あの子のスマホが見つかってないじゃないですか。うちにはなかった。学校からも、あのビルからも見つからなかったんです。あの萌佳が、スマホなしで出歩くなんてあり得ませんよ。そんな不用心な子じゃなかった。賢い子でした。絶対に犯人が、殺してスマホを奪ったに決まってます！」

そう、清水萌佳の死にまつわる謎のひとつがこれだ。

死に際して、萌佳はスマートフォンを持っていなかった。

バッグやポケットからは見つからず、屋上をくまなく捜索してもやはり発見されなかった。電源を切ったのか、GPSでの追跡も不可能だった。

つづく謎は、遺書についてだ。

屋上に遺書はなかった。自宅にも見当たらなかった。だからして警察は当初「突発的な自殺だろう」と考えた。

しかし、その筋読みははずれた。

萌佳の死から七日後、清水家に郵便で遺書が届いたのである。

封書だった。切手が貼ってあり、宛先は沖縄だった。そしてリターンアドレスには清水家の住所が記してあった。

どうやら萌佳本人が、生前にでたらめな宛先を書いて投函したらしい。宛先人不明で、七日かけて戻ってきたのだ。

不思議な小細工である。だが遺書の文面はさらに不可解だった。

死にたくないけど、死ぬ。

あたしは一一七人に殺された。

あいつらのせいで死ぬ。ばいばい。


——事件最大の謎が、この〝一一七人〟だ。

高窪墜落死事件が『JC一一七事件』とも呼ばれるのはそのせいである。ちなみにJCとは、女子中学生を意味する隠語であった。

「ですからね、殺人なんですよ。うちの萌佳は殺されたんです。わかるでしょう。あんな遺書なんて嘘。嘘っぱちの偽物です……」

萌佳の母親の訴えはやまない。

未散も相槌を打ちつづけた。打ちながら思った。

あんな迂遠なやりかたをしてまで、萌佳はあの封書を両親に遺した。一一七人とやらに対し、かなりの恨みがあったに決まっている。

——ならばなぜ、萌佳は相手を名指しにしなかった？

あの中途半端な人数は、いったいなにを意味するのか。

萌佳は学校で女子たちに無視されていた。しかしクラスメイト、教師、ダンス部の部員など、萌佳をめぐる人間をどう足し引きしても〝一一七人〟にはならない。

推論はいくつもネットに流れた。だが、どれもこじつけの域を出なかった。

いまだ宙ぶらりんな、欠けたピースだらけのパズルであった。

——これらの謎を、わたしは解きたい。

「だからね、萌佳のスマホさえ見つかれば、全部わかるんですよ。きっとあそこに証拠がたっぷり入ってるはずです。犯人だってすぐ捕まります。ねえあなた、わたしの言う意味、わかってくださるでしょう？」

母親はいまや涙声だった。

はじめて顔を合わせたときより、倍も老けて見えた。よれたファンデーションが目じりの皺に溜まっている。

未散は精いっぱい気持ちをこめて「はい」と首肯した。

4

次に未散が会ったのは、清水萌佳の同級生だった。

果敢にも『週刊ニチエイ』の公式アカウント宛てに、ダイレクトメッセージを送ってきた少女である。その文面はこうだ。

「清水さんの自殺は、絶対にいじめのせいじゃありません」

「わたしの話を聞いてくれたらわかります。だからうちのクラスを、これ以上悪く書かないでください。お願いします」

指定された待ち合わせ場所は、少女の親戚が経営する喫茶店だった。扉には『準備中』の札が下がっており、当然ながらほかに客はいない。

「そもそも、いじめなんかなかったんですよ！」

気の強そうな瞳の少女は、きっぱりとそう断言した。

「記者さん、歳はおいくつですか？」

「んー。あなたの倍くらいかな」

未散は慎重に答えた。しかし少女は意に介さず、

「じゃ十五年くらい前は中学生だったんですよね。だったらわかるでしょ？　先生や親が言う『みんな仲良く』なんて、現実には無理だってこと」

甘そうなカフェラテをぐいと呷る。

「合う合わないは、どうしたってありますもん。合わない相手と無理やり付き合って喧嘩するより、避けたほうが平和でしょう。わたしたちは清水さんをいじめてたんじゃない。あくまで避けてただけです」

「えーと……ちなみに清水萌佳さんとは、どんなところが合わなかったの？」

未散はおそるおそる問うた。

すぐさま少女が答えた。

「清水さんって、すっごいずけずけ言う人でした」

とくに他人の容姿に対して辛辣だったのだ——と唇を曲げる。

「『あの子、目の大きさ左右で違わない？』とか『にきび跡エグいよね』とか平気で言うんです。気分悪かったですよ。あんな言いかたされたら、『あ、この人、わたしのことも絶対よそで言ってるな』ってわかるじゃないですか。確かに清水さんは美人だったけど、だからって人のことを悪く言うのはナシでしょ。やさしい子が『そういうのやめなよ』って遠まわしに注意しても、きょとんとするだけで通じないしさ。見た目より、全っ然ヤバい人でした」

「ええと、それは……毒舌な有名人を真似してたとか？」

未散の問いに、少女はかぶりを振った。

「違います。そういうんじゃなくて、言っていいことと悪いことの区別が付かない感じ。野田先生が死んだときだって、変なこと言ってましたもん」

「野田先生……」

未散は繰りかえしてから、

「ああ、六月に自殺した先生ね」

とうなずいた。

「はい。あの事件、みんなショックだったんですよ。野田先生は去年の十月から休職してたけど、やさしくてみんなに好かれてたんです。ていうか人気のあるなし関係なく、知ってる人が死んじゃったら、普通はどよーんとするもんでしょ？　なのに清水さんってば『地味な先生だったのに、みんなけっこう騒ぐんだね。野田先生、最後の最後に注目されたね』なんて……。ドン引きでした」

「それは……確かに、リアクションに困るね」

未散はうなずき、

「だからみんな、清水さんを避けるようになったの？　というか、かかわりたくなかった感じ？」

「そうです。可愛くて勉強もできたから、二年生まではスルーされてきたんでしょう。けどあんなの聞かされたら、さすがにね……。かといって、ああいう人と正面からぶつかっても損しかないですもん。だからみんな彼女を避けた、それだけです。なのにニュースじゃ〝いじめだ〟なんて騒いでさ」

めっちゃ迷惑してるんです、と少女は吐き捨てた。

「いじめっていうのは、B組の小山さんがされたようなことを言うんですよ」

「小山さん？」

未散は問いかえした。

「はい。一昨年、女子の派手グループにいじめられて、不登校になった子です」

少女が言うには、小山へのいじめは言葉の暴力だけでなかった。身体的暴力および、悪質な性的暴力にまで発展したらしい。

たとえば無理やり裸の画像を撮る、人前で性的な行為をさせる、売春を強いるなどだ。発覚後は当然、大騒ぎになった。

自殺した野田教諭は、小山某の部活の顧問でもあった。休職に関しては「いじめ事件の責任を取らされ、鬱になった」との噂が根強かったという。

「わたしたちは清水さんに、そんなこと絶っ対にしてません。ていうかわたし、清水さんは殺されたんだと思ってます」

前のめりに少女は言いきった。

「だってスマホが見つかってないんでしょ？　清水さんが持ってなかったとか、あり得ない。あの人、スマホ中毒でしたもん。休み時間だけじゃなく授業中まで、机の下でひっきりなしにいじってました。飛び降り現場になかったんなら、誰かが持ち去ったに決まってます」

「スマホ中毒ね。つまり彼女は、SNSにどっぷりだった？」

「そこまでは知りません。わたし、清水さんのことフォローしてなかったし」

にべもなく少女が答える。

ちなみにLINE以外の発信型SNSにおいて、萌佳のアカウントは三つ見つかった。TikTok、Instagram、旧Twitterだ。ただし三つとも、夏休み前からぴたりと更新が止まっていた。

「それよりマチアプとかのほうじゃないですか？　ニュースとかでもよく見ますもん。アプリで会った男に、小中学生が乱暴されてどうのこうのーって。きっとそういうアレで、犯人がスマホを盗んだのは証拠隠滅のためですよ」

少女は得々と言った。

そして声高らかに、

「だからいじめがあったみたいに報道するの、もうやめてほしいんです！」

と締めくくった。


喫茶店を出た未散はふたたび電車に乗り、東京へ戻った。

三番目の取材相手は、清水萌佳の叔母だった。父親の実妹である。

萌佳とは生前親しくしており、第二の母のように慕われていたという。

この叔母はテレビや雑誌の取材に、「萌佳は自殺で間違いないでしょう」ときっぱり断言していた。「いつか、こんなことになると思っていました」とも。

未散はその断定口調が気になった。

駄目もとで取材を申し込んだところ、叔母は「顔写真なしなら」との条件で受けてくれた。

指定された場所は、江東区に建つ自宅であった。

「……あの子の自殺には、わたしも責任を感じています」

萌佳の母と同い年だという叔母は、挨拶もそこそこに話しだした。

「問題があるのはわかっていました。でもどうしていいかわからず、手をこまねいていた……。わたしも兄もです。萌佳は、まわりの大人が殺したようなものです」

やはり、姪は自殺だと彼女は信じているらしい。萌佳の母とは、意見ばかりか態度も口調も正反対だ。落ちついており、瞳が据わっていた。

未散は居ずまいを正し、訊いた。

「問題があるのはわかっていた……ですか。具体的にどういうことなのか、お聞かせ願えますか?」

「なんというか、しつけの問題です」

ためらいがちに叔母は答えた。

「あれでは萌佳のためにならない、ろくな大人にならない、と思っていました。でも衝突するのがいやで、強く言えなかった。言うべきだったと後悔しています」

「それは萌佳さんのお父さまに対してですか? それとも、お母さまのしつけに対してですか」

「兄になら、直接言えます」

叔母の目じりがわずかに震えた。

つまり兄嫁――萌佳の母のほうに不満があったという意味だ。だが未散は合いの手を入れなかった。無言でつづきを待った。

しばしの沈黙ののち、

「……兄嫁は、子どもみたいな人なんです」

叔母は言った。

「兄夫婦が結婚したとき、兄嫁は二十三歳でした。女優さんみたいにきれいな人だ、と感心したのを覚えています。しばらくは親族として、あたりさわりのないお付き合いがつづきました。……距離が縮まったのは、お互い子どもができてからです。あの頃は、わが家も千葉にありましたからね。うちの息子は萌佳ちゃんの二つ下ですが、いい遊び相手になると思いました」

だが、叔母はじきに違和感を覚えることになる。

兄嫁の育児への姿勢が、どうにも相容(い)れないものだったのだ。

「最初に『ちょっと、この人……』と思ったのは、子どもたちと四人で電車に乗ったときです。兄嫁は乗客を一人一人見て、『見て、すっごい禿(は)げてる』とか『あの人ブスね。ゴリラみたい』と言ってはくすくす笑うんです。子どもの前でですよ？　驚いて止めましたが、兄嫁は『子どもしか聞いてないじゃん』『神経質だね』って……。こんな人だったんだ、とびっくりしました」

だが未散は驚かなかった。それどころか納得だった。

ついさきほど、萌佳の同級生も言っていた。萌佳は「他人の容姿について、ずけずけ言う子」だったと。子は親を見て育つ。母親がその調子では、萌佳も当然影響されたに違いない。

「萌佳には、陰で『ああいうことは言っちゃ駄目よ』と教えました。でもぽかんとしていましたね。『せっかくママが楽しそうにしてるのに、なにが悪いの？』という感じでした」

兄嫁に対する違和感は、その後もつづいたという。

「とにかく〝楽しいこと〟〝うまくいってること〟しか耳目に入れない人です。そうでないことは、全部シャットアウトです」

たとえば萌佳が三歳のときだ。

叔母の実母、つまり萌佳にとっての祖母に癌(がん)が見つかった。ステージⅡだった。

親族会議がひらかれた。だが萌佳の母は下を向き、一言も発しなかった。叔母が見ると、彼女は指で髪を梳(す)き、熱心に枝毛を探していた。

さすがに「あの態度はないんじゃない」と、あとで叔母は文句を言った。すると萌佳の母は、

「病気とかの陰気な話、嫌いなんです」

しれっとした顔で反駁(はんばく)した。

「ていうか、わたしが聞いてたらお義母さんの癌が治るんですか？　違うでしょ？　そういう面倒なことは、主人とだけ相談してください」

彼女の〝楽しい話しか耳に入れない〟主義は、育児にも発揮された。

萌佳が腹痛を起こしたときも、ほかの子に叩かれて泣いたときもだ。わが子の訴えを、彼女はきれいに無視した。

「見るに見かねて、わたしがその都度対処しました。あの人ったら、萌佳ちゃんが『お腹が痛い』と言っても『ふうん』『寝てれば？』と言うだけなんですもの。萌佳ちゃんがおしゃれな服を着て、上機嫌なときは猫かわいがり。でもちょっとでも面倒が起こると、ふいっと目をそらすんです」

「けど、目をそらしきれないときだってあるでしょう」

未散は言った。

「子どもに病気や怪我は付きものですし、イヤイヤ期だってあったでしょうし」

「そういうときは、ヒステリーを起こして現実逃避でしたね。泣いて喚いて、まわりに当たりちらすんです」

なるほど想像がつく、と未散は思った。

萌佳の母の泣き顔なら、つい数時間前に見た。娘を亡くした悲嘆ぶりについ同情してしまったが、確かに幼児の癇癪に近い泣きかただった。

「では萌佳さんがクラスで無視されているなんて、もし知ったら……」

「兄嫁は、無視したでしょうね」

叔母はきっぱり言った。

「もしくは頭ごなしに否定したか、そのどちらかです。兄嫁の脳内にある萌佳像は〝可愛くて賢くて人気者なわが子〟だけでした。それ以外は、けっして受け入れようとしませんでした」

「失礼ですが、あなたのお兄さまは、育児に参加していなかったんですか？」

「うちの兄は……よくも悪くも、古いタイプのエリートですから」

叔母は口ごもった。

「うちの親もよくないんです。兄には幼い頃から、勉強しかさせてこなかった。わたしには『お手伝いしなさい』『お皿を洗って』とうるさいのに、兄は勉強以外すべて免除でした。兄みたいな人こそ、家庭的な女性と結婚すべきなんです。なのにあんな、典型的なトロフィーワイフを選んでしまって……」

忌々しそうに口をへの字にする。

「ところで、一一七人という数字にお心あたりはありませんか？」

未散は問うた。

「ああ、遺書にあった数字ですね」

叔母は気を取りなおして、

「いえ、全然。見当もつきません」と首を振った。

未散はさらに尋ねた。

「萌佳さんはスマホに依存していた、との証言があります。彼女はSNSに熱心だったんでしょうか？」

「もちろん熱心でしたよ」

叔母が即答する。

「でもあの年頃の子なら、普通じゃないですか？　うちの息子はスマホより部活優先ですが、それでもインスタだのなんだのやっていますもの」

「では萌佳さんに、マッチングアプリをやっていた様子はありましたか？」

未散は探りを入れた。

萌佳の同級生に示唆されるまでもなかった。いじめで行き場を失った少女の多くが、その手のアプリに逃避する。

ネットには、やさしい言葉をかけてくれるおじさんやお兄さんが山ほどいる。彼らの甘言につられ、未成年が毒牙にかかる事例はあとを絶たない。

「マッチング……？　それって、出会い系みたいなものですよね」

それはないです、と叔母は首を横に振った。

「萌佳は、ああ見えて人見知りでした。知らない男性と一対一で会うなんてあり得ません。それにしつけにゆるい兄夫婦が、唯一気にかけていたのが異性関係でした。『親に黙って、外で男の子と遊んだりするなよ』『そうよ、女の価値が下がるんだからね！』なんて言っていたのをよく覚えてます」

──女の価値、か。

なまぐさい言葉だ。未散は思った。自分が十代の頃、母親からそんな単語を聞かされたら、さぞげんなりしただろう。

咳払いして、未散は問うた。

「では最後に教えていただけますか。あなたが〝萌佳さんは自殺だ〟と信じているのは、どうしてです？　なぜテレビの取材に対し『いつかこんなことになると思った』なんて言ったんです？　母親の影響が濃すぎたから？　萌佳さんの、家庭環境のいびつさゆえですか？」

「いえ」

叔母はかぶりを振った。

「母親の影響については……そこは、否定しません。でも萌佳は、あの子は、生前から死にとらわれていました。自分の死後について、気にしていました」

「と言うと？」

「……これは、いまだから言えるんですが」

夏休みに入って、すぐのことです——。

叔母は声を抑えて言った。

「突然、萌佳がうちにやって来たんです。でも用事があるふうでもなく、なにをするでもなかった。リヴィングでただ、ぼうっとテレビを観てました」

流れていたのは情報番組だという。

テーマは「忘れもの」だった。

話の流れで、識者の一人が〝忘れたふりでわざと置いていく人もいる。たとえば電車の網棚に、遺骨を置いて去るケースがあるらしい〟とのエピソードを語った。

「そうしたら萌佳が、急に怒りだしたんです。『そんなのひどい。お骨を粗末にするなんて』と叫び、涙まで浮かべてました。あの子のあんな顔を見たのははじめてでしたよ。それから萌佳は、こうも言いました。『死んだあとのことまで、考えなきゃいけないんだね』『悩みが増えちゃった』」

さらに後日、萌佳は六月に自死した教師についても「気持ちがわかった」などと言いだした。べつにどうでもいいと思ってたけど、やっと先生の気持ちがわかった気がするよ、と。

「……思えば萌佳は、あの頃すでに自殺を考えていたんでしょう」

叔母は深いため息をついた。

「わたしが責任を感じているのは、そこです。……まわりの大人が、もっと萌佳を気にかけるべきだった。兆候に気づいてあげるべきだったんです」

5

アパートに帰ってすぐ、未散はシャワーを浴びた。

一日じゅう後味のよくない話ばかり聞かされた。その残滓が、べったりと髪や肌にこびりついている気がした。

濡れた髪にタオルを巻き、ロウテーブルの前へ座る。ノートパソコンを立ちあげる。

今日のインタビューは、すべて自前のスマートフォンに録音してあった。三百分をゆうに超えるデータだ。アプリで再生しながら、文字に起こしていく。

――でもまだ、なにもわかっていない。

未散は内頬を噛んだ。

謎はなにひとつ解明できていない。

萌佳の死が自殺ならば、動機はなんだったのか。遺書にあった「一一七人」とはなにを指す数字なのか。なぜスマホが見つからないのか。誰かが持ち去ったのか。だとしたら誰が、なんのために？

わからないことだらけだった。

しかし締め切りは待ってくれない。指定の期日までに、記事の前編を書いて編集部にデータを送らねばならない。

――でも清水萌佳の人物像は、だいたい摑(つか)めた。

十五歳の彼女は、母親のミニチュアとして育ちつつあった。無神経で鈍感。ルッキズムの塊(かたまり)。他人の容姿を平気で嘲笑(あざわら)い、級友に注意されてもきょとんとしていたという。見てくれこそ美しいが、およそ中身のない少女。

――もしわたしが現役中高生なら、絶対仲良くなれないタイプだ。

とはいえ叔母に生前洩(も)らした言葉といい、遺書が親に届くまでにタイムラグを作ったやりくちといい、けっして馬鹿ではなかったようだ。級友に避けられたことで、己をかえりみたらしい気配を感じる。

――もし現役中高生なら、か。

キーボードを叩きながら、未散はひとりごちる。

――わたしの高校時代の友人は、萌佳とはおよそ正反対だった。

彼女は太っていた。にきびがひどかった。田舎の成金おばさんが好みそうな野暮ったい眼鏡(めがね)を鼻に乗せ、髪はざんぎり頭だった。

名前からして古くさかった。当時多かった名は美咲(みさき)、愛(あい)、彩(あや)、麻衣(まい)などだ。福子なんて名の同級生は、ほかにいなかった。

冴(さ)えない見た目。冴えない名前。そんな外殻に反して、中身はぎゅっと濃密に詰まっていた。

――古沢、福子。

未散も福子も、クラスでは浮いていた。

いじめとは無縁ながら、親しいと言える相手はお互いしかいなかった。

福子は図書館と図書室の常連だった。「ただで本が読めるんだから、行かない理由ないじゃん」と笑っていた。

福子のおかげで、未散はマリーズ・コンデやノーマン・メイラーのファンになった。それまで存在すら知らなかった、イスマイル・カダレの著作を手に取った。

三角寛や内田百閒を読んだのも、『重力の虹』『日本残酷物語』『笹まくら』等を読破したのも、彼女の薦めによるものだ。

断言できる。未散にライターとして最低限の教養を叩きこんでくれたのは、はっきりと古沢福子である。

まわりの子は当時、流行りのドラマやボーイズグループに夢中だった。この歳になれば「興味はそれぞれ。趣味嗜好に上下なんてない」とわかる。だがあの頃の未散は、俗に言う〝厨二病〟だった。

サブカル好きな自分を、クラスメイトたちより高尚だと思っていた。そして「古沢福子の価値が真にわかるのは、わたしだけ」と奇妙な優越感さえ抱いていた。

――その古沢が指名手配されたときは、文字どおり仰天した。

ニュースを知ったのは三年前の春だ。

古沢福子は四人の男女を殺した罪で追われていた。

指名手配写真の福子は、別人に見えた。確か高校時代は七十キロ近くあったはずだ。だが二十九歳の彼女は頬が削げ、顎が尖っていた。四十キロ前後に見えた。そして、おそろしく凶悪な面相に写っていた。

未散はキーボードを叩きつづけた。

頭の隅で福子について考えつつ、インタビューを機械的に文字に起こしていく。あらためて実感した。

やはり福子との間柄を、『週刊ニチエイ』の編集長に打ちあけなくてよかった。今後どうなるかはわからない。だがすくなくとも、いまではなかった——と。

『週刊ニチエイ』は、毎週金曜日に発売される。

コンビニにもキオスクにも書店にも、早朝からずらりと並ぶ。

金曜の朝、未散はJRの駅構内にいた。キオスクに並ぶ『週刊ニチエイ』の表紙を、仁王立ちで見下ろしていた。

——『ルポ・高窪女子中学生墜落死事件』の前編は、無事に掲載された。

それはいい。問題は後編だ。

駅まで来たものの、行き先は決めていなかった。

後編の執筆のため、取材に行かねばならない。だが謎の解明にどのルートが最短なのか、最適なのか、自信が持てない。

——小学生の頃の萌佳を調べるか？　それとも元担任？　習いごとの講師？

いや、過去ばかり掘りかえしてもしょうがない。やはりスマホだ。

萌佳のSNSにたいした情報はなかったが、判明しているのは鍵なしの表アカウントだけである。裏アカがあった可能性は高いし、LINEなどのやりとりも手がかりになる。

——スマホのありかさえわかれば。

そのとき、バッグのポケットで着信音が鳴った。

取りだして画面を覗く。非通知電話だ。

ごくまれにだが匿名で情報をくれる物好きがいるため、未散は非通知も公衆電話も拒否していない。画面をタップして、耳に当てた。

「はい、もしも……」

応えかけた未散を、低い声がさえぎった。

「世良か？」

たっぷり数秒、啞然（あぜん）とした。

この呼び名。この口調。間違いない。

「……おまえ、古沢かよ？」

思わず未散は問いをぶつけた。つい口調が十四年前に戻ってしまう。栃木の片田舎で女子高生だった頃の、ぞんざいで荒っぽい口調に。

「当たり」

同じく当時の語調で、福子は愉快そうに笑った。

「盗んだスマホからかけてるから、番号調べても無駄だぞ」と。

未散は、ごくりと喉（のど）を鳴らした。

二つ折りの携帯電話の頃から、同じ番号で通してきたのがさいわいした。いや、ほんとうにさいわいかは判断しきれない。だがともかく、意味と意義はあったようだ。

すこし落ちついた途端、言いたいこと、訊きたいことが山ほど湧いてきた。

「古沢、おまえいまどこにいる？」「なんでわたしにかけてきた？」「人を殺したってほんとか？」「どうして逃げたんだ？」等々――。

「き、切るなよ古沢」

あたりを気にしつつ、未散はささやいた。

「いま駅なんだ。もうちょっと静かなとこへ移動……」

しかし福子は未散の言葉を待たず、

「おまえの記事、読んだぞ。ＪＣのやつ」

さらりと言った。

「世良、２－Ａの神崎(かんざき)って覚えてるか？」

「え、うん」

反射的に未散は答えた。

神崎。懐かしい名だ。高校二年のとき、隣のクラスにいた生徒である。

福子はつづけた。

「世良の記事を読んで、わたしは神崎を思いだしたよ」

通話が切れた。

6

福子の一言で、未散の行き先は決まった。

総武線の快速に乗る。電車に揺られながら、スマートフォンで各警察署のホームページにアクセスする。

ダウンロードした委任状は、降りた先のコンビニでプリントアウトした。〝清水〟の三文判は百均で買った。萌佳の母にも電話した。

三番目に訪れた警察署で、未散は目当ての品を見つけた。

萌佳の母の名で署名捺印した委任状を、窓口に提出する。拍子抜けするほど、すんなりと受けとれた。

消えたはずの、萌佳のスマートフォンであった。

――2‐Aの神崎。

彼女は父子家庭の子だった。母親は、中二の春に亡くなったらしい。神崎は一人っ子で、家庭に無関心な父親は滅多に帰ってこなかった。

けっして貧乏な家ではなかったようだ。だが、神崎はいつも金に困っていた。噂では父親が月初に置いていく二万円で、ひと月ぶんの食費、学用品代、衣料費、薬代、その他もろもろをまかなっていたという。

神崎はプライドが高かった。行政にも学校にも頼らなかった。少々のズルをしてでも、自力で金を得ようとした。

そのズルの中のひとつに〝駅を渡り歩いて、「財布を落としました」「お金を落としました」と申し出る〟という手口があった。遺失物狙いだ。

百回に一、二回は、駅員が保管箱の中から「これじゃない?」と財布を出してくることがあったらしい。もしくは同情した駅員が個人的に金を貸し――いや、恵んでくれたこともだ。

そんな神崎を「セコい」「みっともない」と嫌う生徒は多かった。未散もそのうちの一人だった。

しかし福子は同情的だった。「あそこの駅員、お人好しで狙い目だぞ」などと、彼女に耳打ちすることすらあった。

――生前の萌佳は、〝遺骨をわざと電車に忘れる〟逸話に憤ったという。

叔母によれば「死んだあとのことまで、考えなきゃいけないんだね」「悩みが増えちゃった」とこぼしていたそうだ。

萌佳の遺書は、葬儀が済んだのち親もとに届いた。宛先不明で数日後に戻ってくるよう、わざとでたらめな住所を記してあった。

宛先不明の封書は、郵便局に一時保管される。そして駅の遺失物も、やはり集約駅に一時保管される。よく似た図式だ。

――遺骨のエピソードをテレビで観た萌佳は、駅での遺失物がどうなるか、検索して調べたのではないか。

そうして萌佳は知った。

電車での遺失物は集約駅に移され、七日以内に最寄りの警察署へ送られることを。そうして三箇月の間保管されたのち、引き取り手がなければ廃棄処分になることも。

宛先不明の郵便物が約七日で戻る件も、きっとそのとき知ったのだろう。

ネットでひとつのことを調べれば、類似の検索結果が大量にあらわれ、いらない知恵まで付く。よくあることだ。

――郵便物をただ遅配させたいだけなら、もっと確実な方法がある。

窓口で、配達日時を指定すればいいだけだ。だが萌佳はそうしなかった。

思いつかなかった、とは考えにくい。萌佳は成績がよかった。真の意味で賢くはなかったにしろ、考えなしでも無知でもなかった。

――遺書およびスマホの中身を、萌佳は誰かに見てほしかった。

――と同時に、見てほしくない気持ちもあった。

だから彼女は、遺書もスマートフォンも運命にゆだねた。

架空の住所を記し、親の手に確実に届くかわからぬ遺書。わざと網棚に放置し、三箇月を過ぎれば廃棄されるだろうスマートフォン。

――紛失や廃棄になっても、それはそれでいいと萌佳は思っていた。

おそろしく厭世的な考えだ。

自殺する少年少女の大半は、遺書を遺す。「自分がなぜ死んだのか知ってほしい」と思うからだ。

いじめ。病気。虐待。失恋。事故での怪我。理不尽な運命に、彼らは怒りを抱えたまま死を選ぶ。

そしてそこには抗議の意味合いが濃い。

だが萌佳は、自分の痛みを広めることをためらった。


死にたくないけど、死ぬ。

あたしは一一七人に殺された。

あいつらのせいで死ぬ。ばいばい。


――投げやりな文面ながら、怒りは感じる。なのに、なぜ。

萌佳のスマートフォンを、未散は持ちなおした。

「もしスマホを見つけたら、ほんとうに萌佳さんのものか、確認させてもらっていいですか」事前にそう母親に訊き、中を見る許可は電話で得ていた。

コンビニで買った充電機を挿す。次にロック解除に取りかかる。

ロック解除は顔認証だった。だがパスコードも設定されていた。

まずは萌佳の誕生日で試す。駄目だった。自宅の番地、出席番号、学年とクラス、両親それぞれの誕生日と、つづけざまに試した。どれも駄目だ。

――十回試して駄目ならロックされる。チャンスはあと四回。

ふと思いつき、〝〇〇〇一一七〟と入力する。はねつけられた。

だが〝一一七一一七〟で試すと、液晶が瞬いた。

あらわれたのはホーム画面だった。未散の手が、興奮でわずかに震えた。

7

世良未散名義の記事、『ルポ・高窪女子中学生墜落死事件』の後編は、翌週の『週刊ニチエイ』に無事掲載された。

出だしはこうだ。

『九月十七日にファッションビルの屋上から飛び降りた女子中学生S・M。警察が自殺と断定したにもかかわらず、その死は「他殺だ」「いや謀殺に巻きこまれたんだ」等とインターネットを中心に取り沙汰されてきた。

〝あたしは一一七人に殺された〟〝ばいばい〟

そう書き遺して飛んだ十五歳の少女。筆者は彼女の死の真相に、各関係者への取材を通してたどりついた』

煽情的な文体は、われながら面映ゆい。各関係者というフレーズも大げさだ。しかし媒体が大衆週刊誌なので、やや煽り気味に書いたほうが受ける。

未散は萌佳のスマートフォンを発見した流れを、その推理を、事実に沿ってつぶさに記した。しかし福子からの電話のくだりは省いた。

つづけて未散はこう書く。

『S・Mの死にまつわる謎のひとつは、動機だ。

彼女はクラスメイトや部活の仲間に無視されていた。だが極端にひどいいじめではなかった。むろん〝いじめのつらさ〟は他人に推しはかれはしない。しかし身体的暴力や性的いやがらせ、金銭の要求がなかったことは確かである。

話はいささかそれるが、筆者は過去に複数のペンネームを使い分けてきた。その多くは18禁、つまり成人向けの記事で使用したものだ。

十年以上にわたって与太記事を書き飛ばし、読者の反応を見てきた筆者だからこそ、断言する。女子中学生S・Mの死は自殺である。

彼女を取りまく人間。いくつかの条件。それらが絡みあった結果、彼女は自死への道をひた走ったのだ』――。

記事の前編で、未散はS・Mこと清水萌佳の人となりについて書いた。生い立ちや、母親による人格への影響もだ。

萌佳はクラス替えを経て三年生になるや、女子たちに無視されはじめた。

正確に言えば、やんわりと避けられた。

華やかな美少女で、優等生だった萌佳にははじめての経験だ。萌佳は悩んだ。しかし彼女には相談する相手がいなかった。

他誌の記事やテレビのコメンテータも、「萌佳には親友がいなかった」と意見を一致させている。一、二年次の友人たちとは、休み時間に集まってしゃべるだけの間柄だった。ダンス部の部員も同様だ。

クラスが分かれた途端、元級友たちは萌佳のSNSアカウントへのリプをやめた。部員たちは、もとより業務連絡のみだった。萌佳がSNSの更新をふつりとやめたのも、むべなるかなだ。

せめて母親を頼りにできたなら、悲劇はまぬがれたろう。だが萌佳の母が愛するのは〝はつらつと美しく人気者な娘〟であって、〝無視されてめそめそと親に泣きつく惨めな娘〟ではなかった。

では萌佳はどこに救いを求めたか。

現代の少年少女ならばお決まりだ。インターネットの中である。

確認したところ、やはり萌佳は鍵付きのアカウントを作っていた。アカウント名は『MOCCA@フォロリク停止』。アットマーク後の言葉は、これ以上フォロワーは増やさないという宣言である。

萌佳の同級生は、スマートフォンの発見に先んじてこう言った。

——いじめっていうのは、B組の小山さんがされたようなことを言うんですよ。

萌佳より二年早くいじめられていたらしい、小山某。

彼女がやられたことこそ、まごうことなき〝いじめ〟だった。殴る蹴る。人前で嘲笑う。裸になるよう強いる。その画像をばらまく。

一時期のネット界では「女神」という隠語が流行った。

下着姿や裸での自撮りをウェブ上にアップロードする女性を、「ただで見せてくれる〝女神〟」と呼ぶムーブメントがあったのだ。

この〝女神行為〟は、普段は地味な女性たちが承認欲求を満たすため、はたまた女子高生が金欲しさにやっていると思われてきた。

しかし最近、新たな事実が判明しつつある。

ネットで〝女神〟と呼ばれた少女の多くが、いじめに遭っていた。つまり彼女たち自身の意思ではなく、いじめっ子に「ネットで裸をさらせ」と強制されての行為だったのだ。#MeToo運動などを経て被害者たちが発信しはじめたことで、ようやく明るみに出た真相である。

とはいえ、この問題はそう単純ではない。

裸さえ見せればちやほやされるという図式に、少女のほうから依存してしまうケースもすくなくないからだ。

嘲られ、小突きまわされ、彼女たちの自尊心はぺしゃんこだ。会話に飢え、やさしい言葉に餓え、かまってくれるなら誰でもいいと願うところまで堕ちている。

家出少女を拾う『神待ち掲示板』だの、食事だけと言って誘いだす『パパ活』だの、すべて根っこは同じである。

孤独な少女。貧しい少女。実親や継親に殴られ、性的虐待を受け、わが家にいられない少女。彼女たちを食い物にしつつ、それを「セーフティネット」などとうそぶく輩はあとを絶たない。

――B組の小山某も、その網にかかった一人だった。

未散は小山のいじめ事件について調べた。結果、いじめが発覚したのは、彼女の画像が〝拡散されすぎた〟せいだとわかった。

彼女は孤独だった。相手してくれる誰かが欲しかった。

最初のうちは、「脱げ」といじめっ子に強要されての女神行為だった。しかしネットの向こうのみんなは、すくなくとも受け入れてくれた。彼女を手ばなしで賞賛し、歓迎してくれた。

そうして彼女は、気づけばみずから体をさらすようになっていた。

小山はやりすぎたのだ。オーディエンスの期待に応えるため、どんどん脱ぎ、どんどん個人情報をさらした。画像が匿名掲示板に貼られ、何十万単位で拡散されるまでに長くはかからなかった。

事態はまたたく間に、大問題へと発展した。

——その噂は、萌佳の耳にも入った。

当時中学一年生だった萌佳が、一連の騒動をどう受けとったかはさだかでない。だが、記憶に残していたことは確かだ。

なぜなら自殺前の萌佳は、小山と同じことをしていた。

下着姿や半裸での自撮り。SNSへのアップロード。女神行為。

十代の少女が脱げば喜ぶ大人がいる。むらがって、やんやの喝采を送る男たちがいる。醜悪だ。しかしまぎれもない現実である。

その現実から、わが子を守ることが親の役目だろう。だが萌佳の両親は「親に黙って、外で男の子と遊ぶ」ことだけを禁止した。肝心の萌佳自身や、萌佳の精神世界には目を向けなかった。

萌佳が裏アカウントを作ったのは七月二十二日。夏休みの直前だ。そして約四十日間、萌佳はどっぷり〝女神行為〟にハマることとなる。

萌佳の画像の多くは下着姿だった。中には胸をさらしているものもあった。顔はフレームアウトさせるか、掌で隠していた。

フォロワーたちは口をきわめて彼女を誉(ほ)めそやした。

「ほんとに中学生？　めっちゃスタイルいい！」

「グラドル顔負けじゃん」

「絶対顔も可愛いよね！　おじさんにだけＤＭで見せて！」

男たちはあの手この手で、萌佳の顔と下半身を見たがった。ダイレクトメッセージには、フォロワーたちが自撮りした男性器画像と「やらせて」「内緒で会おうよ」「いくらほしいの？」などの言葉が殺到した。

やがて夏休みが終わった。

クラスで無視される現実がまたはじまった。

ネットでちやほやされようと、萌佳の胸にあいた穴は埋まらなかった。かまってもらえるたび、嬉しさと同時に屈辱がつのった。

彼女はわずか十五歳で、かつ人付き合いが下手だった。他人と適切な距離をはかることも、うまく言葉を選ぶことも、感情を抑えることも不得手だった。

自分にむらがる男たちが気持ち悪かった。それに頼る自分は、もっと気持ち悪かった。自分のしていることが逃避だと、けっして馬鹿でない萌佳は知っていた。

そうして萌佳はある日、フォロワーたちにキレたのだ。

「キモいよ、おっさんたち」

「いい加減にしろ。好きで脱いでるわけないじゃん」

「まともな居場所があったら、こんなことしてない」

「汚いちんこ画像送りつけてくんな。もう全部やだ。やだやだやだやだやだ」

もしかしたら萌佳は、「そうだったんだ？　話聞くよ」「つらかったんだね」等の反応を期待したのかもしれない。

だとしたら、その期待は完全に裏切られた。相手は中学生の裸にむらがる男たちだ。寛容でまともな大人のはずがなかった。

彼女の投稿は瞬時に数十倍、数百倍の反撃を食らった。

「はあ？　ガキが何さまのつもりだ」

「ＩＰ割って住所特定したぞ」

「学校にも近所にも、てめえの画像をばらまいてやる」

「ぶん殴って犯してコロして山に捨てるぞメスガキ」

「どうせ××人だろ。日本に住めないようにしてやる」……。

かつて女子大生ライターとしてデビューし、エロ記事を書きちらしてきた未散は知っている。男性は、性的イマジネーションを女に壊されることをなにより嫌う。とくにポルノ依存の男性ほど、その傾向は強い。

彼らは「女は痴漢されると感じる」「レイプで快楽堕ちする」と信じている。ポルノ動画のプレイを真に受け、「女優はほんとうにイっている」「風俗嬢は金のためでなく、好きものだからやっている」と思いこみたがる。

キャバ嬢の愛想笑いを見て「なんだよ、おれのほうが楽しませてやってんじゃん。こっちが金もらわなきゃな」と言いはなつのもこういう手合いだ。

フォロワーたちは、ある意味で萌佳の母の同類だった。

自分に都合のいい萌佳像だけをほしがった。

彼らが求めたのは〝みんなに裸を見てもらいたがるエッチなＪＣ〟であって、〝いじめられていやいや脱ぐ湿っぽい女〟や、〝自我を持って急に喚きだす面倒な女〟ではなかった。

そうしてフォロワーたちの集中砲火を浴びた萌佳は、典型的な台詞で返す。

「死んでやる」だ。

その投稿はいまも萌佳のスマートフォンから確認できるが、付いたリプライは百を超える。

そのほとんどすべてが「死ね」だった。

「おう死ね」「死ねクソガキ」「いますぐ死ね」「死ね」「死ね」「死ね」「死ね」「死ね」……。

小中学生の世界は、家庭、学校、塾くらいのものだ。ごく狭い。

しかし萌佳の場合はさらに狭かった。親しい友達はおらず、親は頼りにならず、相談できる教師もいなかった。かろうじて叔母がいたものの、東京在住で毎日会える相手ではなかった。

その叔母に、萌佳はこう言い残している。

「自殺した野田先生の気持ちがわかった」と。

そして彼に対して、萌佳は裏アカウントで一言だけ触れている。

「N先生、最後の最後に注目されたね」

なお萌佳が叔母に会いに行ったのは、彼女が裏アカウントで袋叩きにされた翌日だ。そしてファッションビルの屋上から飛んだのは、さらに三日後の日曜日だった。

未散は、後編の記事をこう締めくくった。

『女子中学生S・Mが死にいたった経緯は以上である。

なぜ彼女が自殺の動機を知られたくないと思い、同時に知られたいとも願ったかは、明記するまでもあるまい。わずか十五歳の彼女には、どちらも選べなかった。だから結末を運命に託したのだ。

最後にひとつ。鍵付きアカウント「MOCCA@フォロリク停止」のフォロワーは、一一七人であった』

8

未散の『ルポ・高窪女子中学生墜落死事件』は、意外に好評だった。忙しくなりそうな予感に、未散は内心で拳を握った。

『週刊ニチエイ』編集部からは早くも次の依頼が舞いこんだ。

あれ以後、福子から音沙汰はない。電話もメールもない。彼女が逮捕された、というニュースも聞かない。

季節は晩秋に差しかかろうとしていた。

風が日に日に冷たさを増していく。東北ではすでに初雪を見たそうだ。

未散は自室のリヴィングに座りこみ、街路樹の枝が寒ざむしく揺れるのをガラス越しに眺めた。

ノートパソコンのモニタに目を戻す。低くつぶやく。

「なんでだよ。古沢……」

おまえは頭がよかった。ずば抜けて聡明だったじゃないか。

ときに、冷ややかにすら感じたほどだ。十代とは思えなかった。つねに淡々と落ちついて、級友の誰より大人びていた。

――そのおまえが、なんで人殺しなんかになった？

いまどこにいる？　どうしていまになって連絡してきた？　なぜわたしの仕事の手助けをしてくれたんだ？

むろん答えはなかった。

ノートパソコンを、未散はぱたりと伏せた。

＊　＊

その年は、ひどい冷夏だった。

梅雨がいつまでもあとを引いていた。夏らしい晴天の日はほとんどなく、大気も空も重く湿っていた。

だが古沢福子が住むぼろアパートは、もっと湿っぽかった。

畳は一部が腐り、土壁もじめじめと黴びていた。排水口からは、いくら防虫剤を吹きかけてもヤスデやムカデが這いのぼった。

福子は、浴室にいた。

冷えたタイルにぺたりと尻を落とし、浴槽にもたれていた。

福子は孤独だった。元夫からは雀の涙の慰謝料で追いはらわれ、実家は頼れず、近くに知り合いもいなかった。

浴槽には死体が横たわっていた。

ほんの数時間前、彼女自身が命を奪った体だ。いまはすっかり冷えきり、皮膚は血を失って青ざめていた。

したたる血を受けた洗面器が、特有のなまぐさい臭いをはなつ。濁って乾きかけた眼球に、蝿が一匹とまっていた。

福子は笑いだした。
笑いは彼女の喉を震わせ、肩を揺らした。
ひとしきり笑ったのち、溢(あふ)れる涙を福子は指でぬぐった。

第二話　クロゼットの骨

I

未散は一度だけ、福子の父親に会ったことがある。

とはいえ家へ遊びに行ったわけではない。道で偶然出くわしたのだ。

福子と未散は下校途中だった。時刻はいつもより、三十分ほど遅かったと思う。未散のおしゃべりがつい長引いてしまったのだ。

早く帰らなきゃ、と福子は焦っていた。うちの親は時間に厳しいから、と。

だが未散はあまり気にしていなかった。いま思えば馬鹿だった。十代特有の無神経さというやつだ。

未散自身、親との折り合いはよくなかった。

母とは完全に不仲だ。父とは距離があり、日ごろ口をきくこともない。

日ごろの会話から、福子の親も毒親だと察してはいた。しかし、世良家と五十歩百歩に違いないと決めこんでいた。

あの日、福子の父親がどこから現れたのか、未散はよく覚えていない。

おそらくは立ち並ぶ店のひとつから——コンビニか酒屋か、はたまた雀荘（ジャンそう）から出てきたのだろう。気づいたときには、二人の行く手に立ちはだかっていた。

彼はものも言わず、娘の頬（ほお）を拳（こぶし）で殴った。

福子の眼鏡（めがね）が吹っ飛んだ。

「こんな時間に、なーにをほっつき歩いてやがる！」

轟（とどろ）いた罵声に、未散は凍りついた。

彼女は親に顔面を殴られたことがなかった。教師からも、せいぜい拳骨（げんこつ）で小突かれる程度だった。はじめて間近で見る、成人男性から未成年への肉体的暴力であった。

だが、福子は平然としていた。

ほんの一、二歩よろめいただけだ。表情ひとつ変えない。殴られ慣れていると、一目でわかった。

「早（は）よ帰って家のことをやらんか、でれすけ畜生が！」

福子の父親が喚（わめ）いた。でれすけとは、馬鹿、怠け者を意味する栃木の方言だ。とくに「畜生」が付けば最大級の罵倒となる。

駄目押しのように、父親は福子の脛（すね）を蹴りつけた。そして千鳥足で離れていった。あきらかに、泥酔していた。

未散は言葉を失っていた。

大人の容赦ない暴力をはじめて目（ま）のあたりにし、足がすくんでいた。

長い長い沈黙ののち、福子は「ふーっ」と息を吐いた。腰をかがめ、アスファルトに落ちた眼鏡を拾う。

血の滲（にじ）む唇で、彼女はにやりと笑った。

「クロゼットの骸骨……か。悪い。いやなとこ見せちまった」

意味はすぐにわかった。

スケルトン・イン・ザ・クロゼット。

家庭内の秘密、または内輪の恥を指すイディオムである。

つまり、どこの国でも同じなのだ。世界じゅう津々浦々、どこの家でも箪笥や抽斗の中に、他人には明かせぬなにかを抱えている――。

2

「もろもろ承りました。では『円鍋市兄弟ストーカー過失致死事件』で書かせていただきます。何卒よろしくお願いいたします」

未散は送信ボタンをクリックした。

メールの宛先は『週刊ニチエイ』編集部である。

同週刊誌に『ルポ・高窪女子中学生墜落死事件』が掲載されたのは、先月上旬のことだ。

あれから季節は変わり、アウターなしでは外出できぬ気温になった。街路樹の銀杏はここ数日の風雨で葉を落とし、いちめんに湿った黄いろい絨毯をつくっている。

――円鍋市兄弟ストーカー過失致死事件。

ロウテーブルの前で、未散はあぐらをかきなおす。

行儀は悪いが、どうせ誰も見てはいない。テーブルのノートパソコンを睨みつつ、濃いコーヒーで脳にカフェインを送りこんだ。

『ルポ・高窪女子中学生墜落死事件』の好評を受け、今回は扱う事件を候補リストから選ばせてもらえた。

リストには『女子大生狂言誘拐事件』、『IT企業CEO縊死事件』、『女児連続失踪事件』等々、刺激的な文字が並んでいた。

しかし未散は『円鍋市兄弟ストーカー過失致死事件』を選んだ。

茨城県県央地域にある円鍋市は、水戸市の衛星都市とも呼ばれる街だ。閑静な住宅地が多く、緑豊かで治安もいい。一九七〇年代の市街地開発事業で切りひらかれた、俗に言うニュータウンである。

——くだんの過失致死事件は、その中でも一等地に建つマンションで起こった。

ときは二〇一一年。未散はまだ大学生だった。

ストーカー規制法の施行は事件の十年以上前、二〇〇〇年の十一月二十四日からである。

ただし二〇一六年に法改正されるまでは、親告罪であった。つまり被害者が訴え出ない限り、行政は動けなかったのだ。また運営権は各都道府県の警察でなく、国家公安委員会の手にあった。

施行から第二次改正までの、短いはざまに起こった悲劇だった。

＊　　＊

いまから六十年以上前、茨城県は県北地域の山沿いで、ある資産家が死んだ。

一番目と二番目の妻との間に子どもはなく、三度目の結婚でようやく娘を一人さずかった。彼の遺産は、三番目の妻と娘に渡った。しかし娘はまだ幼く、実質上は妻がすべて相続したようなものだった。

この娘は、二十代で結婚した。男の子を二人産んだ。ふたつ違いの兄弟はともに地元の大学に進み、地元で就職した。

歯車が狂いはじめたのは、この弟が社会人四年目の夏である。

正確には、彼が同僚女性と婚約した頃からだ。

婚約の半年後、彼らにとっての母方祖母——資産家の三番目の妻が死んだ。心臓発作だった。急な訃報ながら、祖母は遺言書を弁護士に預けていた。

そこにはこうあった。

——当方が所有する水戸市のマンション全棟と駐車場十室、日立市の駐車場二十室、ならびに各銀行預金の全額を、跡取りの長孫へ遺す。

——残りの財産は娘が相続すべし。

つまり孫二人のうち、兄のほうだけに財産が遺されたのだ。弟の名は、遺言書に一文字たりとも見当たらなかった。

三箇月後、弟は婚約を破棄された。

そして弟の元婚約者だった女性は、翌年に寿退社した。結婚式は盛大だった。その幸運な新郎とは、遺産の八割強を相続した〝兄〟であった。

弟は会社を辞めた。辞めただけでなく、日本そのものを離れた。それまでの貯金をはたいて、アジア諸国を次つぎ渡り歩いた。

約一年後、弟は別人のように痩せて帰国した。

戻ったあとは、円鍋市内にアパートを借りて住みはじめた。兄夫婦が住む瀟洒なマンションから、わずか徒歩三分の距離である。

弟が元婚約者――いや、兄嫁のまわりをうろつくようになったのは、その後まもなくのことだ。はじめのうちは外出先でニアミスする程度だったという。近所のスーパーやコンビニで顔を合わせる、図書館で出くわす等々だ。

兄嫁いわく「最初は気のせいだと思った」らしい。

――自分に罪悪感があるから、ついおかしなふうに考えてしまうんだ。自意識過剰だ。そう思っていました。

――でも家の中でものがなくなったり、閉めたはずの抽斗が開いていたり、不審なことが頻発しはじめたんです。それで、さすがにおかしいと気づきました。

彼女がまず疑ったのは、空き巣だった。

だがそれにしては、金目のものに手を付けた様子がない。

消えたのは兄嫁の下着、ストッキング、使いかけのリップグロスなどだった。掃除したばかりの便座が、上がっていたこともあった。

その頃の弟は、兄夫婦のマンションに堂々と出入りできる立場だった。週に一、二度は必ず来訪していた。名目は、再就職の相談である。

彼が来るたび、兄嫁は手の込んだ料理と冷えたビールでもてなした。

弟は冗談めかして彼女に「お酌してよ」「昼間も来ていい?」とねだった。さすがに兄がたしなめると、弟は笑って言った。

「ごめんごめん。おれも早く、義姉(ねえ)さんみたいなお嫁さんがほしくってさ」

空き巣なんかじゃない――。そう兄嫁が確信したのは、寝室の異変に気づいたときだった。

抽斗の中の避妊具がごっそり消えていたのである。二日前に買った箱で、まだ一個しか使っていないはずだ。なのに、残りわずか二個になっていた。

悩んだ末、彼女は夫である兄に相談した。

兄は驚き、「なぜもっと早く言わなかったんだ」と妻に憤った。

しかし「あなたと弟さんの仲を、いま以上複雑にしたくなかった」と泣かれ、言葉を呑（の）んだ。

その夜、兄は弟を問いつめた。

弟は大げさに仰天した。「兄貴、おれを疑うのか」「そんなのひどいよ」と嘆いてみせた。

そう言われてしまうと、兄は深く追及できなかった。結婚までのいきさつに負い目を感じてもいたし、もともと仲のいい兄弟であった。

ただし「誤解されるような真似（まね）をするな」と釘（くぎ）は刺した。自宅のマンションに弟を呼ぶ頻度も、できるだけ低くした。

とはいえ釘刺しに効力はなかったようだ。

それどころか弟は、前にも増して兄嫁に付きまとった。近所の店や公共施設だけでなく、行く先ざきに出没した。スケジュールをつぶさに把握しているとしか思えぬ、先まわりぶりだった。

家の中からは引きつづき、彼女の下着や靴下が消えた。トイレのサニタリーボックスが空（から）になっていたことすらあった。

たまりかねた兄嫁は、「合鍵をつくられたかも」と兄に訴えた。兄は業者に依頼し、玄関の鍵を替えさせた。

しかし彼ら夫婦は、弟を完全には突きはなせなかった。その後もずるずると自宅に出入りさせ、ねだられれば夕飯の席へ招待した。

兄嫁は食欲が落ちた。眠れなくなった。わずか二箇月で、体重が六キロ落ちた。この頃から彼女は心療内科に通いはじめ、睡眠薬を処方されている。

しかし、間の悪いことは重なるものだ。

彼女は妊娠したのである。

それを知った弟は、兄夫婦のマンションへさらに足しげく通うようになった。

のちに兄嫁はこう証言している。

——怖かったです。

——弟さんに、気持ち悪いことばかり言われました。〝絶対に女の子を産んでね。男ならいらないよ〟とか〝その子が中学生になったら、おれが女にしてあげるよ〟とか……。

妊娠したことで、兄嫁は睡眠薬を服用できなくなった。

気づけば彼女の睡眠時間は、一日三時間を切った。体重はさらに落ち、肌は荒れた。やつれた顔の中で、目ばかりがぎょろぎょろと暗く光った。

——あの時期、わたしはおかしかったんです。

事件後、そう兄嫁は取調官に泣きついた。

——眠れませんでした。食べても吐いて……。いいえ、水すら吐いてしまった。

——まともな判断ができなくなっていました。でもお腹(なか)の子だけは、どうしても守りたかったんです。

兄嫁は家へ業者を呼び、内密に盗聴器を探させた。

結果、4LDKから盗聴器が三つ見つかった。寝室のルームランプの中、脱衣所のコンセントまわり、リヴィングのチェストの裏である。しかし兄は、やはり弟をきつく問いつめなかった。

そうして悲劇は起こった。

兄嫁が妊娠七箇月目の、ある夕方であった。

逢魔（おうま）が時だった。陽（ひ）が西に傾き、視界すべてが茜（あかね）に染まる頃だ。人と魔とが袖擦りあわせても、しかとはわからぬ時刻である。

一一〇番通報で駆けつけたのは、最寄りの交番勤務員二名だった。彼らはマンションの地下駐車場の壁際に、うつぶせで倒れた男性を見つけた。

三十前後に見える若い男性だ。すでに息はなかった。

そばにはフロントドアのひらいたボルボと、半狂乱の女性がいた。女性は腹がせりだしており、あきらかに妊婦だった。

――ごめんなさい。ごめんなさい。

――わたしが悪かったんです。こんなことになるなんて思わなかった。

――ただ結婚して、幸せになりたかっただけ。結婚に夢を見すぎたんです。ごめんなさい。ほんとうにごめんなさい。

兄嫁は警察署で、

「自分が轢（ひ）いた」

「ずっと眠れず、精神的におかしくなっていた。殺さなければ、と思った」

そう涙ながらに認めた。

検察は〝心神耗弱で無罪になる可能性が高い〟として、彼女を不起訴処分に決めた。

兄嫁はその後、無事に出産したらしい。

その頃には引っ越し済みで、いわくつきの土地をとうに離れていた。

事件はテレビなどでは実名報道されなかった。しかし経緯の特異さから週刊誌数誌に載り、世間の耳目をしばらく集めた。

＊　＊

未散が『円鍋市兄弟ストーカー過失致死事件』を知ったのは、当時の女性週刊誌やワイドショウでだ。

二十一歳だった未散は、はっきりとこの兄嫁に反感を抱いた。

この女が全部悪い。こんなビッチがあらわれたのがすべての元凶だ。兄弟二人とも、タチの悪い女に引っかかった被害者ではないか。そう義憤にかられた。

――でもいま読みなおすと、印象が違う。

事件概要が表示されたモニタを前に、未散は腕組みした。

――十一年前と違って、この兄嫁に腹が立たない。

確かにいやな女ではある。弟が遺産相続できないと知るや婚約を破棄したことも、よりによって兄に鞍替えしたことも、下品としか言いようがない。絶対に友達にしたくないタイプだ。けれど。

――心変わりは、犯罪じゃない。

彼女は結婚詐欺師ではない。後妻業の女でもない。〝恋愛〟という正当な手段で、よりハイグレードな配偶者を勝ちとった。それだけのことだ。すくなくとも法律が関与することではない。

一方、婚約破棄された弟は一線を越えてしまった。

住居侵入。ストーカー行為。家探し。窃盗。下着や使用済みの生理用品を繰りかえし盗み、盗聴器まで仕掛けている。どれもれっきとした犯罪行為だ。発端はどうあれ、その先の行動は擁護できない。

――十一年前は、マスコミも大衆もこぞって兄嫁を批判した。わたしもだ。

しかしいまなら、違った角度から事件を見られそうだった。

この女性が兄弟にとってどんな存在だったのか。いったいどれほどの魅力があったのか。それを知りたい。

あらたに調べることで〝尻軽〟や〝魔性の女〟といった紋切り型を離れ、一歩進んだ解釈ができるのではないか。

――それに、どっか引っかかるんだよな。

未散は首をひねった。

そうだ、十一年前もこの事件の記事を読んで、なにかが気になった。胸の底にちいさな棘が残った。だがうまく言語化できないまま、現在にいたる。

兄弟の父親は九年前に、母親は七年前に他界している。いま現在、兄嫁がどこに住んでいるかは誰も知らない。

――一度でいい。この女性に会って話を聞いてみたい。

タッチパッドに触れ、未散はノートパソコンをスリープさせた。

3

テレビや週刊誌でこそ実名報道されなかったものの、彼らの名入り記事は当時の地方新聞に載った。

兄の名は荻悠太郎。当時三十一歳。

ふたつ下の弟の名は、壮吾といった。

未散はまず、荻兄弟の幼馴染みに会いに行った。待ち合わせ場所は、円鍋駅構内のファミリーレストランである。

この幼馴染みにコンタクトを取った際、未散は即刻断られると予想した。「十一年も前のことで、いまさらなんです」と鼻であしらわれるだろうと。

しかし彼は、待ってましたとばかりに飛びついた。

「当時の報道は、そりゃひどいものでしたからね。いまだにムカついてます」

と鼻息荒く言い捨て、

「取材するなら応じます。でもね、今度こそ正しい記事を書いてくださいよ？　とくに壮吾についてです。まったく、あんたらマスコミってのは騒げるだけ騒いで、訂正記事はろくに書きゃしないんだから……」

と文句たらたらだった。

とはいえ、ありがたい誤算だった。彼の意気込みに甘え、未散は時間どおりに指定のファミリーレストランへ向かった。

「あの頃の週刊誌は、壮吾を異常なストーカー野郎みたいに書きましたけどね、全然違いますよ。あいつはごく普通の、おとなしい男です」

幼馴染みはコーラのグラスを握りしめて熱弁した。

「あなたは、兄の悠太郎さんと同い年でいらっしゃるそうですね」

未散は問うた。

「そうです。幼稚園から中学卒業まで一緒でした。何度か同じクラスにもなりましたよ。悠太郎はおれと違って優秀だったから、高校は分かれましたがね」

だが家がごく近いこともあり、その後も荻兄弟との付き合いはつづいたという。

「壮吾のやつは、なんというか——。いろいろと、損だったんです」

幼馴染みはストローで乱暴にコーラをかきまわした。

「あいつ、大きな欠点はないんです。顔だって身長だって並以上。剣道部じゃ、中高とレギュラーでした。それなりの大学に進んだし、頭も悪くない。けど兄貴の悠太郎と比べると……」

「見劣りした？」

「……まあ、そうですね」

目を伏せて幼馴染みは認めた。

悠太郎は成績がよかった。スポーツもできた。快活で如才ない人気者だった。それだけでなく、ぱっと目立つ美少年だった。

資産家の最後の妻となった、母方祖母譲りの美貌である。母方祖母は、この自分そっくりの長孫を溺愛した。

一方、遺言で無視された弟の壮吾は、母にも兄にも似ていなかった。穏やかで堅実な実父に生きうつしだった。

「おじさんは、母方のばあさんにとっちゃいまいちな娘婿だったんです。その地味な婿似の壮吾も、可愛く思えなかったんでしょう」

「日ごろから、待遇を差別してたんですか？」

「してましたよ、あからさまでした」

肩をすくめる。

「悠太郎のお年玉は十万円、壮吾には一万円。悠太郎の入学祝いにはハミルトンの腕時計、壮吾のときは図書カードってな具合にね。でもおばさんもおじさんも、表立って文句は言えなかったみたいです。ばあさんの機嫌をそこねたら、遺産の行方がどうなるかわかったもんじゃないから」

「その成れの果てが、あの不平等な遺産相続ですか」

「ええ。ひどいもんですよ」

幼馴染みが嘆息する。

「悠太郎は地元の国立大から一流企業に就職し、上司にも気に入られていた。二十代で、課長代理だったんですよ？　出世は約束されたようなもんでした。そこへもってきて、一生食っていける不動産を相続したんですから……」

「恵まれすぎですね」

未散はうなずいて、

「一方、弟の壮吾さんには一銭もなし。最後まで母方祖母は、跡取りの長孫にしか愛情を注がなかった、と」

「普通じゃないですよねぇ。とはいえ、あのばあさんは壮吾を憎んでたわけじゃない。ただ興味がなかったんです。愛する悠太郎に比べたら、道ばたの石ころくらいの存在だったんですよ」

それならもっと悪い――。未散は思った。

嫌い、憎いというのは、なにがしか興味があるということだ。「好きの反対は無関心」という言葉は的を射ている。石ころ同然に扱われるくらいなら、疎まれたほうがまだマシだ。

「壮吾さんの婚約破棄は、確か相続の三箇月後でしたよね」

「ああ、香穂さんの件ね」

幼馴染みの眉間に、きゅっと皺が寄った。

荻香穂。旧姓、藤井香穂。

壮吾と婚約したにもかかわらず、兄の悠太郎に乗り換えた女性だ。彼女との出会いをきっかけに、荻兄弟は悲劇の坂を転げ落ちた。

「婚約破棄は、香穂さんから言いだしたことですか?」

「もちろんです。壮吾のやつ、はっきり言われたそうですよ。『ほかに好きな人ができました。ごめんなさい』って」

そのとき壮吾は、相手が悠太郎だと知らなかった。

ただ香穂に泣かれ、婚約指輪を突きかえされて、別れを承諾するほかなかった。

「相手がお兄さんだと知ったのは、いつです?」

「半年後くらいかなあ。『彼女を両親に紹介する前に、おまえに謝りたい』と、悠太郎が板張りの床に土下座したそうですよ。壮吾は『怒るに怒れなかった』とぼやいてました。『あの兄貴が、おれに土下座までしたんだぜ? そこで怒ったら、かえって惨めじゃないか』とね」

――〝あの〟兄貴か。

未散は口の中でつぶやいた。

短い言葉に、壮吾の万感がこもっている気がした。彼よりなにもかも上で、万人から愛されたという実兄。

「その後、壮吾さんは会社を辞められたとか?」

「べつにおかしかないでしょう。壮吾と香穂さんは同僚だったんだ。香穂さんが退社しようと、平気な顔で働きつづけられるもんじゃない」

「そして彼は、アジア諸国を一年ほど放浪。そののちに帰国された――と」

手もとのメモを見つつ、未散は言った。

「でも壮吾さんはなぜ、兄夫婦のそばに部屋を借りたんでしょう? かつて愛した女性と実兄の幸せな暮らしが、どうしたって視界に入る距離です。普通はできるだけ離れたがるものじゃないですか?」

「それ、十一年前もマスコミに訊かれました」

幼馴染みは唇を曲げた。

「けどおれは、さほど変だとは思いませんよ。傷心を癒やすため、壮吾は旅行に出た。有り金はたいての旅行でした。帰国したとき、預金の残高はたった数万円だったそうです。そんなとき、頼れるリッチな兄が近くにいれば心強いじゃないですか」

「問題が起こる前は、仲のいい兄弟だったし?」

「そうそう、そういうことです」

幼馴染みは勢いよくうなずいてから、

「まあ悠太郎もね……。やっぱり壮吾に対して、罪悪感がありましたから。壮吾に『部屋を借りたいから、不動産屋を紹介してくれ。保証人になってくれ』と言われたら、そりゃ断れませんよ」

ため息まじりに言った。

「では壮吾さんが近くに住むことは、悠太郎さんも認めていた？」

「ええ。でもしょうがないでしょう。あんな結末、誰にも予想できませんでした。まさかああなるなんて、壮吾だって考えてなかったはずだ」

彼は眉間を揉んだ。

「壮吾は、悪くありません。もちろん悠太郎もです。ただしいて言うなら、壮吾のやつはストレス発散が下手でしたよ。ほかに女を作るなり、おれに愚痴るなりして、不満を昇華しときゃよかったんだ。事故の一箇月前、いや、せめて一週間前に壮吾と話せていれば――」

――そうすれば、あいつは死ななかったかもしれない。

みなまで言わず、幼馴染みは片手で顔を覆った。

4

次に未散が会ったのは、悠太郎と高校時代にバンドを組んでいた友人だ。

悠太郎はヴォーカル兼ギターで、友人はドラムだったという。地元のライヴハウスを中心に活動していたそうだ。

「悠ちゃんは、とにかく客が呼べるヴォーカルでしたよ」

懐かしそうに目を細め、彼は語った。

「ルックスがよくて声も甘いから、女性ファンが多くってね。あの頃のコピバンで、チケットさばきに困らなかったのはうちくらいのもんです」

「弟の壮吾さんも、よく観にいらしていたとか」

「ええ、壮ちゃんね。皆勤賞でした。悠ちゃんに『おまえ、おれの大ファンか』って、いつもからかわれてましたっけ。……仲のいい兄弟だったんです、はい」

しんみりと声を落とす。

「壮ちゃんは無口で、ちょい取っつきにくい子でね。でも根はいい子でしたよ。週刊誌は『兄にコンプレックスがあった』なんて書いてたけど、そんなの壮ちゃんだけじゃない。おれたちバンドメンバーも、クラスメイトも、みんな悠ちゃんにコンプを抱いてました。けど張り合う気なんてなかった。格が違いすぎてね」

ちなみにこのバンドは、悠太郎が高二の秋に解散している。

原因はファン間のトラブルだ。「悠ちゃんがあの子のプレゼントを受けとった」「わたしのは受けとらなかった」という騒ぎから、傷害事件にまで発展したという。片方の女の子は顔に傷を負い、学校から指導が入って、バンドは解散した。

「あとになって、バンドのトラブルに壮ちゃんもかかわった、なんて噂が立ったけど、嘘ですよ。その場におれもいたから確かです」

憤然と彼は言った。

「むしろ逆です。壮ちゃんは喧嘩を止めようとしてた。でもなんでか、噂が変な方向にねじ曲がっちゃってね。壮ちゃんって、いつもそうなんです。妙に運が悪いっていうか、気づいたら損な立場にいるんです」

また〝損〟か。未散は思った。彼らの幼馴染みからも聞いた言葉だ。

とはいえ、すこしずつ壮吾の人物像が見えてきた。

すべてにおいて平均以上ながら、優秀すぎる兄のもとで霞む弟。存在自体が損と言われるほど、ツキのない少年。

「あなたは、悠太郎さんの結婚披露宴にも出席されたそうですね？」

未散は尋ねた。

「香穂さんの第一印象は、どうでした？」

「おとなしそうな人だと思いました」

即答だった。

「美人だけど、ぱっと目立つ感じじゃなくてね。〝楚々とした〟って言やあいいのかな。いまどき流行らないけど、男の後ろを三歩下がってついてきそうな」

「守ってあげたくなる感じ？」

「そうそう、それです」

彼は膝を打った。

「陳腐な表現だけど、白のワンピースが似合う感じの子でした。色白の黒髪ロングでね。ああいうおとなしそうな子が、意外と一番ヤバいんですよ。サークルクラッシャーなんて言葉が一時期流行ったけど、彼女はクラッシャーどころか……」

言葉を切り、彼はかぶりを振った。

「壮ちゃんの元婚約者だってことは、あとで知ったんです。……式と披露宴の間、壮ちゃんはよく我慢しましたよ。おれだったら耐えられません。あの女、よくしれっと高砂に座ってられたもんだ」

顔をゆがめて吐き捨てる。

「悠ちゃん家のおじさんもおばさんも、例の事故のあと相次いで亡くなりました。絶対に、心労のせいですよ。あの女は一人轢き殺しただけじゃない。ひとつの家族を、完全にぶち壊したんです」


次に取材したのは、香穂の元同僚である。

当時の香穂は旧姓の〝藤井〟で、鍛圧機械や油空圧機器などの工作機器販売会社に勤めていた。所属は総務部の労務課だ。

壮吾のほうは、同部の管理課であった。

「藤井さんとは、べつに親しかったわけじゃありません」

先の二人とは逆に、元同僚の女性ははっきりと迷惑そうだった。

しかしそのわりにはよくしゃべったし、よく食べた。待ち合わせ場所は全国チェーンのカフェで、彼女は甘いラテとドーナツ二つに、特大のスコーンまで注文した。支払いはむろん『週刊ニチエイ』持ちだ。

「でも悠太郎さんと香穂さんの結婚披露宴に出席されたのは、御社からは労務課の課長と、あなただけですよね？」

「まあ課内で藤井さんの同期は、わたし一人でしたし」

ドーナツの油で光る指を、彼女はナプキンでぬぐった。

「でも出席するかどうか、ぎりぎりまで迷ったんですよ？　さすがに荻さんに申しわけなくてね。気まずいじゃないですか」

「荻さんとは、荻壮吾さんのことですね？」

未散は一応確認した。

当然でしょ、と言いたげに元同僚はうなずき、

「管理課と労務課はフロアが隣同士だし、破談のいきさつはみんな知ってましたからね。披露宴に招待された時点でびっくりでした。恥知らずとか鉄面皮って、藤井さんみたいな人のためにある言葉ですよ」

口をへの字にしてから、ラテを啜る。

「壮吾さんと香穂さんは、いつからお付き合いしていたんでしょう？」

「さあ？　気づいたら付き合ってたって感じでした」

彼女は首をかしげてから、「……ふん。荻さんのこと、狙ってた子多かったのにさ」とちいさく付けくわえた。

おや、と未散は思った。

壮吾に対し、「モテた」という情報をはじめて聞いた。兄の影響の及ばぬ場所では、やはり壮吾はそれなりの存在だったらしい。

元同僚がつづける。

「付き合ってるって気づいて問いつめたら、藤井さんってば『たまたま趣味が同じだった』なんて言ってましたよ。なんとかっていうバンドが好きだったみたい。あんまり売れてないバンドで、えーと確か、ジングルズとかいう」

「GIGGLZですか？」

「ああ、たぶんそれです。総務部の合同飲み会のとき、その話で盛りあがって意気投合したって言ってました」

GIGGLZなら、未散も学生時代にフジロックで何度か観た。ジャンルとしてはオルタナティヴ・ロックに属するだろう。『和製Coldplay』という恥ずかしいキャッチコピーで売りだされたが、結局はぱっとしないまま解散した。

「香穂さんがロックをお好きだったとは、すこし意外です」

未散は正直に言った。

しかし元同僚は手を振って、

「はっ。真に受けないほうがいいですよ」

と鼻で笑った。

「よくいるじゃないですか。男に近づきたくて、好きでもないのに『わあ、じつはわたしもファンなのー』とか言っちゃう女。藤井さんもどうせそれでしょ。あの人、いつもおどおどしてて辛気くさかったし、ロックって感じじゃなかったもん」

どっちかっていうと演歌ですよ、演歌の女、と元同僚が笑う。

未散は聞き流し、質問を継いだ。

「香穂さんの男性関係について、ほかにご存じのことはないですか？　たとえば壮吾さん以外の社員とも付き合っていた、とか」

「ああ、不倫の噂はありましたよ」

元同僚はあっさり言った。

「労務課に来る前に、人事部の部長とどうのこうのってね。藤井さんが総務部に異動してきたのは、その翌年です」

「噂は確かだったんでしょうか？」

「さあ。そこまでは知りません。藤井さんって女同士の打ちあけ話とか馬鹿話とか、いっさいしなかったもん。つまんない子でしたよ。優等生気取りっていうか、いい子ちゃんぶって場を白けさせるタイプ」

スコーンを勢いよくちぎって、

「あ、でも部長と不倫してたんなら、いい子ちゃんもへったくれもないか。やってたとしても、べつに驚きゃしませんけどね」

元同僚は肩をすくめた。

「あーあ、男ってほんと見る目ない。あの手の一見地味っ子が『いいお嫁さんになりそう』とか言われて、いつも全部かっさらってくんだもん。ダサ子モテ現象、つくづくうんざりです」

未散がその日最後に会ったのは、『便利屋』の元出張作業員だ。

十一年前、悠太郎と香穂のマンションから盗聴器を発見した人物である。香穂の従姉の同級生でもあり、格安で探査を引き受けたという。

「はい。マンションに呼ばれて出向きました。知人からの紹介だったので、お友達価格で引き受けたんです」

いまは夜間警備員だという男性は、ファミレスのコーヒーを美味そうに啜った。

「あの便利屋、五年前に潰れちゃってね。給料の半年ぶんが未払いですよ。守秘義務なんて守ってやる義理ないんで、なんでも訊いてください」

と堂々と言いきる。

苦笑して未散は尋ねた。

「その日、マンションにはどなたがいらしたんですか?」

「平日の昼間だったんで、奥さんだけです」

　幽霊みたいな人でしたね、と彼はつづけた。

「だいぶお腹が大きい妊婦さんなのに、全然幸せそうに見えませんでした。髪がばさばさで、痩せて、顔いろがどす黒くってね。正直言って『怖え』と思いました。その翌月に例の事故ですよ。だから、よく覚えてるんです」

「それは印象深かったでしょうね」

　未散はうなずいて、

「盗聴器は、三つあったそうですが」と訊いた。

「そうです。ええと、脱衣所にコンセントタップ型のがひとつ。リヴィングに延長コード型がひとつ。寝室のランプに超小型集音器ひとつだったかな。素人の仕事でしたね。どれもネット通販で買えるたぐいの、チャチなやつでした」

「盗聴器があると知って、奥さんはどんな反応でした?」

「『やっぱり』みたいなことをぶつぶつ言ってました。それから『はずさないでください。はずしたら、わたしが気づいたとバレる。怖いからなにもしないで』とね。ただでさえ盗聴器探査の依頼人は不安定っぽい人が多いのに、あの奥さんは格別でしたよ。能面みたいな顔してね、足どりもふらふらで。あんな人に運転させたら、そりゃあ事故も起こしますって」

　男性は鼻を鳴らした。

「旦那さんが、車のキイを取りあげときゃよかったんです。もしくは入院させるべきでしたよ。部外者のおれから見ても、あの奥さんは健康な妊婦じゃなかった。あのあと無事出産したらしいけど、それを知ったときもびっくりでした。よく持ちこたえたな！　って、赤ちゃんを誉めてあげたかったですね」

5

編集部宛てに『ルポ・円鍋市兄弟ストーカー過失致死事件』の前編データを送った翌日、未散は編集長とオンライン会議をした。

「意外ですねえ」

編集長は、開口一番そう言った。

「魔性の女のイメージがあったから、てっきり香穂に参った男が一人はいると思ってました。でも知人の中に、香穂をかばう男性は皆無ですね」

「そうなんですよ。後出しじゃんけんの感じもなかったし」

「後出しじゃんけん？」

問いかえす編集長に、未散は説明した。

「ほら、女性に振られたり、あとで悪評を聞くと『べつにあんな女、本気だったわけじゃねえし』みたいな態度取る人、いるじゃないですか。今回はそういう強がりの気配すらなかったんです。悠太郎の友人も幼馴染みも、ごく自省的でしたね」

答えながら、未散は悠太郎の友人からもらった画像を思いかえしていた。悠太郎と香穂の、結婚披露宴の写真画像だ。

香穂は、評判どおり派手なタイプではなかった。野に咲く白菊の美しさだった。その横で微笑む悠太郎は、俳優のような美男子だった。

「後出しじゃんけんね。はは、うまいこと言うな」

　編集長が笑って、

「そういや穴兄弟、竿姉妹なんて下品な言葉がありますが、あれも後出しの悔しさが滲んだ卑語かもしれないな。世良さん、ごきょうだいは？」

　咄嗟に「いません」と言いかけて、未散はやめた。

「弟がいます」

　と正直に答える。

「なら姉妹に寝取られる心配はない、と。じゃああなたが彼氏の兄弟や友達を好きになって、乗り換えたことは？」

「わたしがですか？　ないですよ。人づてになら、友達の彼氏を寝取ったーとか妹の旦那を略奪婚しちゃったーとか、たまに聞きますが」

「いわゆる〝人のものがよく見える〟系の人ですね。不倫好きなタイプに多い。身近にも、何人かいますよ」

「いますよねえ。彼女たちって判で捺したように『たまたま奥さんがいる人を好きになったの』だの『恋は道徳じゃない』だの言うけど、全然ぴんと来ません。普通は他人のものに対しては、無意識に……」

　未散は言葉を切った。

　頭の隅で、なにかが閃いた気がした。まさしく閃光のように、ちかりと光る思考だった。

　——そうだ。十一年前に引っかかったのはここだ。

そのあとは編集長の声も、ろくに耳に入らなかった。適当な相槌(あいづち)でやりすごし、未散はオンライン会議を打ち切った。

6

『ルポ・円鍋市兄弟ストーカー過失致死事件』の前編は、予定どおり『週刊ニチエイ』の最新号に載った。

SNSのダイレクトメッセージ機能を通し、香穂の従姉から返信があったのはその二日後だ。盗聴器探査の業者を、香穂に紹介したその人である。

「前編を拝読しました。世良さまの取材を謹んでお受けいたします」

折り目正しい文章で、彼女はこうつづけていた。

「記事の中に〝魔性の女〟というフレーズがなかったことで、心が決まりました」

と。

「十一年前、マスコミは香穂を魔性の女だ、毒婦だとバッシングしました。でもわたしが知る香穂は、けっしてそんな子ではありません。それをお話しさせてください」

翌日、未散はJR常磐線の特急に乗った。

水戸駅で降り、従姉が指定したカフェまで早足で歩いた。

――十一年前のわたしのままなら、例の〝引っかかり〟を言語化できなかった。

コートの衿(えり)をかき合わせ、未散は考える。

あの頃は二十代の生意気ざかりだった。そしてミソジニーに染まっていた。「おまえを女だと思ってない」と言われれば鼻高々だった。「考えかたが女っぽくない」と評されるたび、内心得意だった。

その男たちは「女だと思ってない」と言った直後にセクハラしてきたが、未散は「この程度で騒ぐなんてかっこ悪い」と、必死で平気なふりをした。

――いまなら、あの頃の違和感の正体がわかる。

歳を重ね、すこしずつ意識をアップデートしてきた。己の無様さを客観視できるようになった。名誉白人ならぬ名誉男性もどきから、ようやく抜けだせた。むろんまだまだだが、当時よりはマシだろう。

――いまだから書ける記事が、あるはずだ。

未散はカフェの扉を押した。

香穂の従姉は、奥のテーブルですでに待っていた。

ややふっくらとした、穏やかそうな中年女性だ。目もとが香穂によく似ていた。

「お返事に書いたとおりです。香穂は、あの頃マスコミに書きたてられたような子ではありません」

コーヒーが届いて早々、彼女がきっぱりと言う。

未散は問うた。

「ではほんとうの香穂さんは、どんな女性でしたか？」

「自分に自信のない子でした。いまの言葉を使うなら〝自己肯定感が低い〟というあれですね。愛されること、肯定されることに不慣れでした」

「それは生い立ちのせいでしょうか？」

「ええ。そのとおりです」

彼女は、母方の従姉にあたるそうだ。つまり母親同士が実の姉妹である。

「叔父さんは――香穂の父親は、いつ会っても不機嫌な人でした。不機嫌にしていることで、家族をコントロールする人でした」

叔父の笑顔を一度も見たことがない。そう従姉は語った。

「上司や近隣住民からは『おとなしい、腰の低い人』と評判だったようです。でも家庭では暴君でした。叔父は舌打ちひとつ、目の動きひとつで、香穂と叔母さんを震えあがらせることができました」

「暴力は、あったんですか？」

未散は声を抑えて訊いた。

あいまいに叔母がうなずく。

「香穂は、しょっちゅう物差しで叩かれていましたね。でも三十年前には、それは〝しつけの範囲〟でした。言葉の暴力のほうが主でした」

彼が家にいる間、香穂と母親はのべつまくなしに罵倒された。

「おまえらは馬鹿だ」「頭がおかしい」「幼稚だ」「泣けば済むと思うな」「世間じゃ通用しないぞ」「糞が」「ビッチども」「おれだから我慢してやってるんだ」「いやなら出ていけ。おれはなにも困らん」

だが香穂がもっとも恐れた父の言葉は「説明しろ」だったという。

最高に機嫌が悪いときの彼は、妻子にあらゆる罵言を叩きつけたあと、

「反省したか？　そうか。それならどこをどう反省したのか、一から順序立てておれに説明してみろ！」

と迫った。

そして妻子を正座させ、物差しでひっぱたきながら〝説明〟を強いた。怯えてしどろもどろの彼女たちを、父親はけっして許さない。ひとつひとつ問いつめ、話させ、すこしでも齟齬があると怒鳴りつける。妻子が泣いて土下座しても終わらなかった。ひどいときは朝まで、この「説明しろ。おれを納得させてみせろ」の儀式がつづいたという。

「当然ながら、香穂は人の顔いろをうかがう子に育ちました。気弱で、おどおどして、陰気と言ってもいい子どもにです」

「いじめられましたか?」

残酷な問いを、あえて未散は発した。従姉がため息をつく。

「ええ。……そういう子って、どうしてもいじめっ子に目を付けられがちですよね」

小学校でも中学校でも、香穂はターゲットにされたという。

わかる、と未散は思った。

つねに不機嫌で支配的な親。自己肯定感の低い子ども。そんな子どもの弱さを嗅ぎつけ、寄っていく嗜虐者――。程度の差はあれど、日本のあちこちで見られる光景だ。いやでも理解できてしまう。

叔母は言葉を継いだ。

「何度クラス替えしても、香穂はいじめっ子の標的にされました。高校生になると、痴漢や変質者にも狙われるようになりました。ああいう人たちって、逆らわない容易な獲物を見抜くんですよ。それを『モテる』なんて言われて、男好きだという噂まで流されて……。二次被害もいいところです」

「モテるといえば、会社で不倫の噂があったようですが」

「そんなの、一方的にセクハラされていただけです」

予想どおり、従姉は声を尖らせた。

「香穂みたいな他人に強く出られない子は、セクハラ上司のいい餌ですもの。泣き寝入りするとわかっていて狙うんですよ。いまどきはコンプライアンスがちゃんとした会社も多いですが、あいにく香穂の就職先は……」

わかるでしょう、と言いたげに語尾が消えた。

「荻壮吾さんは、その会社での同僚でしたね」

同意する代わりに、未散はそう言った。

「香穂さんとは、いまはご連絡は?」

「まったく取っていません。というか、取れないんです。わたしども親戚はおろか、両親である叔父叔母ですら、香穂の居どころも連絡先も教えてもらっていません」

完全に行方をくらましているらしい。

未散は質問を変えた。

「壮吾さんの、第一印象を教えていただけますか?」

その問いに従姉はまぶたを伏せた。

「……はじめて会ったときは、よさそうな人に見えました」

「では、兄の悠太郎さんのほうはどうです?」

「素敵な人だ、と思いました。明るくて爽やかで、頼りがいがあって。この人なら香穂を守ってくれそうだと安心しました」

言葉に熱がこもる。

「弟のほうと婚約破棄した翌年、兄と結婚するなんて、確かにそこだけ聞けば変ですよね。道義的にもどうかと思います。でもわたし、はじめて悠太郎さんに会ったときに納得しました。これは香穂が心変わりするのも無理はない、とね。それくらい悠太郎さんは、自信に満ちた頼れる男性でした」

従姉は顔を上げた。

「誓って言えます。香穂はお金目当てじゃなく、悠太郎さん本人に惹かれたんです。遺産のことがなくたって、香穂は壮吾さんより悠太郎さんを選んだでしょう。なぜって香穂は、強い男性をずっと求めていたから」

真剣な瞳だった。

一拍置いて、未散は尋ねた。

「壮吾さんのストーキングに対する、悠太郎さんの反応はどうでしたか。彼はどんな態度でした?」

「最初は『信じられない』と言ったそうです。でもほんとうに壮吾さんがストーカーだとわかってからは、懸命に香穂を守っていました。何度も引っ越しを繰りかえして、香穂のスマホを買い替えることまでしてね。……なのに、駄目でした。壮吾さんはあらゆる手段を使って、あの子の目の前にあらわれた。ほんとうに、恐ろしい執念としか言いようがなかったです」

従姉の肩が、かすかに震えた。

7

カフェを出て、未散は駅前公園のまわりを歩いた。

歩くという行為は、なぜか脳を活性化させる。すこし考えをまとめたかった。

――はじめて聞く有意義な情報が、いくつかあった。

まず香穂の両親の件。セクハラ上司の件。

引っ越しを繰りかえし、スマートフォンまで替えた件。しかし香穂を追ってきたという壮吾。

――壮吾は遺産をもらえず、しかも無職だ。お金はなかったはずなのに。

そして従姉も、知人や関係者たちと同様に兄の悠太郎を誉めた。完璧だった、素敵な人だったと誉めそやした。

――でも、納得いかない。

世の大多数の人間は、兄弟姉妹の恋人や配偶者、ならびに友人のパートナーを恋愛対象にしない。無意識に〝対象外〟と見なす。そう切り替えるスイッチを、脳のどこかに持っている。

他人の所有物ばかり狙う人間も、確かにいる。だがあくまでそれは少数派だ。

なによりその手の輩(やから)は、周囲からはっきりと忌避(きひ)される。評判を落とし、嫌われ、はなはだしいときはすべてを失う。

――なぜ〝人格者〟のはずの悠太郎が、スイッチをオフにできなかった?

――周囲の悠太郎への評価が落ちなかったのは、なぜだろう?

そうだ。十一年前に〝引っかかった〟のはここだ。

悠太郎は弟の婚約者を寝取った。にもかかわらず、非難を浴びていない。いままでの評判で構築される悠太郎像は、むしろ聖人に近い。

非難の的にされたのは、香穂のみだ。

なぜならこの三角関係には〝遺産〟という背景があった。金目当ての女という、わかりやすい図式があったせいだ。

世の人々は、男を金で選ぶ女を嫌う。歯に衣着せぬ匿名のネット界では、とくにそれが顕著だ。

サイゼリヤ論争。奢り奢られ論争。ＡＴＭ論争。

金のかかる女、男に奢らせて平気な女、金目当てで男に近づく女は、言葉を尽くして罵倒される。

――自分に自信のない子でした。

――愛されること、肯定されることに不慣れでした。

従姉の言葉を反芻する。

――香穂の父親は、いつ会っても不機嫌な人でした。不機嫌にしていることで、家族をコントロールする人でした。

未散は再度、かつての親友を思いだした。

そして福子の父親に偶然出くわした、あの日のことを。

――クロゼットの骸骨……か。悪い。いやなとこ見せちまった。

スケルトン・イン・ザ・クロゼット。

古沢家のクロゼットには骸骨がいた。香穂の家にもだ。そしてきっと、荻兄弟の家にも潜んでいた。

壮吾の人物像はおおよそ描けた。従姉の証言で、香穂のこともほぼわかった。

しかし悠太郎だけがうまく摑めない。彼の人物像は、おそらく荻家の骸骨と繫がるはずなのに。

――その正体が知りたい。

バッグの中で着信音が鳴った。

はっとわれに返り、未散は足を止めた。

バッグの内ポケットから、スマートフォンを抜く。公衆電話からだ。

慌てて液晶をフリックした。

「……もしもし？」

「おう、世良か」

予想どおりの声だった。

未散の肩から、どっと力が抜けた。

古沢だ。古沢福子だ。

「ちょうど……、ちょうどいま、おまえのこと考えてたよ」

どこにいる？　と問いたかった。だがやめた。代わりに未散は「まだ生きてたか」と付けくわえた。

福子が喉（のど）でくくっと笑う。

「『週刊ニチエイ』読んだよ。稼いでるじゃん、世良」

「読んだ？　もうかよ、早いな」

「おまえのファンだからな」

「よく言う……」

言いかける未散の言葉を塞（ふさ）ぐように、

「一年のとき同じクラスだった、須賀（すが）を覚えてるか？」福子が言った。

「え？」

未散は面食らった。

「須賀？　ええと……どんな子だったっけ」

「薄情なやつ」

福子はいま一度くっくっと笑うと、

「思いだしてみろよ」
と言い、通話を切った。

その夜、未散は約一年ぶりに弟とＬＩＮＥをした。

「高校の卒アル、実家に置きっぱなしなんだ。こっちの住所に送ってくれない？　お礼に三千円送金するからさ」

未散と違い、弟の一翔（いちと）は地元に残った。

仲良しこよしの姉弟だとは、いまだに言えない。だが距離を取ったことで、気まずさはだいぶ薄れた。アプリ送金で礼さえすれば、小言を言わないぶん両親よりずっと話しやすい相手であった。

――それに、大人になってようやく気付けた。

結果的に自分は、一翔に母を押しつけたようなものだ。

愛されないことが、子どもの頃は悲しかった。一翔が嫌いだった。だがいまなら、一翔に罪はなかったとわかる。自分が恨むべきは、弟ではなかった。

「卒アルはもちろん着払いでね。あ、それともうひとつ」

未散は急いで付け足した。

梱包（こんぽう）前にアルバムから〝須賀〟の写真を探し、スマホで撮って送ってほしい――との頼みであった。

8

何年も前だが、未散は探偵事務所を取材したことがある。

そのときにこう言われた。「依頼の大半は浮気調査、もしくは人捜しです」と。人捜しのノウハウも、初歩の初歩ながら学ばせてもらった。

そのノウハウにならって、未散はGIGGLZの情報から当たることにした。香穂と壮吾がともにファンだったというバンドだ。

バンドはとうに解散していた。しかしギターが、別のインディーズバンドで活動中だった。

彼はSNSで、ライヴの予定をまめに告知していた。フォロワーは予想よりすくなく、百五十人弱である。

その中から未散は〝いいね〟を熱心に飛ばすフォロワーをピックアップした。

さらにそのフォロワーたちのアカウントへ飛び、似た景色を写りこませている二人組のユーザーを絞りこんだ。

該当の景色をグーグルアースで裏取りし、候補者が二組まで減ったところで、

「O・Kさん、旧姓F・Kさんですね？」

未散はダイレクトメッセージを飛ばした。

「とぼけても無駄です。画像の背景で、現在住んでいる町がわかりました。従姉のMさんに頼んで、住民票を閲覧してもらうことが可能です。つきましては、ご多忙とは存じますが、ぜひお会いする機会をいただきたく……」

四人のうち一人からは「人違いです」と返信があった。

二人からは音沙汰（おとさた）がなかった。

しかし残る一人からは「やめてください」との反応があった。

「いまさらなんですか。やめてください。そっとしておいて」と。

——引き当てた。

未散は内心でガッツポーズを取り、さらなる返信を打ちこんだ。


翌日、未散は埼玉県西堺町へ向かった。

東武日光線を降り、さらにバスを乗り継ぐ。住宅街のバス停から徒歩十分の距離に、そのアパートは冬空を背負って建っていた。

チャイムを聞いて出迎えたのは、四十歳前後に見える女性だった。

思わず未散は生つばを呑みこんだ。

——間違いない。香穂だ。

思ったより彼女は老けていなかった。ややふっくらしたぶん、昔より肌に張りがあり、むしろ若く見えた。

未散は後ろ手にドアを閉め、早口で言った。

「ダイレクトメッセージに書いたとおりです。あなたの平穏を壊す気はありません。ただすこし——すこしだけ、お話しさせてもらいたいんです」

香穂が唇を噛む。

「……でも、どうせ、記事にするんでしょう?」

「ええ。ですが事前にお約束したように、実名は出しません。どのみち一事不再理で、あなたを裁きなおすことは誰にもできない。地元の新聞を除いては実名報道されていませんし、ご近所の方が昔の新聞を見てもぴんと来ないでしょう。アパートの表札どおりあなたは旧姓に戻り、下の名もひらがなを通名にしておられるんだから」

息継ぎして、未散はつづけた。

「故意、だったんですね」

静かな声が出た。

「あなた——悠太郎さんを、わざと轢き殺しましたね？」

すべて諦めた顔つきで、香穂は未散を中へと通した。

メゾネットタイプのアパートだった。一階はリヴィングダイニングと水まわり。二階部分に二部屋がある間取りの、２ＬＤＫらしい。

多額の預金と不動産を相続したとは思えぬ、地味な暮らしぶりである。きっと目立ちたくないのだ、と未散は察した。

リヴィングダイニングは清潔で、適度に生活感があった。

予定をこまごまと書きこんだカレンダー。冷蔵庫に貼られた野菜形のマグネット。テーブルには、クリップで留めた食べかけの菓子袋が置いてある。いたって凡庸な幸せが、端々から匂いたつようだった。

「お子さんは、もう大きくなられたんでしょうね」

未散は言った。

カップにティーポットを傾け、香穂が無表情に答える。

「小五です。——いまは、学校に行っています」

それはそうだろう、平日の昼間だ。

次いで未散は、聞きづらいことに切りこんだ。

「父親は、どなたなんです？」

「……いま、一緒に暮らしている人が……実の父親です」

「壮吾さんですね」

沈黙をもって香穂は肯定した。

目を合わせず、未散の前にカップを置く。ダージリンの芳香が立ちのぼった。

「籍は入れられたんですね。荻家のご両親が亡くなったあと、壮吾さんがあなたの姓を名乗るかたちで、この縁もゆかりもない土地で結婚された。お子さんにとっては実の父親ですから、なんの混乱もありませんよね」

言いながら、香穂はかつてのクラスメイトの須賀を思った。

弟が送ってくれた卒業アルバムの画像で、未散は無事に彼女を思いだせた。

一見おとなしそうで、地味な女子生徒だった。いつも「継母(ままはは)に叩かれる」「いじめられている」「ごはんも満足に食べさせてもらえない」とまわりに訴えていた。

その訴えはひどく詳細で、かつリアルだった。だが誰も彼女に取りあわなかった。

須賀の評価はすでに定まっていた。「病的な嘘つきだ」と。

理由は中学時代にさかのぼる。

ある教師が、須賀の訴えを真に受けた。教師は児童相談所にかけ合い、須賀のために奔走した。

しかし虐待の証拠はいっさい出なかった。

母親は確かに後妻だったものの、須賀の体には痣(あざ)ひとつなかった。栄養状態は良好で、肌も歯も清潔だった。

教師は大恥をかいた。以後、須賀の言うことに耳を傾ける者はなくなった――。

「……ストーカーなんて、いなかったんですね」

未散はぽつりと言った。

「いつからの計画だったんです？　まさか結婚前から？　悠太郎さんが死ねば、いずれ荻家の遺産は壮吾さんが相続する。それを見越してのことですか？」

心にもない言葉で、未散はかまをかけた。

「違います」

予想どおり、香穂が顔いろを変える。

「遺産は関係ありません。結婚前からだなんて、やめてください。そんな……」

「では、いつです」

未散は真正面から問いつめた。

「あなたが悠太郎さんとの結婚を後悔したのは、いつ頃だったんです？」

「それは――」香穂が口ごもる。

「香穂さん!!」

ぴしりと未散は言った。

香穂は息を呑み、胸を手で押さえた。

静寂が落ちる。荒い呼吸音とともに、張りつめた緊張が室内に満ちる。

やがて、香穂は絞りだすように応えた。

「半年、――結婚して、半年ほど経ってから、です」

苦渋に満ちた声だった。

「もうひとつ、訊いていいですか」

未散は追い打ちをかけた。

「結婚前のあなたは、悠太郎さんといると安心できたんじゃないですか？　あなたが彼を選んだ決め手はそこでしょう。それは、壮吾さんにはない部分だった。あなたは無意識のうちに、悠太郎さんから父親と同じ匂いを嗅いだんですね？」

「ああ……」

香穂の喉から、低い呻きが洩れた。

両の肩ががくりと落ちる。頬は真っ白で、完全に血の気を失っていた。

香穂が訥々と語りはじめたのは、その十数分後のことだった。

9

『ルポ・円鍋市兄弟ストーカー過失致死事件』の後編は、順調に『週刊ニチエイ』に掲載された。全文は以下だ。


――あまり似ていない兄弟だった。

誰もが、口を揃えてそう語った。

兄のYは、幼い頃から目立って優秀だったという。小学校低学年までは、女の子とよく間違えられた。色白で目がくりっと大きく、睫毛の長い美形だった。

成績がいいだけでなく、打てば響く利発さがあった。おまけに運動神経もよかった。走れば必ず一着でゴールテープを切ったし、サッカーをやらせれば即レギュラーを勝ちとった。

性格は明るく、快活そのもの。つねに人の輪の中心にいた。バレンタインデイともなれば、女子生徒が机の前に長い行列をつくった。

Yは市立中学を卒業後、県内有数の進学校へ入学した。大学は、ゆうゆう合格圏内だった地元の国立に進んだ。

就職先も一流だった。本社を東京都千代田区に置く、大手総合化学メーカーだ。上司の覚えめでたく、二年目で本社へ異動。地元の茨城支社に戻されたときは、二十八歳の若輩ながら営業部の課長代理に昇進していた。

百八十センチの長身に、甘く整った容貌。上司が「男も女も、みんなあいつを好きになっちまう」と苦笑したほどの傑物であった。

一方、ふたつ下の弟Sも優秀な少年だった。ただし、ごく常識的にである。

成績はよかったが、トップクラスではなかった。運動神経も容貌も同様だ。すべてにおいて八十点ながら、「百点の兄さんに比べたら普通だな」と苦笑された。

教師の評価は〝性格に暗いところがある。消極的〟。

大学は兄と同じ国立に進んだ。卒業後は地元の工作機器販売会社に就職。その社で彼は、運命の女性Kと出会うことになる。

弟SとKは、二年の交際を経て婚約した。

だがこのKは、支配的な父親のもとで萎縮(いしゅく)して育った女性だった。自己肯定感が低く、ないがしろにされることに慣れていた。

今回の取材に応じたK本人は、当時のことをこう語る。

「Sと一緒にいると、幸せでした。でも不安でした。彼に大事にされればされるほど、怖かった。

わたしごときがこんなに幸せでいいのか、どこかに落とし穴があるのではと、ずっとびくびくしていました」

そんなKの前にあらわれたのが、兄Yである。

「Yはわたしを安心させてくれました。だって子どもの頃から慣れ親しんだパターンが、目の前にそのままあったからです。いま思えばYは、父そっくりでした。〝よそいきのときの父〟に生きうつしだったんです」

Kの実父は、上司や近隣住民の前では腰の低い男だった。しかし家庭内では、モラルハラスメントだらけの暴君だった。

兄YとKの出会いはある意味、災厄であり不運だった。不運は重なるもので、直後に兄弟の母方祖母が死んだ。

遺産の大部分は兄Yに渡った。弟Sの手には、一銭も入らなかった。

遺産の件について、

「当時はなにも知りませんでした」

とKは語る。

「裕福なおうちだとは察していました。でも遺産についてなんて、なにも教えてもらってなかった。こちらから訊くようなことじゃありませんし……」

ともかく、Kは兄Yから交際を申し込まれた。父親のようなタイプに逆らえないKは承諾し、弟Sに別れを告げた。

その後、順調な交際を経て、兄YとKは結婚した。

「Yとの婚約後は、まわりの目が一気に冷ややかになりました。でも弟から兄に乗り換えたのを非難されてるんだ、と思っていました。弁明？　まさか。ひどいことをしたのは自覚していましたし、軽蔑されてもしょうがないと思ってました……」

Kは会社を辞め、専業主婦となった。

一方の弟Sは会社を退職し、タイやベトナムなどアジア諸国を放浪した。そして帰国後は、兄夫婦の新居からほど近いアパートに住んだ。

Kの説得で今回の取材に応じた弟Sは、こう語る。

「幼い頃からぼくは、兄のサンドバッグでした」と。

「家庭内にぼくという存在がいることで、兄は完璧な外づらを保っていられたんです。彼はぼくの持っているものを、なんでも奪った。ぼくをつねに支配しておきたがった。ぼくは、兄のストレス解消の道具でした」

とはいえSはSで、兄から離れられなかった。

彼とKは同じだった。虐待とわかっていても、病んだ心は慣れ親しんだパターンに固執する。完全な共依存であった。

だが帰国して、兄嫁となったKを一目見たとき、ようやく弟Sは「間違いに気づいた」と言う。

「ぼくは兄と戦うべきだったんです。Kを、兄に渡すべきじゃなかった」

約一年ぶりに会ったKは、がりがりに痩せていた。

兄Yに何度も引っ越しを強いられ、携帯電話の番号を変えさせられ、友人知人からも親戚からも引き離されていた。孤独そのものだった。

「兄の一番得意な手口です。ターゲットからすこしずつ友人知人を奪い、頼れる相手をなくし、自分には彼しかいないと思わせるんです」

周囲の人間はみな、Y夫婦の転居およびKのスマートフォン解約を〝弟Sのストーキングがはじまってからだ〟と記憶していた。

しかしこまかく照らしあわせてみると、時系列にずれがあるとわかる。実際には弟Sの帰国前から、Kはじわじわと孤独に追いやられていた。

ある日、弟SはKにこっそりと尋ねてみた。

「幸せか？」

Kは答えた。

「いいえ」

その直後、Kは何度目かの引っ越しを兄Yに強いられた。

弟Sはその荷造りを手伝った。作業のさなか、Kはぽつりとつぶやいた。

こんな生活、まるでストーカーから逃げてるみたい――と。

「その台詞(せりふ)から着想を得たんです」

そう弟Sは筆者に語った。

「Kは精神的に、十二分に参っていました。心療内科から投薬も受けていた。この状況を逆手にとり、利用できるのではないかと閃いたんです。架空のストーカー被害をでっちあげて、心神耗弱状態だったと言い張る。うまくいけば、兄から永遠に逃げおおせるかもしれない――。ぼくらは、いえ、ぼくはそう考えました」

弟Sは、計画に沿うあらすじを練った。

自分自身がストーカー役となってKにつきまとい、彼女を精神的に追いつめる、というあらすじだ。

実際、警察は弟Sのストーキングについて、Kと弟S本人の証言しか得られていない。ほかは「盗聴器が部屋から発見された」という業者の証言のみだ。

「はじめのうち、Kは拒みました。でもぼくが押しきったんです。彼女もぼくも限界でした。これ以上は、二人とも耐えられなかった」

ここで不思議なのは、なぜKと弟Sが会いつづけることができたかである。

二人の会合を、よく兄Yが許したものだ。そう筆者が問うと、

「兄は奪った女を――Kを、ぼくに見せびらかして楽しんでいました」

弟Sは答えた。

「そういう人なんですよ。ぼくは兄をよく知っていた。兄が自宅に取りつけた盗聴器の場所だって、把握していた。だから盗聴器のある部屋でわざとKと話し、兄が喜ぶだろう内容の会話を聞かせていました。そうやって兄に媚び……いえ、安心させていたんです」

つまり盗聴器は、兄Yが設置したものだった。

彼が、妻を監視するために取り付けたのである。

「その盗聴器も、こっちの計画に組み入れてやりました。ストーキングについて第三者の証言もほしかったですしね。業者の選択に、Kの従姉を通したのはわざとです。彼女は兄に好意的だった。兄が誘導するままに、ぼくを嫌っていた。そういう人の証言こそ、あのときはほしかったんです」

なお業者が見つけた盗聴器は、業者との会話データを消したのち、弟Sがふたたび設置しなおしたという。

計画は実行された。Kの妊娠が判明したことが、Sの決心をさらに固くした。

そして駐車場での〝事故〟が起こった。

Kは取調官に泣きついた。

「毎日眠れなくて、幻聴や幻覚に悩んでいました。あの日も、Sさんが家に侵入した気がして……、逃げていくSさんを見たと思って、車で追ったんです。でもSさんじゃなかった。夫でした。ああ、わたし、夫を轢き殺してしまった……」

Kは半狂乱で、証言はほぼ支離滅裂だった。

彼女は叫んだ。

「わたしが悪かったんです。でも――でも、ただ結婚して、幸せになりたかっただけ。結婚に夢を見すぎたんです。ごめんなさい。ほんとうにごめんなさい」

彼女の言葉を疑う者はなかった。

彼ら夫婦は、特異なプロセスで結婚にいたっていた。なにより弟S本人がすべてのストーカー行為を認め、Kの証言を裏付けた。

その後は週刊誌などで報道されたとおりである。

不起訴処分となったKは遠方へ転居し、そこで子どもを産んだ。ほとぼりが冷めた頃、弟Sも彼女を追って引っ越した。

数年後、兄弟の両親が逝去。

母方祖母の遺産はほぼすべて弟Sに渡った。Kと、彼らの実子のものにもなる財産であった。

「――でも、金なんてどうでもいいんです」

弟Sは晴れ晴れとした顔で筆者に語った。

「ぼくらは兄から逃げきった。あの兄を、完全に出しぬいてやった。なにより肝心なのはそこですよ。ぼくの言う意味、わかってくださるでしょう?」

10

記事の後編が掲載されても、福子からの連絡はなかった。

――会いたいな。

未散は『週刊ニチエイ』を床に伏せ、ため息をついた。

会って、古沢と話したい。

おまえのおかげで記事が書けたと礼を言いたい。昔みたいに馬鹿話をしたい。仕事の愚痴を聞いてもらいたい。なにより福子自身の愚痴を、いままでなにがあったかを、何時間かかろうとすべて聞きたい。

しかしかなわぬ夢だった。

そんな日が来ることはないと、頭ではよくわかっていた。

かつてのクラスメイト、須賀を思いだす。

みな、彼女を嘘つきと思っていた。未散もそのうちの一人だった。まわりの評判を信じて彼女を虚言癖ありと断じ、ろくに視界に入れてこなかった。

しかし今回のことで、未散は彼女を調べた。そうしてはじめて知った。

須賀は八年も前に、実父を刺して重傷を負わせていた。

「殺すつもりで刺した」と須賀は供述した。だが動機は報道されず、それっきり続報もなかった。

――古沢は、須賀の事件を知っていたのか。

いや、知っていたに決まっている。だからこそあの電話で彼女の名を出したのだ。

もしかしたら在学中から疑っていたのかもしれない。須賀の訴えは、ほんとうにすべて虚言なのか。あの家にも大きな骸骨が潜んでいるのではないか、と。

未散は立ちあがり、窓の外を眺めた。

――こんなにも、古沢は頭がよかったのに。

成績優秀だっただけじゃない。彼女は鋭かった。人間の機微に敏かった。打てば倍にも響く叡智と、観察眼があった。

家庭環境さえよかったなら、きっと一流の大学に進み、一流の会社に就職できただろう。みずから会社を興す道だってあったかもしれない。

――でも現実には、あいつは人殺しの逃亡犯だ。

未散はガラスに額を付けた。

たられば は意味がない。わかっている。しかし考えずにはいられなかった。

もし福子が、もっとマシな両親のもとに生まれていたら？　どこかの段階で家出できていれば？　わたしと一緒に上京できていたなら？　女でなく、男に生まれていたら？

答えの出ない問いだった。

再度のため息が、凍てつく窓をほんのりと曇らせた。

＊　　＊

福子は畳の上で膝を抱え、男のいびきを聞いていた。

下品ないびきだった。ときおり「ふごっ」と鼻の詰まったような音が洩れる。だらしなくひらいた口から、よだれがひとすじ糸を引く。

男は熟睡していた。

当然だ、と福子はうすく苦笑する。

この部屋に来てから、男はラムコークを二杯飲んだ。福子が心療内科で処方された強い睡眠剤を、三錠ずつすりつぶして混ぜた特製ラムコークであった。

福子は男の手首をそっと握った。

反応はない。目を覚ます様子もない。

そろそろと男の腕を持ちあげ、彼の腹の上に置く。もう一方の手も同じように持ちあげ、静かに重ねる。

福子は彼の両手親指をまとめ、結束バンドで縛った。梱包用のプラ製結束バンドだ。足も同じく、両親指を縛った。

いびきはつづいている。福子は立ちあがり、部屋を出た。

戻ってきたとき、彼女は洗面器をふたつと、ビニールシートと、水にひたしたタオルを三枚持っていた。

床にビニールシートを敷く。男をそっと押し、その上へと転がす。

仰向け(あおむ)にしてしまうと、福子は男の横に膝を突いた。

きちんと膝を揃えて正座する。つづいて、男の顔に濡(ぬ)れタオルをのせる。タオルはすぐに顔へ貼りつき、目鼻のかたちに隆起した。

数秒後、「ぶぐっ」という声とともに、タオルが首ごと揺れた。

福子はさらに濡れタオルを重ねた。

「ふぐっ、ぶぐぐぐ、ぐっ」

男の揺れが激しくなる。三枚目を重ねる。

揺れは、すこしずつ静まっていった。

代わりに体全体が、びくびくと海老のようにこまかく跳ねた。断末魔の痙攣だった。

福子はベルトをはずし、彼のズボンを下げた。

失禁したらしい悪臭が、ぷんと鼻を突く。かまわず足を押しひらき、動脈を指で探った。まだ脈打っていた。

福子は男の片足を持ちあげ、腿の下に大きな洗面器をあてがった。

己の背後へ、ゆっくり手をやる。かねて用意の包丁を握るためだった。

福子はためらいなく、男の大腿動脈を切り裂いた。

第三話　シリアルキラーによろしく

I

「いつもお世話になっております。リストのデータ、確かに拝受いたしました。三日ほどお時間をいただければさいわいです――……」

メールを打つ手を、未散はそこで止めた。

しばし迷う。

だが結局は、目を閉じて送信ボタンをクリックした。

「いつもお世話になっております」は、ただの社交辞令ではない。『週刊ニチエイ』の編集長には、ほんとうに世話になっている。

先だって発表した『ルポ・高窪女子中学生墜落死事件』と『ルポ・円鍋市兄弟ストーカー過失致死事件』は、彼女のキャリアにしては破格と言える好評を得た。

おかげで付き合いがなかった出版社の数社から連絡をもらえた。「食事しながら打ち合わせでも」という嬉（うれ）しい言葉まで聞けた。

――ただしルポ第三弾は、いまいちな出来だった。

未散は指でこめかみを揉んだ。

題材は、某セレブ若妻の失踪事件を選んだ。不審点が多く、一般人の失踪ながら世の注目を集めた事件だ。彼女が消えて数年が経ったものの、いまだ話題性は充分なはずだった。

——なのに、いい記事にならなかった。

編集長には「言うほど悪くなかったですよ」と慰められた。「ネット記事のアクセス数、多かったし」とも励まされた。

しかし食い足りぬ記事に終わったことは、未散本人が一番わかっている。

——古沢から、電話がなかったせいか。

認めたくはない。だがその可能性は否定できなかった。彼女からのヒントがないせいで、自分は中途半端なルポしか書けなかったのか。

過去のルポ二件は、前編を発表したあとに福子から連絡があった。記事の真相に対し、遠まわしながらもヒントをもらえた。

だから今回も、とつい期待した。また福子が電話で有効な一言をくれるのでは、と、どこかで甘い考えを抱いてしまった。

——でも、連絡は来なかった。

わたしって馬鹿だな。未散は自嘲した。

福子に頼りすぎだ。他人を当てにして記事を書こうだなんて、自分の実力不足を認めているようなものだ。

最後に福子と話してから、約二箇月が経った。

クリスマスが終わり、年が明けた。ショーウインドウからは正月用の飾りがはずれ、バレンタインのディスプレイ一色である。

ニュースキャスターは「今季一番の大寒波」と毎朝のように繰りかえす。道行く人たちはみな、コートと帽子とマスクでがっちりと身を鎧っている。

——古沢は、暖かいところにいるんだろうか。

三杯目のコーヒーを淹れながら、未散は案じた。

ごはんやお金はどうしているんだろう。安全に寝泊まりできる場所はあるのか。寒さと飢えで、震えていないといいが。

ノートパソコンのモニタに目を戻す。

編集長が送ってきたリストには、十を超える事件名が並んでいた。人気グラビアアイドルの変死、若手政治家の自殺等々。どれも世間の話題を大いにさらった事件だ。

——でも、そそられない。

未散はノートパソコンを閉じた。

どの事件にも乗り気になれない。

いま未散が追いたいのはただひとつ。連続殺人犯、古沢福子の足跡だ。

もちろん事件概要は知っている。被害者四名の名と職業も、そらで言える。

彼らと福子に濃い繫がりはなかった。接点はあったが、金銭トラブルや痴情のもつれは発見されなかった。殺害の動機もいまだ不明だ。

——古沢は、なぜ彼らを殺したんだろう。

いままでは、あえて調べてこなかった。くわしく知るのが怖かったからだ。

自分の中の古沢福子像が壊れそうでいやだった。

だから、深掘りすることを避けてきた。

女性の連続殺人者はけっして多くない。無差別殺人となるとさらに稀少(きしょう)で、九九・九パーセントが金目当てだ。被害者は大半が身内や同僚、知人のたぐいで、手口も合理的かつ即物的である。

――連続殺人者のプロファイルと、わたしにとっての古沢像は、重なるようでいて重ならない。

だからこそ未散は、いま福子を知りたかった。彼女の過去を追いたい。古沢福子という人間を今度こそ把握し、掘り下げたい。

手もとでスマートフォンが鳴った。

なんの気なしに目を向け、眉根(まゆね)を寄せる。

非通知着信だった。

まさかね、と思いつつ手を伸ばす。まさかとは思うが、もしかしたら――。

「……もしもし?」

「おう、世良」

予期していた声だった。古沢福子だ。

未散の手が、かすかに震えた。

「借りたスマホからかけてる。おまえが折りかえすと迷惑になるから、非通知設定にしたんだ。出てくれてよかったよ」

「古沢、おまえ、いま――」

どこにいる？　との問いをさえぎって、

「頼みがある」

福子が言った。

ごくりと未散はつばを呑みこんだ。頼みがあるだなんて、福子に言われたのははじめてだ。高校時代ですら記憶にない。

「……どんな頼みだ？」

言葉を選び、慎重に未散は問うた。よけいなことを言ったら、その瞬間に切られそうで怖かった。

「ある家について、調べてほしい」

意外な申し出だった。

考え考え、未散は答えた。

「それを——調べてやったら、わたしに見返りはあんのかよ？」

「あるさ。世良、ネタに困ってるんだろう」

さらりと福子は言った。

「いいのを提供してやるよ。前々回のストーカー兄弟の記事、評判よかったよな？　おまえの好きそうなストーカー事件が、もう一件ある」

2

福子が口にしたのは、未散の記憶にない事件だった。

さっそくウィキペディアで調べてみる。『檜形弁護士一家心中事件』という事件名で載っていた。

ことの起こりは、三年前の初秋だ。

土曜日の午後二時半、神奈川県檜形市学校通りに建つ酒屋を一人の男が訪れた。

いらっしゃいませ、と顔を上げた店主が真っ先に思ったことは、

「えらく派手なシャツのおっさんだな」

だったという。

しかしそれも一瞬だった。利き酒が得意で嫌煙家の店主は、鼻がよかった。目の前の客から漂う異臭をはっきりと嗅ぎわけた。

それは〝なまぐさい〟としか形容できぬ臭いだった。

よくよく見れば、客が着ているのは白のワイシャツだった。しかし派手な色が――どぎつい赤が、カラーインクでも浴びたかのように、胸から腹をべっとり染めていた。

さらによく見ると、客は知った顔だった。

同じ町内に建つ武藤家のご主人だ。妻がいつも「先生、先生」と呼びかける、四十代の弁護士である。

しかし、いつもの様子とはまるで違った。髪は乱れ、眼鏡のフレームが曲がっていた。目は濁ってうつろだ。おまけに頬と顎には、シャツを染めているのと同じ赤が、しぶきのように点々と散っていた。

「あのう、妻を……。妻子を、殺してしまいまして」

武藤一成弁護士は、魂の抜けた声で言った。

「警察を、呼んでもらえませんか。おかしな話に聞こえるでしょうが――、自分で呼ぶ勇気が、なくて」

みなまで聞かず、店主はバックヤードに駆けこんだ。

だが一一〇番通報をして戻ると、武藤弁護士は姿を消していた。

彼がふたたび見つかったのは、通報から二十七分後のことである。自宅から六キロほど離れたコインパーキングでだ。

妻名義の軽自動車の後部座席で、武藤弁護士は己の頸動脈をかき切っていた。あきらかに自殺であった。

ほぼ同時刻、武藤家では妻の杏子と、長男の聖太の死体が発見されていた。

二人とも包丁による刺殺である。杏子は心臓部を二突き、聖太は一突きされていた。苦しまぬよう、急所を正確に刺したらしい。なお聖太はまだ小学四年生で、杏子は妊娠八箇月の身重だった。

武藤弁護士は、スマートフォンのアプリに遺書らしきメッセージを遺していた。

「こうするしかなかった。弱いわたしを、どうかお許しください」——。

警察はただちに武藤弁護士一家を調べた。

しかし問題らしい問題は、ひとつも見つからなかった。

借金なし。異性問題なし。依頼人とのいさかいや、ご近所トラブルなし。SNS上のごたごたもいっさいなし。スマホやパソコンの通信履歴、カード使用履歴、ママ友関係、いじめ関係、すべてクリーンであった。

武藤弁護士は四十一歳の中堅だった。

妻の杏子は三歳下で、大学時代の後輩である。

ベストカップルとして学内新聞でも紹介された、お似合いの二人だった。六年の交際を経て婚約し、結婚後は早々に子宝に恵まれた。

築二年のマイホーム。愛する妻。可愛い息子。仕事も順調そのものだった。なにひとつ問題はなかった。にもかかわらずの、不可解な一家心中であった。

——確かに興味深い事件だ。けれど。

ノートパソコンの前で、未散は首をかしげる。

――これのどこが〝ストーカー事件〟なんだ？

この事件がもし編集長のリストに載っていたなら、未散は「勘違いだな」で済ませただろう。みんな忙しいのだ、ミスがあって当然だ、と。

――でも古沢に限って、勘違いはあり得ない。

未散はキーボードを叩（たた）いた。条件をさらに絞りこみ、ネット上の記事を掘っていく。検索ワードを変えては試し、変えては試し、しつこく丁寧に探しつづける。

その甲斐（かい）あって、未散は古い記事を見つけた。

正確には記事のコピペが匿名掲示板のキャッシュに残っていた。とっくに休刊した、下世話な実話系週刊誌からの抜粋だ。

心中事件の半月前に武藤弁護士と会ったという、友人の証言がメインであった。

かの友人は十年以上、武藤弁護士と会っていなかった。たまたま商用で神奈川に来た際、「ひさびさに飲もうや」と声をかけたのだという。

友人いわく、落ちあったのは檜形駅前の居酒屋だった。ほどほどに酒が進んだ頃、武藤弁護士はぽろりとこぼした。

「じつは……ストーカーに悩まされているんだ」と。

「なんだそりゃ」

友人は笑った。

「ストーカー？　おまえが？　はは、モテ男気取りなんて似合わねえぞ」

だが武藤弁護士はにこりともしなかった。眉間（みけん）に皺（しわ）を刻んだその顔は、真剣そのものだった。

「おいおい」

慌てて友人は言った。

「まさか浮気か？　おかしな女とはさっさと手を切れよ。あんないい奥さんがいて、なにが不満だってんだ」

「そんなんじゃない」武藤弁護士は反駁した。

「そんなんじゃない。……ただ」

顔を伏せ、呻くように彼は言った。

「もしおれになにかあったら、殺されたと思ってくれ」と――。

友人の証言はここで終わっている。

――確かに、意味ありげな記事だ。

未散は腕組みした。

しかし実際には、殺されたのは武藤弁護士ではなかった。彼の妻子だ。しかも手にかけたのは、武藤弁護士自身であった。

つづく記事によれば、武藤家がストーカー被害に遭っていた物証はゼロだった。

妻の杏子は明るい人柄で、ママ友も多かった。だが彼女からストーカーの相談を受けた友人知人はいない。長男の聖太が、それらしき話題を学校で発した様子もない。また武藤家から、最寄りの交番等への通報は一度もなかった。

――なぜ古沢は、これをストーカー事件と断定したんだ？

未散はロウテーブルの抽斗を開けた。

カフェイン入りの飴をひとつ口に放りこむ。舐め溶かすのがまどろっこしく、奥歯でがりがり噛みくだく。

——わからないことだらけだ。

とはいえ、確かに好奇心をそそられた。

武藤弁護士一家になにがあったのか。ストーカーは実在したのか。また福子の〝頼みごと〟は、いったいどんな意味を持つというのか。

気づけば未散は、『週刊ニチエイ』編集長宛てにメールを打っていた。

「リストにはない事件ですが、『檜形弁護士一家心中事件』でやりたいと思います。何卒ご一考をお願いいたします」

とのメールであった。

3

未散はまず、くだんの友人に会うことにした。武藤弁護士の口から直接、「ストーカーに悩まされている」と聞いた人物だ。

記事が載った実話系週刊誌は、さいわい日永新報社の子会社から出版されていた。『週刊ニチエイ』と同じ〝日永新報社グループ〟のうちの一社である。

編集長を通して子会社に該当記事を探してもらう間、未散はもうひとつの案件に取りかかった。福子から頼まれた件だ。

あの日「調べてほしい」と言われたとき、未散はてっきり「実家の様子を知りたいのか」と思った。福子が指名手配犯となったことで、家族がどんな思いをしているか、どう暮らしているか知りたいのではと。

しかし違った。福子が口にした家名は、古沢ではなかった。

——梯家。

住所は栃木県酉波市大字保角一一三四番。世帯主は梯茂夫。生きていれば、現在八十歳。福子が知る当時は、茂夫の両親、妻、長男、長女と同居だったという。家族全員の名と年齢も教えてもらえた。

「名前も住所もわかってるなら、なんで自分で調べない?」

そう未散が問うと、

「用心してるんだ」

硬い声で福子は言った。

「わたしが調べていると、向こうにほんのすこしも気取られたくない」

そして「来週の水曜、十九時に電話する」と告げ、彼女は通話を切った。未散に有無を言わせぬ、一方的な切りかたであった。

「……さて、と……」

未散は首の関節をこきりと鳴らし、つぶやいた。

「まずは正攻法でいくかな」

ノートパソコンのキーボードを叩く。〝酉波市〟のワードを入れ、長男と長女の名で検索する。

佐藤や鈴木でなくてよかった、とじきに実感した。〝梯〟は珍しい姓である。とくに関東では稀少姓のうちに入るだろう。地名とフルネームと年齢が一致したなら、本人とほぼ確定してよさそうだ。

——よし、ヒットした。

現在五十五歳の長男の名は、社会人野球サークルの名簿で見つかった。西波市の市職員で編成されたサークルである。役員にも名を連ねていた。

四十九歳の長女のほうは、十年以上前にFacebookに登録していた。とうに更新を止めているが、アカウントは残ったままだ。

長女のフォロワーに、未散はその娘らしき名を見つけた。娘はプロフィールにTikTokアカウントのリンクを貼っていた。TikTokへ飛ぶと、さらなるリンクでInstagramにも飛べた。

SNSで得た情報を、未散はじっくり吟味した。

次いで、電話を一本かけた。

「もしもし、あーちゃん？　未散だけどさ」

相手は、栃木県足利市に住む従姉である。

四人の子持ちながら、パチスロがやめられずに離婚寸前だと聞いている。そして足利市から西波市までは、電車でたった二駅だ。

「じつは、あーちゃんに頼みがあるんだ。最近スロ行けてないでしょ？　ちょっと小遣い稼ぎしたくない？――」

4

武藤弁護士の友人とは、翌週の火曜に会えた。

指定されたのは、高田馬場の一角に建つドトールだ。常連らしい大学生たちの大声に辟易しつつ、狭いテーブルで額を突きあわせた。

「ストーカーどうこうの話を、武藤はおれ以外にはしてなかったらしいですね。取材のあと、雑誌を読んではじめて知りました」

　三年のときを経ても、友人は忸怩たる思いを抱えているようだった。

「なんでおれにだけ？　とそのときは思いました。いや、迷惑って意味じゃないですよ。そういうんじゃなくて――」

　彼は口ごもってから、

「だっておれの結婚披露宴以来、ずっと会ってなかったんです。飲もうって声かけたのも、ただの出張のついでです。なのにあいつは、おれだけにストーカーの件を打ちあけた。心底そこが不思議でね……」

　はっと言葉を切り、急いで手を振る。

「あ、誤解しないでください。嘘だと言いたいわけじゃありません。武藤はその手の悪ふざけをするやつじゃなかった。学生の頃から、真面目一徹な男でした」

　断言してから、友人は目を伏せた。

「でもいま思うと――あいつ、孤独だったのかな、と思うんです。『男は社会人になると、新たな友達ができづらい』なんてよく言うでしょう。あいつは会社員じゃなかったから、よけいですよ。それに『旅の恥はかき捨て』じゃないけど、普段付き合いがない相手のほうが、言いやすい愚痴もあるじゃないですか。武藤にはおれくらいしか、ぽろっとこぼせる相手がいなかったのかなあ……なんて」

「それはあるかもしれませんね」

　未散は首肯した。

『親に心配かけたくないから』といじめを隠す子どもや、過労死寸前まで追いつめられても『まわりの期待を裏切れない』と勤めつづける会社員はすくなくないです。真面目な人ほど、そう考えがちです」

「ですよね」

神妙にうなずく相手に、未散は尋ねた。

「武藤さんは、ストーカーの素性をご存じのようでしたか?」

「はい。でも、なんだか変でした」

「変?」

「えーと、だいたいの話しか覚えてないんですが……」

目を宙に据え、彼は言った。

「記憶では、その相手は武藤にすごく感謝していて、好意的なんだと言っていました。身重の奥さんのため車を出してくれたり、子どもと遊んだり、買い物の手伝いをしてくれたり、です」

「親切ですね」

「ええ。武藤も『仕事で家をあけることが多いから、ありがたい』と言ってました。なのに『それが怖いんだ』と付けくわえるんです。『なにがどう怖いんだ?』と、もちろん訊きましたよ。でもあいつは、煮えきらない返事をするだけでね」

——武藤に感謝していたなら、元依頼人か。

未散は素早く考えた。

彼の働きで、勝訴できたクライアントだろうか。

資料によれば、武藤一成は民事も刑事も扱う弁護士だった。とくに交通事故や傷害事件を専門としていたようだ。

「ではストーカー……いえ、その人は、武藤さんのお宅に堂々と出入りしていたんですね。奥さんはどう思っていたんでしょう」

「武藤は『妻はあやしんでいない』と言ってました。でもその言いかたも、妙な感じだったな。奥歯にものが挟まったような、というか」

友人は眉根を寄せた。

「『怖いだのあやしむだの、どういうことだ。逆恨みされる覚えでもあるのか?』とおれは尋ねました。でも武藤は、『ない。感謝され、恩人だと思われている』と言うんです。『元依頼人か? 男か女か?』と訊きましたが、答えませんでした」

「なんだか不気味ですね」

「でしょう? 『向こうが犯罪者だから怖いのか? 女なら、やくざか半グレの情婦か?』と問いつめても、あいつは『違う、違う』と言うばかりでね。しまいには『おれの頭がおかしいのかもしれん』とまで言いだしました」

友人は肩をすくめて、

「だから最終的に、こりゃ女だな、と思ったわけです。そうじゃなきゃ、大の男があんな愚図愚図ぐだぐだ言うわけない。おれは説教してやりましたよ。『おかしな女とは手を切れ。あんないい奥さんを泣かせるな』とね。でも武藤のやつ、かたくなに浮気を否定するんです。そして、最後に言いました。『もしおれになにかあったら、殺されたと思ってくれ』と」

さすがにぎょっとしましたよ——。彼は声を低めた。

「後日のニュースであいつの死を知ったときは、もっと驚きました。仰天なんてもんじゃなかったです。正直言って、いまも信じられません」

店内の喧騒がその声にかぶさる。

「おれが知ってる武藤は、やさしい男でした。頭がよくて、なにより正義漢でした。現場から出た指紋とDNAはあいつのものだけで、間違いなく一家心中だったそうですが……」

友人はかぶりを振った。

「あの武藤にどうして奥さんや子どもを殺せたのか、いまだにまったくわからない。何度考えても、納得できないんですよ」

5

予告どおり、福子は水曜の十九時ちょうどに電話してきた。

「よう、世良」

「おう、古沢」

さっそく未散はノートパソコンを引き寄せた。

〝従姉のあーちゃん〟は、二万円の謝礼で未散の頼みをこころよく引き受けてくれた。彼女から梯家の調査結果が届いたのは、つい昨日のことだ。

「古沢。おまえがなにを求めてるか知らないが、梯家にあまりいい噂は……」

「わたしの考えは気にするな」

ぴしゃりと福子は言った。

「真実だけ、教えてほしい」

「……わかった」

未散は〝従姉のあーちゃん〟のメールをそのまま読みあげた。

世帯主の梯茂夫は存命だが要介護4で、特養老人ホームの空き待ちであること。その妻は認知症が進み、徘徊(はいかい)などで近隣に迷惑をかけていること。茂夫の実父も長らく寝たきりだったが、三年前に亡くなったこと。

市役所勤めの長男はバツ3なこと。若ぶってあちこちの社会人サークルに所属し、先輩風を吹かせて煙たがられていること。

出戻り長女は娘も同じく出戻りで、孫ともども実家に居ついていること。親族から犯罪者を出したかなにかで、町内全体から避けられていること、等々――。

福子は黙って聞いていた。

メールを読み終えても、まだ沈黙はつづいた。

「――武藤弁護士の友人と、会ってきたよ」

福子の返事を待たず、未散は告げた。

「武藤弁護士から、ストーカー話を直接聞かされた友人だ。彼が妻子を殺したなんて、いまだ信じられないと言っていた。古沢、これは第三者による殺人なのか？」

「いや」

福子がさえぎるように言う。

「あれは心中事件だ。間違いない」

「なぜそう断言できる？」

未散は迫った。

しかし福子は「世良、見返りがほしいって言ったよな?」と話を変えた。

「礼代わりに教えてやる。武藤弁護士を恩人と崇め、彼の家に出入りしていた人物の名前だ。当時は通名を名のっていたが、本名は〝最川軍司〟」

「もがわ……」

口の中で繰りかえしてから、

「おい、それってあの最川軍司か!?」

未散は叫んだ。

「そうだ。面会に行けよ、世良」

福子の語調は静かだった。

「最川は未決囚だ。まだ面会できる。……わたしの名を、出してもいいぞ」

6

未散が取材で東京拘置所を訪れるのは、人生で二度目だった。

受付を済ませ、彼女は待合室のベンチに座っていた。

手の中には、受付でもらった番号札がある。面会の順番が来れば、液晶モニタに番号が表示されるシステムだ。

——武藤一成が、まさか最川軍司の弁護人だったとは。

『町田・八王子連続殺人事件』の控訴審で、最川に人権派の弁護団が付いたことは未散とて覚えていた。とくに団の代表はワイドショウに出ずっぱりで、連日熱っぽく冤罪を訴えたものだ。

だが武藤一成は、弁護団の一員ではなかった。

彼はもっと前に、いっとうはじめに最川へ付けられた国選弁護人だ。死刑を言いわたされた一審の弁護と、その後の控訴手続きをこなしたのが武藤である。

国選にもかかわらず、武藤弁護士は熱心に最川を弁護した。

その働きに目を留めたのが、のちに弁護団代表となる高名な弁護士だった。彼は『町田・八王子連続殺人事件』の物証の乏しさに気づき、

「これは冤罪なのでは?」

と疑いを抱いた。そこからは早かった。あれよあれよという間に、一大弁護団が結成された。

――武藤弁護士の経歴をさかのぼれば、いずれは最川にたどりついたろう。

だがこんなに早く最川の存在を掘り起こせたのは、間違いなく福子のおかげだ。いやそもそも、福子なしでは弁護士一家の心中に興味を持つこともなかった。

――もうすぐだ。

耳もとに、未散は己の鼓動を感じていた。

あと十数分で、自分は稀代(きたい)の怪物と顔を合わせることになる。番号札を握った手が、汗でじっとり湿っていた。緊張と、興奮の汗であった。

やがてモニタに番号が表示された。

未散は立ちあがり、ロッカールームに向かった。バッグをロッカーに入れ、ペンとメモ帳だけ持って施錠する。

――『町田・八王子連続殺人事件』。

事件概要は、昨夜のうちにおさらいしておいた。

いまから十年前、町田市と八王子市をまたいで、六人もの男女が殺された凶悪事件である。

被害者はいずれも、ドライブデート中のカップルだった。

三現場とも夜更け過ぎの駐車場だ。犯人は外からガラスを叩くなどして、運転席のウインドウを開けさせた。

どのケースでも、運転席には男性が座っていた。彼らは改造釘打ち機で、こめかみを数発撃ち抜かれて死んだ。

女性のほうはさらに悲惨だった。

彼女たちは助手席から引きずりだされ、人気のない物陰でいたぶられた。当時の週刊誌は、精いっぱいひかえめな表現として「性的な拷問」と書いている。検視担当官の言によれば、最低でも三時間はつづいた拷問だった。

そうして犯人が満足したのち、彼女たちは殺された。

死因はひとしく〝手指による絞殺〟。白い喉に、親指の跡が二つくっきり残っていたという。

町田署と八王子署は同一犯の犯行と睨み、合同特別捜査本部を立ちあげた。

被害者たちに接点はなく、怨恨の線は考えづらかった。捜査員は現場から微物を採取し、地理プロファイルをもとに居住区を割りだし、累犯者をリストアップしたのち、物証と照らしあわせた。

その結果浮かんだ容疑者が、当時三十七歳の最川軍司である。

最川がはじめて逮捕されたのは、小学五年生のときだ。

強盗殺人だった。近所の家に盗みに入り、見とがめた家人を牛刀で刺したのだ。刺した理由は「大声を上げられ、怖かった。パニックになった」

被害者は即死したものの、最川は十四歳未満だったため罪に問われなかった。

成人後は、何度か傷害や暴行事件を起こしている。本人いわく「昔のことでいつまでも色眼鏡で見られ、かっとなった」「世間の偏見が憎い」「過去にとらわれず、いまのおれ自身を見てほしかった」

親戚や保護司の紹介で働くも、長つづきせず、職を転々とした。『町田・八王子連続殺人事件』が起こった頃は無職であった。

警察は最川をホンボシと断定し、逮捕した。別件逮捕などで勾留期間を延ばし、約二箇月後に自供を取った。

翌々年、地裁にて死刑判決。

原告側はこれを不服として、ただちに控訴した。このときの弁護人が武藤一成弁護士である。

さらにその翌年、弁護団が発足。

二年後、高裁にて最川は逆転無罪となる。「証拠不十分」と「取り調べ中の暴力」が重視されての判決であった。

——だが、そこで終わりではなかった。

未散は金属探知機のゲートをくぐった。

拘置所の長い廊下を歩く。突きあたりのエレベータで指定の階まで昇り、ようやく面会室にたどり着く。

——逆転無罪で、めでたしめでたしとはいかなかった。

扉の前で、未散は頰を引きしめた。

最川軍司がまたも逮捕されたのは、いまから一年半前のことだ。

罪状は〝四人の殺害〟。

『町田・八王子事件』で無罪を勝ち取り、一躍冤罪のヒーローとなった最川は、マスコミを避けてひっそり神奈川県へ引っ越した。横浜以外の市を二年かけて転々としたのち、瑞葉市に腰を落ちつけた。

その地で、彼は一家惨殺事件を起こしたのだ。

被害者はごく平凡な五人家族だった。最川の住むアパートから徒歩三分の、築浅な一軒家に住んでいた。

食品卸会社で係長を務める夫。育休中の妻。子犬のようにやんちゃな長男と長女。そして生後四箇月の次男。

そんな一家の、日曜の昼下がりを最川は襲った。

インターフォンモニタの自動録画によれば、最川が一家を急襲したのは午後一時二十七分。凶行を終え、出ていったのが二時八分だ。

三時十四分、近隣住民が玄関の血痕に気づいて通報。三時二十九分に、血の海と化した邸内から、七歳の長男が警察によって保護された。

長男は傷ひとつなかった。しかしほかの家族は滅多刺しであった。

もっとも刺されたのは父親で、全身を三十六箇所。

次が生後四箇月の次男で、腹部を二十九箇所。

反撃力の高い父親を念入りに刺したのは、まだわかる。だが赤ん坊への過剰殺傷は不可解だった。蜂の巣と見まがうほど穴だらけの遺体に、百戦錬磨の捜査員たちもさすがに声を失ったという——。

未散は面会室の扉を開け、中に入った。

殺風景な狭い小部屋だ。ぶ厚いアクリル板の手前に、パイプ椅子がぽつんと置かれている。座って、しばし待つ。

アクリル板の向こうで扉が開いた。

刑務官とともに一人の男が入ってくる。

若い刑務官は書机に着き、男は未散の向かいに座った。

――最川軍司。

つい数箇月前、地裁で死刑判決を受けたばかりの男だ。ただし今回の弁護人は、武藤一成ではない。手ごわい弁護団が付くことももはやない。

未散は最川を見つめた。

一部のネット民に熱狂的に支持され、「神」とまで崇められる男が、いまアクリル板の向こうにいた。

――でも、とてもそうは見えない。

貧相な小男である。

目じりと眉じりが垂れ、逆に口角は上がっているため、真顔でも微笑んでいるように見える。まだ四十七歳のわりに頭髪が寂しい。どこにでもいる、ごく平凡な中年男に見えた。

「どうもどうも。『週刊ニチエイ』から来たんやて?」

最川のイントネーションには、西の訛りがあった。

「娑婆にいるとき、けっこう読んでましたわ。あのほれ、名物のエロ記事があるでしょ、読者投稿のやつ。あれが好きでね。へへ、あれってほんまに投稿記事なん? おたくあたりが書いとるんちゃうの、実体験をもとにしてね。えへへ……」

未散は無表情を保った。

最川の目を見据え、胸中でつぶやく。

――これは賭けだ。

初手からこの言葉を口にするのは賭けだ。だが未散はひと息に言った。

「わたしは古沢福子の友人です。彼女からあなたの名を聞き、ここに来ました」

賭けの結果はすぐに出た。

最川の目が、すう、と変わった。

まず侮りと揶揄の色が失せた。唇から笑みが消えた。替わってあらわれたのは、凪いだ海にも似た無表情であった。

最川はゆったりと指を組み、

「――なにが訊きたい？」

平板に言った。

「『檜形弁護士一家心中事件』について、調べました」

目をそらさず、未散は答えた。

「武藤一成弁護士が、妻子を殺して自殺した事件です。ご存じですよね。あなたの国選弁護人を務めたかたです」

「ああ。不幸な事件だった」

最川が顎を引く。その口調から、訛りはぬぐったように消えていた。

未散はうなずきかえし、

「『町田・八王子連続殺人事件』で逆転無罪判決を受けたあなたは、釈放後、神奈川県檜形市に引っ越した。当時は支援者と養子縁組し、姓を変えていたそうですね。下の名は通称として〝健司〟を名のった。マスコミが広く使ったのが中学の卒アル写真だったこともあり、檜形市営団地に住む中年男性のあなたを〝最川軍司〟と認識する者は皆無でした。——支援者と、武藤弁護士を除いては」

「暮らしやすい街だったよ」

最川がさらりと言った。

「いい街だった」

「あなたはその〝いい街〟で、〝いい人〟としてふるまった」

未散はつづけた。

「新しく手に入れた名で、武藤家を訪れ『武藤先生は恩人だ。感謝しています。すこしでも恩返しがしたい』と奥さんに語った」

「言っとくが、嘘じゃないぞ？」

最川は椅子にもたれた。

「おれは心から、武藤先生に感謝していた。先生はおれのために頑張ってくれた。あんなたいそうな弁護団が付いたのも、先生の熱心さが偉い弁護士たちの胸を打ったからだ。ほんとうに武藤先生は、よくやってくれたよ」

愉快そうに目を細める。

「——腹ん中じゃ、ずっとおれを疑ってたのにな」

「ええ。武藤弁護士は、仕事に私情を挟む人ではなかった」

未散は同意した。

「弁護士の仕事は、弁護することです。どんな被告人だろうと、ひとしく弁護される権利があります。彼は疑いを表に出すことなく、あくまで弁護士として最善の仕事をやり遂げました」

「真面目な人だったよ。国選なんて手弁当で、もうけどころか持ち出しばっかなのにさ。糞が付くほど真面目な先生だった」

「ですよね。だから武藤弁護士は、自宅に出入りするあなたに『やめろ』と言えなかった。ご近所や妻子に、あなたの素性を明かすこともしなかった。なによりあなたは冤罪の被害者で、不幸に耐え抜いたヒーローです。胸の底で疑っていたなんて、いまさら言いだすわけにいかなかった」

「おれは、精いっぱい感謝を伝えたよ」

最川は微笑んだ。

「お腹が大きくなっていく奥さんのため、毎日のように運転してやった。重いものを持ち、脚立にのぼって電球を替え、庭仕事をしてやった。聖太くんとキャッチボールだってした。武藤先生は忙しくて、わが子と遊ぶどころじゃなかったからな。家庭には、やっぱり男手が必要さ」

「あなたが家庭に入りこみ、馴染んでいくほどに、武藤弁護士は怯えた」

未散は語調を強めた。

「一方、武藤弁護士の奥さんは、夫を信じていた。彼に元依頼人だとのみ聞かされ、屈託なくあなたを受け入れた。しかし武藤弁護士は――彼は、あなたを知っていた。『町田・八王子連続殺人事件』の犯人の手口をよく知っていた」

幸せなカップルを襲う、冷酷かつ凄惨な犯行。

最低でも三時間にわたる性的拷問と、その後の扼殺。

「そんな事件の犯人かもしれない男が、へらへらと家族に近づいてくるんだ。そりゃあ怖いよなあ」

他人事のように最川は言った。

「かわいそうに。武藤先生は、たった数箇月で人が変わっちまった。眠れず、食えずで、十キロ近く痩せた。さぞ思い悩んだろう。わかるよ。だが疑ったところで、先生にはどうにもできなかった」

「ええ。一事不再理の法則がありますから」

未散は首肯した。

「判決が確定した罪状で、同人を二度裁くことはできない――。しかもその判決は、武藤弁護士自身が尽力したものでした。彼はこの世で一番あなたを疑いながら、この世で一番口にできない立場だった」

「つらかったろうな」

最川はにやりとした。

「おれみたいなやつに、愛する妻と可愛い息子が捕まったらどうなる？　何時間もいたぶられた末に……なんて、つい考えちゃうよな。想像しただけでたまんないよ。おかしくなって当然だ。先生はごく普通の、まっとうな人だったもんねえ。そう、あいつにやられるくらいなら、この手でいっそひと思いに――。なんて思いつめちまっても、誰にも責められないさ」

すらすらと棒読み口調で言って、最川は肩をすくめた。

「で？」

目線を上げる。

「で、わかってるなら、あんたはなにを訊きに来た？」

「あなたが一年半前に起こした『瑞葉一家惨殺事件』です」

未散の口から、するりと言葉がこぼれた。

正直言って、ここに来るまでは『檜形弁護士一家心中事件』にのみ集中しようと思っていた。だが実際に最川と対峙（たいじ）してみて、気が変わった。

――知りたい。

事件についてでなく、わたしはこの男を知りたい。

最川軍司。古沢福子。二人の連続殺人者。彼らそのものを理解したい。

「……なぜ、七歳の長男だけは生かしたんです?」

息継ぎして、未散は訊いた。

「殺しそこねたんじゃありませんよね。それどころか、あなたは長男に傷ひとつ付けなかった。なぜです? あなたの顔を覚えた七歳の子を生かすだなんて、一連の犯行にそぐわない。現に長男の証言と、残した唾液のDNA型によって、あなたは逮捕されています」

「なんでって、こっちが訊きたいよ」

最川は苦笑した。

「なんであんたら記者は揃いも揃って、そんなつまらんことにこだわる? その質問に、おれはとっくに何度も答えたじゃないか」

「ええ。尋ねられるたび、違うことをね」

この疑問は、当然誰もが抱いた。最川に会った多くの記者が、彼にぶつけた。どうしてだ? なぜ長男だけ殺さなかった? と。

最川は警察に「ガキの頃のおれに似てた」と供述した。

某週刊誌の記者には、「転校していった親友を思いだした」と話した。

某高名なフリーライターには「悲鳴を上げなかったから、しゃべれないと勘違いした」と語った。

どれがほんとうなのか、それともすべて嘘なのか。

なお一家を狙った動機については、彼はこう答えている。

――近所で一番幸せそうに見えたからね。ムカついて殺しました。

――誤解しないでください。せっかく無罪になったことだし、我慢したい気持ちはあったんです。この結果を一番残念に思っているのは、このおれです。

「べつに、どうでもええと思うんよなあ」

訛りを戻して最川が嘆息した。

「そんなんわかったとこで、死人が戻るわけやあれへんやん。どうだってええやんけ、しょーもな」

「では古沢福子にも、同じ質問をしていいですか?」

未散は言った。

最川のこめかみがぴくりと反応する。

それを見逃さず、未散は迫った。

「あなたの動機について、古沢福子は答えを知っているかもしれない。彼女が果たしてどう答えるか、試してみていいですか?」

しばし、沈黙が落ちた。

やがて、ふっと最川が笑った。

「おねえさん。おとなしそうな顔して、意外に駆け引きするやん。見なおしたで」

目じりに皺を寄せて、

「――じつはおれ、種なしやねん」

彼は言った。

「二十四のとき、おたふく風邪にかかってな。調べてもろたら、元気なオタマジャクシ、一匹もおらんようなってててん。いや、若い頃はべつに平気やったよ? むしろ、毎回ゴムなしでいけるし万々歳やんけ、と思とったわ。……けどなあ、なんでかな。三十五過ぎたあたりから、むしょうにそれが寂しなってなあ」

なんて言うたらええかな、と最川は頭を搔いて、

「なんか、この世に――爪痕のひとつも遺していきたかった、いうか」

思わず未散は内頰を嚙んだ。

直感でわかった。

――この男はいま、嘘をついていない。

むろん、わたしごときに簡単に胸の内をぶちまけるはずがない。すべてを語っているわけではない。

――だが、まったくのでたらめは言っていない。

彼の言葉には、二割か、それとも三割か。なにがしかの真実がある。

「何歳で死ぬか、どう死ぬか、そんなんはもう関係ないねん。誰だっていずれ死ぬもんな。ただ、なにも遺していかれへんのが寂しかった。おれの生まれてきた意味が、なんもない気がしてな」

「だから、ですか」

未散は声を抑えて問うた。

「だからカップルや、幸せそうな一家ばかり襲ったんですか。あなたが遺せないものを、この世に遺せる人が――もしくは遺していくだろう人が、憎かった?」

「いやあ。十年前は、そこまではっきり意識してませんでした」

最川は急に口調を変えた。

「でも瑞葉事件を起こした時点では、それなりに自覚がありましたよ。拘置所というのは、思索に

最適な場でね。自分自身を見つめなおすことができる」

彼は微笑んだ。

「記者さん。おれが生かしたあの子はね、おれの〝遺児〟です。生きている限り、あの子はおれを忘れない。おれの存在を、死の瞬間まで頭の隅にとどめつづける。たとえ口に出して語らなくてもだ。未来の妻や子や孫にも、態度でもって、おれという人間を刻みこんでいく。そんなのってもう、血の繋がった親子より濃い存在でしょ。そう思いませんか?」

アクリル板越しの男を、未散は穴が開くほど見つめた。

やはり最川は嘘をついていない。

——だが、百パーセントの真実を告げてもいない。

「記事、楽しみにしてます」

最川は笑みを崩さず言った。

「掲載されたら、ぜひ差し入れしてください。あなたの記事も、おれがこの世に遺す爪痕のひとつだ。おれがこの社会に生きていた証(あかし)になる。あなたもまた、おれの恩人の一人になるんですよ」

小馬鹿にした口調だった。

未散は最川を睨みかえした。

「この男について、書きたくない」と思った。同時に「書いてやる」とも思った。アクリル板越しに、後者の反骨心がめらめらと燃えあがる。

すでに『檜形弁護士一家心中事件』のネタは得た。武藤弁護士一家と最川の関係だけでも、記事一本ぶん書くには充分だ。

だが、それだけでは飽き足らなかった。

この男を知りたい。こいつという人間の底を割ってみたい。

なぜって。

――なぜってそれが、古沢福子を知る手がかりにもなる。

書机の前の刑務官が叫んだ。

「時間です。終了！」

7

『ルポ・檜形弁護士一家心中事件』の前編を載せた『週刊ニチエイ』は、最川との面会から半月後に発売された。

未散のスマートフォンに非通知着信があったのは、発売日の夜だ。

「古沢！」

挨拶(あいさつ)も聞かず、未散は電話口で噛みついた。

「おまえ、――おまえ、最川軍司とどういう関係だ？」

「許嫁(いいなずけ)だ」

「ふざけんな！」

未散は怒鳴った。

「こんなときくらい、真面目にしゃべれ」

「ペンパルだ」

「てめえ、切るぞ」

「怒んなよ」

福子は苦笑して、

「まあ、会えるうちに最川に会えてよかったじゃん」

と言った。

「やつが面会室でなにを言おうが、『町田・八王子連続殺人事件』で裁かれることは二度とない。『檜形弁護士一家心中事件』の真相がどうだろうと、『瑞葉一家惨殺事件』の控訴審には関係ない。だがおまえの記事で、世論が動く可能性はある。裁判ってのは水ものでな。お堅いようでいて、意外と世論に左右されるんだ。おまえ、最川の控訴棄却にかなり貢献したぞ」

「それは……喜んでいいのかどうか、複雑」

未散は正直に言った。次いで、深呼吸した。

「──古沢」

「なんだ？」

「訊いていいか」

福子は答えなかった。

しかし未散は覚悟を決め、問うた。

「おまえがわたしに調べさせた、あの家──梯家とは、どういう関係だ？」

「ああ」

一拍ののち、福子は答えた。

「昔、あそこの長男と結婚してた」

「おまえな。つまんない冗談はもう……」

「冗談じゃない」

福子が冷えた声でさえぎる。

未散は、反駁を呑みこんだ。

「ほんとうだ。人を殺して逃げる四年前まで、わたしは梯家の長男と結婚していた。あの家で元夫の両親と、祖父母と、出戻りの妹とその娘と同居していた。——彼らがどうしてるか知りたいと、ふと思ったんだ。だがわたしの存在は悟られたくなかった。ネット上のかすかな足跡すら、残したくなかった」

真冬の風が、窓を激しく叩いた。

サッシが小刻みに揺れる。

「古沢」

かすれた声で、未散は言った。

「わたしは『瑞葉一家惨殺事件』について——最川軍司について、書きたい」

返事はなかった。だが、かまわず言葉を継いだ。

「最川はなぜ、証言能力のある七歳の長男を殺さなかった？　爪痕を遺したかった、とあいつは言った。それはたぶん、まるっきりの嘘じゃない。でもすべてを話してもいない。最川はまだなにか隠してる。おまえには、それがなんなのかわかるか？」

応える声は、やはりない。

風の音がつづく。

窓ガラス越しにも高く、虎落笛のようにかぼそく響いてくる。

「古沢。わたしは、最川が嫌いだ。すごく嫌いなタイプだ」

「だろうな」

ようやく福子が答えた。低い声だった。

「でも、古沢のことは、嫌いになれない」

呻くように未散は言った。

「同じ連続殺人者でも、最川とおまえは違う。違うと思う。でも、似ている部分もある。わたしはそこを掘り下げたい。おまえをもっと知るための〝素材〟として、いま最川を知っておきたい」

ふたたびの沈黙があった。

未散は待った。

片耳で風の音を聞きながら、もう片耳で親友の答えをじりじり待った。

「世良」

いまや福子の声は、ささやくようだった。

「世良、おまえ、わたしが指名手配犯だと知ったとき、どう思った？」

「どうって……そりゃあ、驚いたよ」

「わたしのこと、すぐに思いだせたか？」

「当たりまえだろ」

未散は即答した。

そう、忘れるわけがない。古沢福子がいなければ、いまの未散はない。フリーライター世良未散の生みの親と言っていい存在だ。

「じゃあ、これは覚えてるか？」

静かに福子は問うた。

「わたしは昔〝一番怖いこと〟について、おまえに話した。……もしわたしをほんとうの意味で覚えていたなら、最川のことも理解るはずだ」

8

翌日、未散は東京拘置所を再訪した。

「差し入れありがとう。『週刊ニチエイ』の最新号、確かにもろたで」

最川のイントネーションには訛りが戻っていた。

「いい記事やったよ。おれの名前、ようさん出してくれて感謝感激や。やっぱりおねえさんも、おれを後世に遺してくれる恩人の一人になったやん」

未散は答えなかった。

古沢福子の話術を真似よう、と思った。聞くべきところは聞く。黙るべきところは黙る。まずはひたすら傾聴し、相手の言葉を引きだそう。

「頃合いがあるんや」

最川は得々と言った。

「その点、『尼崎事件』や『八王子ホスト事件』の犯人はあかんね。あいつら、早よう自殺しすぎや。あんなんでは世間に早々に忘れられてまう。死ぬなら死ぬで、もうちょい自分の存在をアピールしてからや」

アクリル板越しに、最川が目を覗きこんでくる。

未散は沈黙を保った。

書机に向かう刑務官が、鉛筆を走らせる音だけが響く。

「ほんまは武藤先生んとこの聖太くんも、生かしときたかってん。けどまあ、しゃあない。おれがやったことやないもんな。その点、瑞葉事件の長男くんは完璧やった。たった七歳なら、おれに反撃はでけへん。けど事件のことは記憶しといてくれる。赤ん坊なんか生かしといても、なーんも役に立たへんわ。おれの記憶なんかひとっつも持たずに育つ、税金食いの虫けらや」

最川は言葉を切り、またも未散を見た。

「あの長男くんは、一生おれを忘れへん」

嘲笑が浮いた瞳だった。

「生きとる限り、あの子は考えつづけるわ。『なんでぼくだけ生き残ったのか』ってな。おねえさん、あんたもや。あんたもきっと、折々におれを思いだす。おれは靴底にこびりついて取れへん、野良犬の糞みたいなもんや。思いだすたびもやもやして、あんたをいやーな気分にさせる」

「そこですね」

未散はさえぎった。

「あなたの目的は、そこです」

カウンターの下で、ひそかに拳を握る。

しゃべらせた甲斐があった、と思った。昂ぶりが顔に出ぬよう、未散は頬を引きしめた。

「わたしの親友は昔、言いました。マリー・ローランサンの『鎮静剤』という詩が怖い、と。この世で一番怖いことが書かれた詩だと。たった八行の詩ですが、出だしはこうです」

未散は小声で暗唱した。

退屈な女より　もっと哀れなのは　悲しい女です。
悲しい女より　もっと哀れなのは　不幸な女です。

「こんなふうに哀れな女が挙げられていき、最後の一行はこうです」

死んだ女より　もっと哀れなのは　忘れられた女です。

「マリー・ローランサン自身が女性だったことに加え、時代もあって、この詩は〝女〟に限定されて書かれました。でもそうじゃない。性別関係なく、これは〝人間〟を書いた詩だとわたしは思います。悲しくて、不幸で、病んで、追われて、死んで――忘れられたら、男だって女だって、ひとしく哀れです」

未散はつづけた。

「最川さん、あなたも同じように思ったんでしょう？　あなたは自分を知っていた。正攻法では他人とかかわれない人間だと、自覚していた。でも忘れられたくなかった。誰かに自分を、ずっと覚えていてほしかった」

言葉を切る。

まっすぐに最川を見据える。

「肝心なのは〝なぜ一人だけ生かしたか〟じゃない。〝なぜ、訊かれるたび別の答えを用意したか〟のほうですね？」

張りつめた空気が、ひりひりと痛い。

「あなたは謎を提示した。そして複数のもっともらしい答えと、あからさまにあやしい答えを用意し、ばら蒔いた。あなたは自分を謎めいた存在にしておきたかった。切り裂きジャック。ゾディアック。リジー・ボーデン。ブラック・ダリア。ディアトロフ峠事件。三億円事件。東電ＯＬ殺人事件――。未解決事件は、魅力的です。謎に終わったからこそ魅力的で、だからこそ人は時代をまたいで語り継ぐ。『町田・八王子連続殺人事件』もそうなるはずでした。冤罪のヒーローを生み、真犯人は不明なままの、日本事件史に残る伝説に」

はじめて最川の瞳が揺れた。

彼が動じたのが、はっきりとわかった。

「でもあなたは、己の衝動に負けた。『町田・八王子連続殺人事件』の罪で、あなたを裁くことはもうできません。けれど『瑞葉一家惨殺事件』を起こしたことで、真犯人はあなたと決まったも同然です。事件はその神秘性を、永遠に失いました。あなたはそれを惜しんだ」

アクリル板越しに、最川の頬が引き攣れる。

「テッド・バンディ。ヘンリー・リー・ルーカス。フレデリック・ウェスト。有名な連続殺人犯です。自分が正確に何人殺したのか、彼らはけっして明かさなかった。己のまわりに謎を張りめぐらせておいた。謎がある限り、人は彼らを話題にしつづけると知っていたからです。あなたも同じことを、同じように考えた」

未散は唇を曲げた。

嘲笑に見えますように、と願った。

膝に置いた手は、汗びっしょりだった。

「でも残念ですね。謎とは、解かれた時点で魅力を失うものです。あなたの底も、これで割れました。わたしの記事を誉(ほ)めてくれてありがとう。今回のこれも、きっといい記事になります」

「……書くな」

食いしばった歯の間から、最川が呻いた。

「書くな！」

「掲載誌は、郵送します」

未散は立ちあがった。

「二度と会うことはないでしょう。——お元気で」

言い捨て、出口までまっすぐ歩いた。

背中に視線を感じた。突き刺さるようだった。しかし未散は最後まで、ちらとも振りかえらなかった。

9

『ルポ・檜形弁護士一家心中事件』の後編が発表された夜、福子から電話があった。

「後編、いい感じじゃん」

福子は愉快そうだった。

「文章もこなれてきたし、風格が出てきたんじゃないか？　おまえ、事件もの専門のライターを目指したらどうだ」

暦は啓蟄(けいちつ)を過ぎた。

まだまだ寒いが、季節はゆっくり春に向かいつつある。

未散も厚いダウンコートを、ショート丈のウールコートに替えた。道行く人たちの装いにもすこしずつ色が増え、華やぎはじめている。

「古沢」

「ん？」

「わたしは、おまえについて書きたい」

——死んだ女より　もっと哀れなのは　忘れられた女です。

マリー・ローランサンの詩が浮かぶ。

忘れる気などない、と言いたかった。未散にとって、福子はつねに特別な存在だった。卒業してからも、離れていてもだ。

——そして世間にも、おまえのことを忘れさせない。

未散は記事を書くことで、最川軍司から謎めいた仮面を剝ぎとった。

だが福子には、逆に血肉を与えたかった。事件を通して彼女を語ることで、その罪に肉付けをし、世間に古沢福子という人間を知らしめたかった。

「おまえのことを調べて、書いてもいいいか」

冷静に言ったつもりだった。しかし声が震えた。頰が強張って引き攣る。

しかし未散の緊張に反して、

「いいよ」

福子はあっさりと言った。

「べつにかまわない。でも発表の時期は、わたしの意思を尊重してほしい。まだ駄目だ。まだ、もうすこし先だ」

「わかった」

未散は承諾した。彼女の希望どおりでいい、と本心から思った。

「古沢」

「うん」

「また電話してくるよな?」

「当たりまえだ」

福子は笑った。

「世良はまだまだ半人前だからな。わたしがいなきゃ、駄目だろう」

＊　＊

目の前の女に、福子はグラスを差しだした。

「ありがとう。でもいいのかな、まだ夕方なのに」

女が嬉しそうに笑う。五十代だろうか、ファンデーションが毛穴落ちし、前歯に紅が付いている。

「いいんですよ。一日働いたご褒美です」

一人じゃ寂しいので、晩酌をぜひご一緒に――。そう福子から誘った相手だった。肩書は生命保険会社の勧誘員だが、嘘まみれの強引な営業をする詐欺師だ。あきらかに福子を、いいカモと見なしていた。福子は契約すると匂わせて、ここ三箇月ほど気を持たせていた。

女がグラスの半分ほどを干し、ため息をつく。

「ああ、仕事終わりの一杯は格別」

福子自慢のラムコークだ。強い睡眠剤を、三錠すりつぶして混ぜた特製である。

「わたしも飲もうかな」

福子は自分のグラスに口を付けた。

むろん睡眠剤は入っていない。とはいえすでに耐性が付き、三錠くらいでは寝入ったりしない。せいぜいで、ふわりと気持ちよくなる程度だ。

「けど古沢さん、変わったよね」

女が肴のナッツを口に放りこむ。

「はじめて会ったときは、もっと痩せててさ。おどおどして、全然目を合わせなかったよねえ」

「そうですね」福子はうなずいた。

無礼な女だ。しかしその台詞は正しい。

このアパートに越してきたとき、福子は水に落ちた犬も同然だった。無力で、しおれきっていた。この女の目には、さぞ格好の獲物と映っただろう。

「でも、いいよ。いまのほうがいい。体と顔にちょっとお肉が付いて、けっこう可愛くなったもん。彼氏でもできたかな？　いまは態度にも余裕あるよね。こう、自信が付いた感じする」

「ありがとうございます」

福子は目を細めた。このコメントも、また正しかった。

ようやく福子は己を取りもどしつつある。自分自身、ひしひしと肌で感じる。

あの家で――梯家で失ったもの。なけなしの自信と自己肯定感。知性と思考能力。あとすこしで、完全に取りかえせる気がする。

「次は美容院だね。あ、エステとかネイルなんてどう？　いい店知ってんのよ、紹介したげる。ただね、紹介料をちょっと……」

女の呂律があやしくなってきた。回転のいい、自慢の舌がもつれている。

福子は微笑み、相槌を打ちつづけた。

やがて、女はテーブルに突っ伏した。いびきをかきはじめる。鼻にかかった、よく響くいびきだった。

福子はこころよく耳を傾けた。

——皮肉なものだ。

女の肩を摑み、そっと揺さぶる。やはり目覚めない。

——支配されていたわたしが、支配することで自信を取りもどすとは。

福子は手を伸ばし、収納ボックスの抽斗を開けた。結束バンドを取りだす。

女の両親指を縛るためのバンドであった。

他人に対する究極の支配とは、殺人だ。殺すこと、命を掌握することだ。

隣の部屋から、壁越しに揚げ油の匂いが漂ってきた。おそらくファストフードのポテトとナゲットだろう。テイクアウトしたらしい。

「いい匂い」

つぶやいて、福子は薄く笑った。

第四話　かわいくない子

1

もつ鍋屋のカウンター席で、未散は一人、スマートフォン片手に生ビールを呷っていた。

どういうわけか、定期的にもつ鍋のマイブームに見舞われる。とくに今春は肌寒い日が多いため、陽が落ちるたびこの匂いと湯気が恋しくなった。

「すみません、生中もうひとつ」

「はーい。生中一丁、よろこんでーえ」

この店のもつ鍋は、牛もつのほかはたっぷりのニラと葱と大蒜だけだ。濃厚な味噌味のスープがぷりぷりの牛もつと絡み、冷えたビールにたまらなく合う。

新たに届いたジョッキを呷り、未散は液晶に目を落とした。

表示されているのは、人気の動画でもSNSでもなかった。大衆女性誌の記事である。未散の母親世代が美容院で読むたぐいの、皇室や芸能ゴシップ中心の雑誌だ。『週刊ニチエイ』より下世話なくせに、売り上げははるかに上らしい。

その最新号の、中ほどのページに躍る見出しはこうだった。

『連続殺人犯、最川軍司に獄中トラブル頻発？』

『元刑務官は語る！　拘置所生活の壮絶リアル！』

――あの最川軍司も、すっかり〝消費〟されちゃってんなあ。

牛もつを口に放りこみ、未散は慨嘆した。

未散が書いた最川の記事は、予想以上にじわじわと息の長い反響を呼んだ。

連続殺人犯としての最川軍司はマスコミやネットで再注目され、ふたたびのスポットライトを浴び――。

結果、それまでのカリスマ性を失った。

シリアルキラーの〝愛好家〟は、大半がサブカル志向である。メインカルチャーには魅力を感じず、世の流行に背を向ける人々だ。そんな彼らの目に『冤罪のヒーロー』という神秘のヴェールを剝がされた最川がどう映ったかは、言うまでもない。

未散は片手を上げた。

「すみませーん、鶏皮せんべいください。それと、持ち帰り用のもつ一人前。赤センマイ多めで」

「はいよろこんでー」

威勢のいい店員の声を背に、未散はまたもビールを呷った。

――まあ最川に同情する気は、これっぽっちもないけどね。

そう、最川軍司はどうでもいい。考えるべきは自分の今後だ。

さいわいエロやお笑いの仕事からは、最近めっきり遠ざかっている。波に乗れている、と感じる。

問題はここからなのだ。このアベレージを保っていけるかだ。

『週刊ニチエイ』の編集長からは、「勢いがあるうちに、ぜひ次の記事を」とせっつかれている。

編集長みずから扱う記事の候補をリストアップし、毎週のようにメールしてくれる。未散クラスのライターにしては、考えられぬ厚遇ぶりであった。

――でも、いまいち気乗りしない。

未散は液晶をタップした。

アプリを切り替える。SNSをざっと眺め、メーラーを確認する。仕事の連絡がないのを見てとってから、ブルートゥースのイヤフォンを耳にねじこんだ。

無料動画サイトをひらき、おすすめ動画を適当にタップする。

毒にも薬にもならないとわかっている、安定の娯楽だ。見知った有名配信者たちが、画面の中で料理をし、キャンプや旅行をし、ゲーム実況するのをジョッキ片手にぼんやりと眺める。

この世界一有名な無料動画サイトでは、実在の事件を紹介する動画もすくなくない。だが、いまはチェックする気になれなかった。

最川の記事が当たってからというもの、編集長が挙げる候補は派手な未解決殺人ばかりだった。気持ちはわかる。未散への純粋な厚意だとも、よく理解している。

しかしその手の記事ならば、有名かつ硬骨な先達ジャーナリストがすでに手がけている。未散の入る隙(すき)はなさそうだし、また割って入る度胸もなかった。

――本来わたしが追うべきは、もっと些末(さまつ)な事件だ。

そう思う。

――些末で、そして、どうしようもなく人間くさい謎だ。

「事件ルポの、隙間産業……」

口の中でつぶやき、ああこれだな、と思う。隙間産業。ぴったりだ。

べつだん卑下しているわけではない。むしろ言葉にすることで「自分がやりたい仕事はこれだ」とはっきり認識できた。

「お待たせしました、鶏皮せんべいでーす。お持ち帰りのもつは、会計時にお渡しでいいですか?」

「はい。お願いします」

鶏皮せんべいは、ぱりぱりと歯ごたえよく香ばしかった。舌に残る脂をビールで洗い流し、勢いよくジョッキを置く。

——次の事件こそ、古沢の手を借りずに見つけなきゃ。

プレッシャーには、そんな焦りも含まれていた。いつまでも福子を頼ってはいられない。己自身の嗅覚を磨かなくては、と。

次いでひらいたのはInstagramだった。梯(かけはし)まりさのアカウントだ。福子の元夫の姪(めい)——つまり、元義妹の娘である。

二十五歳になるまりさは、二年前に夫と離婚した。いまは旧姓に戻り、母の実家で子育てしているらしい。梯家の現状をSNS越しに把握できるのは、ネットリテラシーが高くない彼女のおかげであった。

ここ最近の投稿によれば、福子の元夫の大康(ひろやす)は、野球サークルとキャバクラ通いに夢中らしい。前者では先輩風を吹かせて煙たがられ、後者ではいいように金をむしられている。

——つまんない男。

未散は時刻を確認した。そろそろラストオーダーだ。

「あったかいお茶とアイスください。えーと、バニラとあずき」

届いた熱い茶を、未散は慎重に啜(すす)った。

まりさは子どもの顔も家族の顔も、隠すことなくネット上にさらしていた。一箇月前の記事によれば、大康は赤ら顔で肥満体形の中年男性だ。口もとがとくにだらしなく、笑うと黄ばんだ歯が剝きだしになった。

——この男のどこがよくて、古沢は結婚したんだろう。

そこまで考えて、ふと気づく。

未散は福子の好みのタイプを知らない。どんな男性が好きだとか理想だとか、聞かされた記憶がいっさいない。

高校時代、未散はあるロキノン系バンドに夢中だった。福子にもさんざん布教した。福子はそんな親友を馬鹿にこそしなかったが、「ふーん」と冷めた態度だった。

——ずっと、そんな調子だったように思う。

福子は一度も俳優やバンドマンに熱を上げなかった。いつも未散の話を聞くだけだった。「この人、かっこいい」程度の言葉すら洩らさなかった。

アイスをたいらげ、未散は席を立った。

レジで会計を済ませ、持ち帰り用の牛もつを受けとる。アパートまでの帰途は、ずっとうわのそらだった。

2

翌朝はすがすがしい晴天だった。

世田谷にある雑誌専門図書館までの往路も、いたって心地よかった。

民家の庭さきに、芝桜が目にもあやな紫雲を盛りあげている。公園の木蓮も、ちょうど見ごろの満開であった。

未散が雑誌専門図書館をひさしぶりに訪れたのは、過去数年ぶんのニュースを閲覧するためだ。編集長のリストは確かにありがたい。しかし正直言えば、食指の動かぬ事件ばかりだった。自分の目と手足で、新たな題材を見つけたかった。

未散は追加閲覧料を払い、古い大衆週刊誌をテーブルに山と積んだ。読みこむのはワイドニュース欄が中心だ。

一時間ほど経ったところで、文字をたどる手が止まった。

――あ、これ。

事件名は『箱坂四歳孫殺害事件』である。

――報道された当時、引っかかった事件だ。

そう思いつつも、未散は首をかしげた。

引っかかりを感じたことは覚えている。だが、どんな点に注意を惹かれたのか思いだせない。『円鍋市兄弟ストーカー過失致死事件』とはまた違った意味で、棘のようなものを感じたはずだ――が、記憶にあるのはそのおぼろな感覚のみだった。

雑誌を持ちなおし、未散は記事の概要を追った。

記事の主役は及川万寿美、当時六十一歳。

いまから九年前に、彼女は満四歳の孫娘を殺した。

ここだけ聞いても充分に残酷な事件だ。だが残酷無比なだけならば、未散の注意を惹きはしない。

残念ながら、無残な孫殺しは過去に何度も起こってきた。

たとえば二〇二〇年には、八十代の祖父が高校生の孫娘を滅多刺しにした。動機は「お酌をしてくれなかったから」。

その翌年には五十代の祖母が、二歳の孫を抱いて池に入り溺死させている。こちらは娘の夫との不仲が原因で、殺人と言うより無理心中に近い。

万寿美のケースは、この二件に比べても特異と言えた。

彼女は夫を亡くしたあと、長男一家と一軒家で同居していた。長男の直正(なおまさ)。その妻、菜摘(なつみ)。彼らの長子である四歳の芽瑠(める)。その弟で二歳の温夢(はるむ)。ここに万寿美を加えての、五人暮らしである。

凶行は、あるうららかな春の日に突然起こった。

平日の、午前九時半過ぎのことだ。

直正と菜摘はそれぞれ仕事でいなかった。自宅には万寿美と、芽瑠、温夢の三人が残っていた。

芽瑠たちは朝九時から、サブスクのアニメ専門チャンネルを観(み)るのが日課だった。孫二人がテレビに見入っている間、万寿美は洗濯機をまわし、各部屋に掃除機をかけるのがお決まりであった。

だが、その朝は違った。

万寿美は洗濯機に洗剤と柔軟剤を入れ、コースを選んでスタートボタンを押した。洗濯機が作動しはじめたのを確認し、リヴィングへ戻った。

リヴィングでは、芽瑠がアニメに夢中だった。温夢は早くも飽きたのか、ソファでうたたねしていた。

万寿美は静かに孫娘の背後にまわった。

そして細い首に梱包(こんぽう)用のビニール紐(ひも)を巻きつけると、思いきり絞めあげた。

数分後、芽瑠は絶命した。

だがそれでは終わらなかった。万寿美はキッチンに入り、出刃包丁を持って戻った。彼女はくの字に倒れている芽瑠を仰向けにしたのち、その腹部を二回、胸部を四回刺した。

その後、万寿美は温夢を抱きあげて寝室に運んだ。

そして家事のつづきに取りかかった。各部屋に掃除機をかけた。洗濯物をベランダに干し、固く絞った雑巾で廊下と階段を拭いた。加湿器の水を補充し、洗って乾かしていた牛乳パックを切りひらき、糠床をかきまわした。

リヴィングへふたたび戻ったのは十時半ごろだ。

万寿美は芽瑠の顔の上に掌をかざし、呼吸していないことを確かめた。確かめたにもかかわらず、またも包丁を持ちだした。冷えつつある孫娘の胸部を、なおも十数回滅多突きにした。

通報がなされたのは、この直後である。

リヴィングのカーテンが開いていたため、孫娘の死体に包丁を振るう万寿美が、隣人の目に触れたのだ。

隣家に住む主婦は何度も「見間違いかもしれませんが」と言いながら通報した。

数分後、交番から派遣された巡査が及川家を訪れた。その巡査は取材に対し、こう語ったという。

「正直、半信半疑でした」

「箱坂は平和な田舎町ですし、とくに現場は閑静な住宅街でした。そんな凄惨な事件が起こるとは、とうてい思えず……」

だが通報は正しかった。

万寿美はチャイムに応じ、すんなりと玄関扉を開けた。要請のままに巡査を中へ招き入れ、リヴイングへと通した。

瀟洒な一軒家のリヴィングは血の海だった。

あまりの惨状に巡査は声を失い、その場に立ちすくんだ。

思わず振りかえった彼に、万寿美が無表情に言った。

「フーチャガ」

逮捕後も彼女は、この「フーチャガ」もしくは「フーチャ」なる言葉を警察で繰りかえしている。

だがその意味は誰にもわからなかった。

報せを受けて駆けつけた直正も菜摘も「知らない」「なんのことか、さっぱり」と証言した。

その後、万寿美は緘黙状態に陥った。

犯行について訊かれても、動機を尋ねられても、うつむいたまま「フーチャガ」「フーチャ」と言うだけだった。ほかの言葉は一言も発しなかった。

医師の診立ては「若年性アルツハイマー型認知症」。

菜摘は顔を真っ赤にして泣き、憤った。

「心神喪失で無罪ですって？　あり得ない。お義母さんはボケてなんかいません。あの人は、すべてわかった上で芽瑠を殺したんです。わたしから可愛い芽瑠を奪うのが目的です。お願い、精神鑑定してください。絶対に罪を償わせて……」

しかし菜摘の悲嘆に反して、

「及川さんの大奥さんは、最近ずっとおかしかった」

「以前の、しっかりした大奥さんでなくなっていた」

そう近隣住民の証言は一致した。

ここ一、二年というもの、万寿美のもの忘れや混乱ぶりはひどかったらしい。「この帰り道で合ってる?」と他人に尋ねたり、鍵や財布をなくして交番に駆け込むこともしばしばだった。

万寿美本人にも自覚があり、

「こういうのをまだらボケって言うのかしら」

「完全にボケちゃったらどうしよう。おっかないわ」

と周囲に洩らしていた。怯えるその表情は、どう見ても演技ではなかった。

後日見つかった菜摘の日記も、それらの証言を裏付けた。

夫の直正が警察に提出したポケット手帳である。菜摘はその手帳に、こまごまと万寿美への愚痴を記していた。

「またお義母さんが『財布がない』と言いだした。人の顔を見れば泥棒呼ばわり。いい加減にしてほしい」

「『お義母さん、ごはんはさっき食べたでしょ』って漫画で見るあれ、ほんとうにあるんだ。でも漫画と違って現実は笑えない。うんざりするだけ。一日に何度『ごはんは食べたでしょ』を言わなきゃならないの?」

「お義母さんがわたしのピー子を逃がした。三時間かけて捜したけれど、見つからなかった。いままでずっと家飼いで、野生に戻れるはずがないのに。殺したも同然じゃないの。ひどすぎる」

「買ったばかりの卵を一パック全部、お義母さんが流しで割ってしまった」

「仕事をつづけていてよかった。あの『ごはんは?』『泥棒!』『どなたさん?』に毎日付き合っていたら、頭がどうかなってしまう。直正さんは、わたしに仕事を辞めて家にいてほしいみたいだけど、絶対にお断り」

担当の警察官に手帳を渡した直正は、

「もっと早く治療させていれば」

と涙をこぼしたという。

「あのしっかり者だった母がアルツハイマーだなんて、受け入れたくなかった。現実から目をそむけているうち、こんなことに……。悔やんでも悔やみきれません」

そして嫁姑（しゅうとめ）の仲——菜摘と万寿美の関係については、はっきりと認めた。

「最悪でした」と。

「母と菜摘は、似た者同士なんです。芯が強くて、頑固で、こうと決めたら譲れない。そんな二人が一度衝突してしまうと……」

「同居を解消すべきか、何度も悩みました。でも、箱坂市は保育園の激戦区なんです。家事育児を担ってくれる母のおかげで、わが家はなんとかまわっていました。せめて芽瑠が小学生になるまでは、と考えて……」

ちなみに嫁姑の不仲は、万寿美の実弟からも証言が取れている。

「菜摘さんは悪くありませんよ。姉は、直正くんを溺愛していましたからね。どんな女性がお嫁さんでも、うまくやれなかったと思います。きっと『息子を取られた』と思っていたんでしょう。姉にしてみたら直正くんが一番で、孫さえ二の次だったのかな。心の底ではずっと、『憎い嫁が産んだ子なんて可愛くない』と思っていたのかも……」

結局、万寿美は心神喪失として不起訴になった。

そして措置入院中に病死した。

なぜ温夢は傷ひとつなく、芽瑠だけ殺されたのか——。それはいまだに謎である。

「憎い嫁に似ていたからでは？」と多くの人が仮説を呈した。

しかし芽瑠の顔は直正似であった。菜摘そっくりなのは、むしろ温夢のほうだった。わずか二歳で、殺すのは芽瑠よりさらに容易だったはずだ。

万寿美が連発した「フーチャガ」なる言葉も、同じく解明できずじまいである。

解けぬいくつかの疑問を残したまま、『箱坂四歳孫殺害事件』は、犯人の死によって幕を下ろした――。

「……ああ、そっか」

未散は雑誌を伏せ、低くつぶやいた。

この『箱坂四歳孫殺害事件』が当時、なぜ自分の気を惹いたのか思いだした。

ひとつには及川万寿美の言動が、未散の身近な人物を想起させたから。

そしてもうひとつは、万寿美の弟のせいだ。

彼は週刊誌の取材に応じただけでなく、テレビにも積極的に出演した。首から上は映さずに、声はエフェクトをかけてだ。しかし朝夕の区別なく各局に出て、躊躇（ちゅうちょ）なく姉についてべらべら語っていた。

そんな彼を見て、未散は思ったのだ。

もしわたしが事件を起こしたら、うちもこうなるだろう。弟の一翔もこんなふうに、嬉々（きき）としてインタビューに答えるんだろうな――と。

だが、あれから九年が経った。

いまの未散は、一翔に対して昔ほど辛辣（しんらつ）ではない。離れて暮らしたおかげで、彼の天真爛漫（らんまん）さに苛々（いらいら）させられることもなくなった。とはいえ当時そう感じたこと、万寿美の弟に違和感を覚えたことは事実であった。

未散は雑誌を閉じた。

どうしよう、と思う。

――次のルポは、この『箱坂四歳孫殺害事件』でいいだろうか？

及川万寿美はほんとうに若年性アルツハイマー型認知症だったのか。最悪だった嫁姑間の確執は、なぜ四歳の孫娘にのみ向いたのか。そして万寿美と弟の間柄は、いったいどうだったのか――。

「……弟さんに、会ってから決めるか」

再度つぶやく。

――万寿美の弟に会ってみて、話を聞いて、それから決めても遅くはあるまい。

よし、とうなずき、未散は椅子から立ちあがった。

3

九年前に五十代だった万寿美の弟は、六十二歳になっていた。

「本日はお時間を割（さ）いてくださり、ありがとうございます」

「いえいえ。ですが正直言って驚きました。姉の事件に興味を持つ出版社が、いまだにあるとはね……」

エフェクトがかかっていない彼の声は、なかなか渋い美声だった。ゆるい八の字を描く眉（まゆ）と、奥二重の目が万寿美に似ている。

弟の連絡先は、さいわい日永新報社のデータベースに残っていた。当時『週刊ニチエイ』も、彼に何度かインタビューしたからだ。

未散はさっそく弟に電話し、

「お話をうかがえませんか？　謝礼は二万円しか出せませんが」

と申し出た。

ちなみにこの謝礼は自腹である。編集長には「『箱坂事件』でやりたいです」とまだ言えていない。一応領収書はもらっておくが、無駄金になる覚悟はできていた。

万寿美の弟は依頼をこころよく受け、彼のほうから箱坂駅前のカフェを指定してきた。

カフェは、彼の同級生が経営する店だそうで居心地がよかった。

豆をケチっていないらしく、コーヒーが濃くて美味しい。客の年齢層が高めで、静かなのもありがたい。〝いちげんさんお断りの店〟の匂いはぷんぷんしたが、取材にもってこいの店であった。

「直正さんご一家は、もう箱坂市には住んでおられないんですね？」

さっそく未散は尋ねた。

片手で、スマートフォンの録音アプリを起動させる。

向かいで弟がうなずいた。

「ええ。事件のあと、すぐに引っ越しましたから。いまは菜摘さんの会社の近くにアパートを借りてますよ。『賃貸のほうが身軽でいい』といつも言っています。持ち家はね、いいときはいいが、一度なにかあると負債になりかねませんから……」

言葉の意味はよくわかった。

「及川邸は、いまは？」

「とっくに取り壊しました。事件後数年間は更地でしたが、現在はコンビニが建っています。さいわい、事件のせいで客の入りが悪いなんてことはないようでね。ごく普通に繁盛していますよ」

それはよかった、と言いかけ、未散は声を呑んだ。

コーヒーを意味なくスプーンでかきまわし、問いを継ぐ。

「これは取材と関係ない、ただのお節介ですが……。温夢くんは大丈夫ですか？　事件のことがトラウマで、問題が起きたりしていませんか？」

「いまのところ、大丈夫なようです」

弟は請け合った。

「温夢は犯行のとき寝ていて、なにひとつ目撃していませんしね。今年で十一歳になりますが、どこにでもいるサッカー少年ですよ。いじめの可能性を考えて菜摘さんが私立に入れましたが、杞憂に終わりそうです」

「それはよかった」

今度こそ未散は口に出した。

この場合の相槌なら、おかしくない気がした。事件ルポのライターをはじめてからというもの、発する言葉には気を遣うようになった。

「では菜摘さんのほうは、大丈夫でしょうか？」

未散はさりげなく切りだした。

「事件を完全に乗り越えるのは無理でしょうが、九年を経たいまは、精神的に落ちついておられますか」

「まあ、そうですね」

ソーサーに添えられたクッキーを、弟が指で割る。

「表面上は、落ちついて見えますよ」

「あくまで表面上は、ですか？」

「そりゃあそうでしょう。さきほどあなたが言ったとおりです。娘をあんなかたちで姑に殺されて、〝完全に乗り越える〟のは無理だ。表面を取りつくろえるだけでも、立派だとぼくは思いますね」

頃合いかもしれない。未散はやや前傾姿勢になった。

「万寿美さんと菜摘さんは、仲がよろしくなかったと聞いています」

「ええ」

弟はすんなり首肯した。

「失礼ながら」と未散は前置きして、

「九年前のあなたは、どのインタビューにおいても実姉の万寿美さんに肩入れしなかった。よく言えばフラット、悪く言えば突き放したスタンスでした。そんなあなたの目から見て――及川家の嫁姑争いは、どうでしたか？　殺人にいたってもおかしくないような、それほどに激しいものでしたか？」

「それは……うーん」

弟は首をかしげてから、

「でも、もし逆だったなら驚いたでしょう」と言った。

「逆なら？」

未散は問いかえした。

「どういう意味です？」

「なんというか……菜摘さんが加害者だったら、ぼくはきっと驚いたと思うんです。菜摘さんが爆発して姉を殺害した、と知らされたなら、仰天して腰を抜かしたでしょうよ。でも」

「でもあのとき、あなたは仰天しなかった？」

未散はさらに前のめりになった。

「万寿美さん――お姉さんが事件を起こしたと知っても、あなたは意外に思わなかった。そういうことですか？」

弟は直接は答えなかった。ただ嘆息し、

「……姉も、悪い人ではないんです」

と言った。

「けっして悪人ではない。ただ、一緒にいると息が詰まる人でした」

声音に実感がこもっていた。

「ぼくと姉は八歳違います。それだけ歳が違うと、喧嘩するしない以前に保護者と被保護者の関係になってしまうんですよ。姉は、とにかく過保護でした」

「たとえばどんなふうにです？」

「中学二年生のとき、ぼくは女の子を好きになりました。まあ、初恋ですな。いたって淡い、可愛いもんです。しかし姉は、相手の子について根掘り葉掘り調べましてね。抗議したら『あんたが教えてくれないから、調べるほかなかったのよ！』と怒鳴りかえされましたよ。一事が万事、そんなふうでした」

「それは……確かに鬱陶しいですね」

「鬱陶しい」

鸚鵡返しにして、弟は笑った。

「まさにそれです。姉は鬱陶しかった。ぼくのためを思っての行動だ、そうとわかっていても疎ましかった。ぼくが姉の思いどおりにしないと、パニックを起こすことさえありました」

——息が詰まる。鬱陶しい。疎ましい。

それらは、未散自身がかつて肉親に感じたことでもあった。よく理解できた。

この事件に抱いた直感は正しかった、と胸中でつぶやく。

——やはり及川万寿美は、うちの母と同じタイプだ。

過保護。支配的。思いこみが激しい。弟や息子など、身近な異性を囲いこんで離さない。愛情が、同時に凶器にもなるタイプ。

「及川家の嫁姑争いのエピソードを、具体的にひとつ教えていただけますか？　あなたが目撃した中で、一番印象的なものを」

「一番か。むずかしいですな」

弟は苦笑した。

「でも真っ先に思いだすのは……。そうだな、直ちゃんたちが新婚だった頃のあれですかね。本家に集まる用事があったとき、菜摘さんの顔見せも兼ねて、みんなで寿司を取って食べたんです。途中までは和気あいあいとした雰囲気だったのに、姉が急に怒鳴りはじめてね。菜摘さんの顔に指を突きつけて、『なんてことするの！』『失礼よ、ひどい人ね！』と、こうですよ。もうみんな、びっくりしちゃってね」

「なんだったんです？」

未散はおそるおそる訊いた。弟が頭を掻く。

「訊いてみたら、なんてことはない。拍子抜けですよ。なにかの会話のとき、菜摘さんが直ちゃんの腕を、『もう、やめてよ』とぽんと叩いたらしい。ごく普通の、かるい突っこみってやつです。若い夫婦なら誰だってすることでしょう。しかし、姉は激昂した。直ちゃんが思いきりぶん殴られたみたいに、涙目で『ひどい、ひどい!』『息子に乱暴しないで!』と叫ぶんです。呆れましたよ」

「で、どうなりました?」

「伯母たちが姉を別室に連れていき、なんとかなだめました。残されたぼくたちは、必死で菜摘さんを慰めましたよ。『直ちゃんは一人息子だから大事にされてるんだ』『姉さんは心配性だからなぁ』なんて具合にね。内心は、冷や汗ものでした。新婚早々、直ちゃんたちの仲が壊れたらどうしようかと……」

「新婚当時からその調子で、よく同居しましたね」

「まったくです。ですが菜摘さんが芽瑠ちゃんを産んで、さあ仕事復帰、となったとき、保育園の申し込みに全敗したそうでね」

弟は肩をすくめた。

「しかたなく、姉を頼らざるを得なかったんです。姉は結婚直後から『同居したい、同居したい』と直ちゃんにせっついてましたしね。板挟みだった直ちゃんにとっても、いい口実ができたわけです。渡りに舟とばかり『母さんが芽瑠を見れば、きみも安心して仕事ができるよ』と菜摘さんを口説き、実家に戻ったわけです」

「なんだかんだで、実家が好きな人って多いですもんね」

未散は相槌を打った。

そう、未散には理解できない心境だが、実家から出たがらない男女は一定数いる。たいていそこには、面倒見のいい母親がセットで存在する。

『同居なんてやめとけ』と、直ちゃんには言ったんですがね」

弟はクッキーをかじった。

「ですが、無駄でした。あのときもっと強硬に反対しておくべきでしたよ。いまさら悔やんだって、あとのまつりですがね」

窓の外で、街路樹の葉が揺れる。

「……子どもの頃から、なぜか、姉が怖かった」

ぽつりと彼は言った。

「これはいまはじめて言いますが……。あの事件が起こったとき、変な話ですが、すこしほっとしたんです。ああ、やっぱり姉は怖い人だった。ぼくが漠然と抱きつづけていた姉への恐れは、正しかった。一方的な勘違いじゃあなかったんだ――、とね」

語調に、暗い実感がこもっていた。


カフェを出て、未散は駅まで歩いた。

スマートフォンをかざして改札を抜ける。電光掲示板を見上げる。表示された時刻に、なぜか一翔の顔が重なった。

――わたしの三歳下の弟、一翔。

実家にいた頃、未散は一翔が苦手だった。

当時は、一翔に屈託がなさすぎるからだと思っていた。

あんな能天気で、なんの悩みもない体育会系。趣味も話題も合わないし、向き合ったところで無駄だ、と決めつけていた。

——でも、一翔は悪くなかった。

そう気づけたのはここ最近だ。姉弟間の問題ではなかった。軋轢があったのは、未散と母との間だ。

思えば幼い頃から、ずっとそうだったのだ。

なにをしても一翔は母に愛された。毎朝寝坊しても、弁当箱を学校に置き忘れて黴を生やしても、修学旅行で羽目をはずしすぎて呼び出しを食らおうとも、「しょうがない子ねえ」で済まされた。

一方の未散は、なにをしようが小言の対象だった。

どんなに成績が良かろうと「まだまだね」と鼻で笑われた。料理や掃除をいくら頑張ろうと「ちっとも上達しないんだから」とくさされた。

きょうだい喧嘩をすれば、必ず「お姉ちゃんでしょう。譲ってあげなさい！」と叱られた。咳をしただけで「風邪？　また医者代がかかるの？　一翔ちゃんに伝染さないでよ」といやな顔をされた。

——わたしは母にとって、なにをしても〝可愛くない子〟なのだ。

そう認めることができるまで、長い年月がかかった。

だが利点もあった。

〝可愛くない子〟の未散は、高校卒業とともに自由になれた。なにをしようが、どこに行こうが興味を持たれなかった。

「うちに恥だけはかかせないでよ」と、ごくたまに釘を刺されるのみだ。そのたび未散は「わかってるって」と請けあい、陰でエロゲのレビューや風俗突撃レポートを書きまくった。

一方〝愛する息子〟は、母に離してもらえなかった。東京でスポーツ栄養学を学ぶという夢を諦め、地元で進学して就職した。

——そんな母と、及川万寿美は似ている。

ホームに電車が到着した。

ひらいたドアに未散は滑りこんだ。

平日の昼間だけあって、車両はがらがらだ。シートの端に座り、未散はバッグを抱えてまぶたを閉じた。

先月、一翔と交わした会話を思いだす。

従兄(いとこ)に子どもが生まれたので、お祝い金をいくらにするか電話で擦り合わせたのだ。じゃあ一万円で、と決めたあと、すこしばかり雑談をした。

付き合って三年になる彼女を自慢する一翔に、未散は言った。

「あんた、結婚したら同居だけはやめときなよ」と。

「は？　なんで？」

「なんでって……。いまは近距離別居くらいがギリだよ。同居絶対！　なんて言ったら、女の子はみんな逃げちゃうって」

「同居絶対、なんてべつに思ってないよ」

一翔は苦笑して言った。

「でも共働きは百パー確定してんだしさ。ワンオペ育児せずに済むなら、女の人だって得っしょ？育児の大ベテランがそばにいるのは、安心だと思うけどな」

——ああ、こりゃ駄目だ。

未散は呆れた。一翔の彼女に同情もした。

「ワンオペ育児がまずいとわかってんなら、あんたも育児しな」と一応言っておいたが、どこまで響いたかは不明だ。

そのあとはあたりさわりない話をして、適当に通話を切った。

——及川直正も、きっと一翔と同じタイプだ。

合コンなどで会ったなら、魅力的な男性。人当たりがよくて明るく、女の子にちょっぴり弱い。同性の友人が多く、趣味はフットサルやキャンプ等とごく無難。

堅い職に就いており、家柄は中の中。学生時代に付き合った彼女は片手で数えられる程度。友人も同僚も口を揃えて「いいやつだよ」と太鼓判を押すタイプ。

——でも想像力は、絶望的にない男性。

未散はまぶたを上げた。

スマートフォンを取りだし、両手でメッセージを打つ。

「次は『箱坂四歳孫殺害事件』でやりたいです。ご一考お願いいたします」

迷う隙を自分に与えず、即送信した。そのままシートに身を沈める。

——万寿美はたぶん、アルツハイマー型認知症ではなかった。

多少の物忘れや、認知症とまぎらわしい症状はあったかもしれない。だが犯行時は、十二分に正気だった。

——なぜってわたしの母なら、正気のまま殺す。

正気で最後までやりとげ、殺しおおせたと確認したのちに黙秘をつらぬく。すべては息子のためだ。息子のためだから、できるのだ。

未散はスマートフォンをタップした。ブラウザを立ちあげ、検索する。

検索ワードは『フーチャガ　フーチャ』。

結果はさまざまだった。鹿児島にある潮吹き洞窟。茯茶（フーちゃ）なる中国茶。沖縄料理のフーチャンプル。はたまた「フューチャー」が付くカタカナ名前の会社や施設。

しかし孫殺しに結びつきそうな情報は、なにひとつなかった。

頭上でアナウンスが響く。

「……この電車には優先席が……お客様がいらっしゃいましたら、席をお譲りください……」

車両が、がたりと大きく揺れた。

4

リモートで編集長と打ち合わせを重ねた結果、未散は無事『箱坂四歳孫殺害事件』のルポを書かせてもらえると決まった。

さっそく次の取材のためアポイントメントを取った。

相手は、直正に妻の菜摘を紹介した女性であった。


「――及川直正さんは、わたしが当時付き合っていた男性の同僚でした」

結婚して産休中だという彼女は、大きなお腹（なか）をしていた。待ち合わせ場所は彼女が希望した都市公園である。

「体重が増えすぎないよう、歩け歩けって言われるもので。公園なら日向（ひなた）ぼっこできて、ビタミンDも生成できますしね」

笑顔で語る彼女とともに、未散は公園内の藤棚に移動した。

花盛りにはいささか早い。だが藤棚の下に置かれたベンチが、日向ぼっこにも会話するにもちょうどいい。

「当時の彼氏に『〝出会いがない、出会いがない〟っていつもぼやいてる友達がいてさ、知り合いにいい子いない?』と言われて、なんとなく思いだしたのが菜摘ちゃんだったんです」

菜摘は昔から結婚願望が強かったという。

口癖は「二十六歳までに結婚して、三十歳までに二人産む。そのあとは二馬力で働いて、なるべく早くマイホームを建てる」

菜摘は一目で直正を気に入ったらしい。

「直正さんは、B系列の医療法人にお勤めでしょ。堅い職業だし転勤がないし、ご本人も明るくてやさしくて、背だって高い。『一人っ子長男なのが難だけど、あんないい人には今後出会えないかも』と言ってました」

そうなれば、紹介したほうだって気分がいい。ぜひ付き合いなさいと勧め、バックアップにつとめた。

「なるほど。それにしても——」

自販機で買ったホットココアを彼女に渡し、未散は言った。

「菜摘さんはずいぶん堅実というか、人生設計ががっちりしてらしたんですね。いまどき珍しいですよ。二十代でマイホームのことまで考えるのは」

「ですよね。わたしも最初聞いたとき驚きました」

ココアを啜(すす)って彼女がうなずく。

「いまは一生賃貸のほうが気楽でいいとか、ローン地獄はいやだって人が増えてますもんね。結婚自体『いい相手がいたらね。でも無理はしたくない』ってスタンスが主流でしょう」

「ええ。わたしもそっち派」

「わたしもです。夫とはタイミングが合ってとんとん拍子に結婚しましたけど、彼と出会う前は、一生独身でもいいやと思ってました」

彼女は藤棚を見上げた。

「あとで知ったことですけど……。菜摘ちゃん、ご両親が離婚してるんです。父親有責の離婚で、慰謝料も養育費も第三者を間に入れて取り決めたのに、全部踏み倒されて逃げられたそうで」

「それはひどいですね」

「ええ。その後、菜摘ちゃんは住み慣れた家を出て、お母さんと市営団地に二人暮らし。お母さんは生活保護で補助してもらいながら、朝も夕も働く毎日だったそうです」

菜摘はこう言ったという。

——家があるとないとじゃ、安心感が大違い。

——わたし、家庭もマイホームも取りかえしたいの。ある日突然、理不尽に奪われたって、いまも恨んでる。

幸せな結婚。幸せな家庭。そして幸せの象徴である一軒家。

すべては菜摘にとって、過去への復讐(ふくしゅう)だったのか。

「菜摘ちゃんの人生設計ね、途中までは成功してたんです。結婚は二十五歳だったでしょ。そして芽瑠ちゃんを産んだのは翌年。完璧でしたよ。産休育休しっかり取れる会社で、復帰だってスムーズだった」

「ひとつだけつまずいたのが、保育園ですか」

「ええ。芽瑠ちゃんを保育園に入れて復職しようとしたのに、どこの園からも断られたんです。直正さんに『しかたない。うちの母さんを頼ろう』と言われ、菜摘ちゃんは迷ったそうです。それまでも、お姑さんとはさんざん揉めていましたから」

「実家は頼れなかったんでしょうか。菜摘さんのお母さまは？」

「長年の無理がたたって、病気がちだったそうです。やんちゃ盛りの子どもを育てるには、体力が要りますもんね」

「それはそうです」

未散は神妙にうなずいた。

「でも同居したのは、やはり失敗でしたね。近くにアパートを借りて、毎朝芽瑠ちゃんをお姑さんに預けて出勤すればよかったのに」

「それが、菜摘ちゃんは『中途半端に預けるくらいなら、同居』のスタンスだったんです」

「へえ」

未散は目を見張った。

「それは意外——」言いかけて、「ああそうか」と膝を打つ。

「夢の一軒家、ですね」

「そうです。箱坂は県庁所在地に便がいい中核市で、いまだに地価上昇中。その一等地に建つ6LDKの一軒家は、菜摘ちゃんにとっても魅力でした」

万寿美の弟からは引きだせなかった情報である。やはり物事は、あらゆる角度から見聞きするべきだ。

「結婚前から同居を望んでいた万寿美さん。母親にせっつかれ、疲れていた直正さん。一軒家に憧れる菜摘さん……。それぞれの思惑は違えど、最初はみんなＷＩＮ－ＷＩＮだったわけですね」

そうまでして一軒家にこだわった菜摘の気持ちは、正直、未散には理解できない。

だが理解し得ないからといって、非難できるものでもない。志向や執着は人それぞれだからだ。

「同居前に、いろいろ取り決めはしたらしいですよ。お互いのテリトリーに勝手に立ち入らないとか、食事の時間は分けるとか、キッチンの使用方法とか……」

「でも、無理ですよねえ」

未散はかぶりを振った。

「もともと二世帯住宅の造りじゃないんでしょう？　水回りは共同で、おまけに乳児がいる。それでお互いのテリトリーに入らないなんて不可能ですよ」

「ええ、不可能でした。菜摘ちゃんがはっきり『失敗だった』と認めるまでに、三箇月とかかりませんでした」

同居開始したその日から、万寿美と菜摘は衝突した。

万寿美は「息子も孫もわたしのもの」と言わんばかりだった。菜摘のことは、はなから敵扱いだった。

菜摘は菜摘で、やられればそっくりやりかえした。

嫌味には嫌味で応じ、足を踏まれたら踏みかえした。万寿美のことは家政婦として扱い、金だけ入れて、家事育児への礼は一言も口にしなかった。

「同居を解消するわけにはいかなかったんですか？」

「どうでしょう。菜摘ちゃん、実家の母親には『うまくいってるよ。お義母さんは、やさしくていい人だよ』といつも言ってたそうですから……。心配かけたくなかったんでしょう。当人同士だけの問題じゃ、なくなってたんだと思います」

ココアのカップを両手で包み、彼女がうつむく。

藤棚の隙間からそそぐ陽射(ひざ)しが、その髪に光の輪を作った。

5

次いで未散は、直正の幼馴染(おさななじ)みに会った。

彼と直正とは家が三軒隣で、高校を卒業するまで同じサッカー部だったという。かつ彼の母親も、万寿美と同じく地元生まれで仲がよかった。

「ナオん家(ち)は、おれから見ても変わってましたよ」

騒がしい昼どきのフードコートで、幼馴染みはうどんを啜りこんだ。

昼休みしか時間を取れないと言われ、彼の会社の近くで会うことになったのだ。テーブルは満席で、客層は親子連れと会社員が半々といったところか。

「変わっていた、と言いますと?」

未散はコーヒーで舌を湿した。

無理に相手と同じものを食べずに済むのが、フードコートのいいところだ。未散の手もとにはホットコーヒーと、ドーナツがふたつ並んでいた。

「ナオんとこのおじさんは普通の会社員でしたけどね。ナオとおばさんの関係が、なんていうか……ちょっと、キモかったです」

「もうすこし具体的に教えていただけますか」

未散は突っこんだ。

「どういうふうにキモかったんです?」

「えーっと、これはべつに悪口じゃありませんが」

と幼馴染みは予防線を張って、

「たとえばほら、学校から帰ったらすることって、普通なら弁当箱を母親に渡して、汚れたユニフォームを洗濯機に入れて、手洗いうがい……。まあ、そんくらいじゃないですか。あとは自分の部屋に直行でしょう」

「ですね」

「でも、ナオん家は違うんですよ。帰ったら弁当箱やユニフォームだけじゃなく、スクールバッグを丸ごとおばさんに渡しちゃうんです」

その後はひととおり、万寿美のチェックタイムだ。

まず携帯電話の履歴をチェック。女子からの手紙や、差し入れのたぐいがないかチェック。弁当は米粒ひとつ残さず食べたかをチェックし、最後に財布をひらいて、いくら使ってきたかをチェックしたという。

「それは……また」

未散はごくりとドーナツを飲みこんだ。

「こう言ってはなんですが、過保護の域を超えてますね」

「はい。普通じゃなかったです」

幼馴染みは首肯した。

「うちの母は『あそこまで徹底的に管理するから、ナオくんはレギュラーの座を守れるのよ』なんて言ってたけど、だったらおれは補欠でいいや、と負け惜しみ抜きで思ってましたよ。当時はスマホじゃなくケータイだったけど、それだって個人情報の塊に変わりないでしょう。なのにメールは全部見られて、いくら使ったかも一円単位で報告しなくちゃで、レシート提出も必須でしたもん」

「十代の少年に、それはキツいですね」

「キツいし、しんどいですよ。だってある意味、一番プライバシーを必要とする時期じゃないですか」

言いざま、勢いよくうどんを啜りこむ。

「あの頃、ナオの部屋は一階にあってね。リヴィングダイニングとドア一枚隔てただけなんですよ。まあそれはいいとしても、ナオはドアを閉めるのを禁じられてたんです。最低でも、つねに二十センチは開けてなきゃいけない。ぴったり閉めようもんなら、速攻でおばさんが怒鳴りこんでくるんです」

「ちなみに、鍵は……」

「なかったです。鍵穴そのものがないドアでした」

幼馴染みは腹立たしげに言い、丼を持ちあげて汁を飲んだ。

「他人事ながらムカついて、『反抗しろよ！』って何度も言いました。シモの話ですみませんけど……あの、オカズとかそういうのも、親に見られ放題なわけじゃないですか。自分のことに置き替えたら、我慢できませんでした」

しかし直正は、「おかんは言っても聞かない人だから」「しょうがないよ」と、諦めた様子だったという。

「『反抗して面倒くさいことになるより、はいはい言ってたほうが楽なんだ。よけいなことにエネルギー使いたくないし、おれが我慢すりゃ済む話なんだからいいよ』ってね。なんか、むちゃくちゃ腹立ちました。なんでナオが我慢しなきゃなんないんだって、イラついてしょうがなかったです」

音をたてて箸を置き、彼はまわりを見た。

「ああ、糞。腹立ったらもっと食いたくなってきたな」

「あ、じゃあこのドーナツどうぞ」

未散は、手付かずのチョコファッションを示した。

「いいんですか？　すみません」

幼馴染みは遠慮なく、チョコがけのドーナツに猛然とかぶりついた。

嚙みくだき、飲みこんでから、ふたたび口をひらく。

「でもうちの母に言わせたら、『マーちゃんが過保護になるのも、無理ないわよ』だそうでね。あ、マーちゃんていうのは、ナオん家のおばさんのことです。おばさんが超過保護なのは、『トラウマのせいだ』って母は言うんですよ」

「なんのトラウマです？」

「……子どもの頃に、溺死体を見ちまったんだそうです」

しかも従妹の溺死体をね――。

そう言って、幼馴染みは手を紙ナプキンでぬぐった。

「その従妹は当時、ナオのおばさん家に預けられてたらしいんです。母親が入院したとかでね。数箇月ほど世話する約束でした。うちの母いわく『わたしたちの二歳下で、妹が急にできたみたいだった』とか。

でもその子が気の毒に、溜め池で溺れてね。浮かんでいるところを発見したのが、ナオん家のおばさんでした。『マーちゃんがああなったのは、それ以来よ。異常なくらい心配性になってね。あんなのは二度といやだからと、弟さんに対しても超が付くほど過保護になって』と母は同情して涙目でした。——でもねえ」

ため息をつく。

「いくらトラウマだからって、度が過ぎてますよ。そうやってまわりが可哀想がって放置するから、あんな事件が起こっちまったんだ。ナオん家のおじさんなり弟さんなりが、おばさんをもっと早く心療内科に連れていくべきでした」

幼馴染みと別れたその足で、未散は図書館へ向かった。

今度は、雑誌専門ではない一般図書館である。

まっすぐカウンターに向かい、司書に新聞縮刷版の閲覧を申しこむ。さきほど幼馴染みが口にした『従妹の溺死事件』を探すためであった。

目当ての記事は、一時間ほどで見つかった。六十年前の地方新聞の三面だ。

『4日午後3時20分頃、箱坂市貴船町の溜め池に「人が落ちているようだ」と、近隣住民から通報があった。

駆けつけた救急隊員が、水面に浮かんでいる小学2年の女児（8）を発見。その後、女児は搬送先の病院で死亡が確認された。

箱坂署の発表によると、溜め池の水深は約5・5メートル。周囲に柵などはなかった。同署は女児が誤って転落した可能性があるとみて調べを進めている』

二歳下の従妹だと言っていたから、当時の万寿美は十歳で計算も合う。

次いで未散は、その週の『おくやみ欄』を探した。
――対馬多恵子（8）
この子だな、と未散は確信した。
その週、ほかに幼い死者はいなかった。また〝対馬〟は箱坂周辺に多い姓でもある。
記事のコピーを取ってもらい、未散は帰宅した。

6

「えーと、だしの素大さじ2、っと」

スマートフォンでレシピを確認しつつ、未散は火にかけた鍋を前に、合わせ調味料を作った。

「酒、味醂は各大さじ1か。味醂ないから、酒大さじ2でもいいよね。あとは醤油を大さじ4……」

片手鍋の中では、先日買った牛もつが湯に浮き沈みしている。

レシピによれば、この湯はひと煮立ちしたら捨てるのだそうだ。あの店のこってり味噌味は美味しいが、いっぺん醤油味でも食べてみたかった。

『ルポ・箱坂四歳孫殺害事件』の前編が載った『週刊ニチエイ』は、昨日発売されたばかりだった。

――さて、問題はここからだ。

未散一人の力で、満足いく後編が書けるかどうかであった。

鍋が沸騰した。牛もつをざるに取り、未散は湯を流しにあけた。

次いで、大根を乱切りにする。葱は大きめのぶつ切りにした。チューブの大蒜を絞り、具材をさっと炒め合わせる。

前編では万寿美の行きすぎた過保護ぶりと、嫁姑の確執をメインで語った。後編は一転して、万寿美の精神状態に焦点を当てるつもりだった。

——対馬多恵子は、ほんとうに事故死だったのだろうか。

わずか八歳で溜め池に浮かんだ多恵子。

わが家のリヴィングで絞殺され、さらに滅多刺しにされた芽瑠。

——もし多恵子も、万寿美に殺されたんだとしたら？

そう仮定するならば、二人の共通点はなんだろう。多恵子と芽瑠のなにが、万寿美の中の殺意を駆りたてたというのか。

——そもそも芽瑠を殺したとき、ほんとうに万寿美は心神喪失状態だったのか？

多恵子の件を考慮すれば、若年性アルツハイマー型認知症だったかも疑わしいのでは？　万寿美は正気のまま、孫娘を殺害したのではないか？

合わせ調味料と牛もつを鍋に加え、未散はコンロを強火にした。

れんげでスープの味見をする。悪くなかった。

流水でれんげを洗い、今度は灰汁(あく)を丁寧にすくう。すくってもすくっても湧いてくる灰いろの泡を、こまめに取り除いて流しに捨てていく。

着信音が鳴った。液晶に目をやる。

公衆電話からだった。

未散はコンロを弱火にし、一度深呼吸してから、画面をフリックした。

「……古沢か？」

「当たり」

通話をスピーカーに切り替える。れんげ片手に、未散は言った。

「古沢おまえ、もつ煮好きか？」

「嫌いじゃないけど、なんでもつ煮？」

「いま作ってるから」

「マジか」

ははは、と福子の笑い声が響く。

「世良も料理するようになったかぁ。高校の頃は『家事大嫌い。料理も嫌い。食べ物なんて、コンビニとほか弁で充分』と豪語してたくせに」

未散は反駁した。

「自分が食べたいもんを自分のために作るのは、ノーカンだよ」

「楽しみのためにやってんだから、家事じゃない」

「ふん。ものは言いようだな」

福子はさらりといなして、

「最新号の記事、読んだよ」

と本題に入った。

福子に聞こえないよう、未散はいま一度静かに深呼吸した。

「……どうだった？」

慎重に尋ねる。

「嫁姑の確執に焦点を当てすぎじゃないかな。いや」

福子はつづけた。

「――おまえ、自己投影しすぎだ」

しばし、未散は反論できなかった。

なぜわかった、と問いたかった。だが声にならなかった。

なぜわたしが、万寿美の向こうに母を見たとわかった？　そんなにも感情だだ洩れの文章だったか？　と、疑問ばかりが胸中で渦を巻いた。

「勘違いするなよ、世良。自己投影はべつに悪いことじゃない。テーマに寄り添うことで、いいものが書けることは多い。だが今回は、ピントがずれている」

「どう……ずれてる？」

「田崎（たざき）って家を覚えてるか？」

唐突に福子は言った。

「通学路の途中に建ってた家だよ。やたらと吠（ほ）える犬を、二頭も飼ってた家。門扉が檻（おり）みたいな黒い柵になっててさ」

「ああ、あったな。そんな家」

灰汁をすくう手は、いつの間にか止まっていた。

「その田崎家が、どうかしたか？」

その問いに福子は答えず、

「もうひとつ」

とつづけた。

「過剰殺傷は、憎しみや残虐性のあらわれとは限らないぞ。死んでいるとわかっていても、さらに刺すのは恐怖のせいだ。とくに犯人が女の場合はな。相手がまた起きあがって、反撃してくるんじやないかと怖いんだ」

福子の声は平板だった。

「現にわたしがそうだったからな。——経験者は語る、だ。信用しろ」

通話が切れた。

7

二日後、未散は電話で及川菜摘と話すことができた。

万寿美の弟に頼んで、渡りを付けてもらったのだ。

第一声から、菜摘は不愛想だった。迷惑がっていることを隠さず。一秒でも早く電話を切りたそうだった。

未散は「五分だけお願いします」と粘り、つづけた。

「わたしが高校生のとき、通学路に田崎さんという家がありましてね。つい最近知ったんですが、そのお宅はすごく嫁姑の仲が悪かったんです」

「は？　それが……」

それがなんなんです、と言いかける菜摘に、

「その家のお嫁さんは、嘘(うそ)の日記を書いていました」

素早く未散は声をかぶせた。

「『お義母さんがボケた。痴呆(ちほう)の症状が出た。本人は認めないが、わたしは毎日こんなに迷惑している』という日記をね。彼女は『今日も義母がおもらしした』『臭くてたまらない』とこまごま書

きながら、周囲にもそれを言いふらしました」

一拍の間を空け、つづける。

「田崎さんのお姑さんは、確かにたびたび粗相していました。ですがお嫁さんの話は、百パーセントの真実じゃなかった。真相はお嫁さんの意地悪でした。彼女はお姑さんがトイレを使えないよう、あの手この手で邪魔していた。周囲にお姑さんは認知症だと思わせ、同時に彼女から尊厳を奪うのが目的です」

気づけば、菜摘は黙りこくっていた。

反論がないのを察し、未散は言葉を継いだ。

「結局はバレて、離婚になりましたがね――。でも、わたしは思うんです。お嫁さんがしたことは確かにひどい。第三者は彼女を、『鬼嫁』だなんて言葉で簡単に断罪するでしょう。でもお嫁さんをそこまで追いこんだ長年の嫁姑関係や、配偶者の無理解などが、全部なかったことにされるのは――透明化されてしまうのは、違うと思うんです。彼女をそこまで追いつめたのは、日々の積み重ねの結果ですよ」

そこで言葉を切る。

言い聞かすように、未散はゆっくり言った。

「菜摘さん。わたしはあなたの味方です」

「…………」

「ご心配なく。あのことは記事にしません。『週刊ニチエイ』に掲載した前編でおわかりのとおり、わたしは万寿美さんに批判的な立場です。書くべきところと書かざるところを選ぶためにも、確たる真実が必要なだけです」

たっぷり一分近く、菜摘は黙っていた。

だがやがて、かすれた声で認めた。

「……ええ。あの日記は、嘘です」

義母が認知症になったと、毎日毎日書き記したあの日記はでたらめです――。

そう告げた菜摘の声音は、鉛のように重かった。

「義母が『最近、物忘れがひどい』とこぼしはじめたとき、思いついたんです。実際よりももっと重い症状だと思わせてやろう。義母から自信を奪って、弱よわしい年寄りにしてやろう、とね」

翌日から菜摘は、夫の目を盗んで〝実行〟にかかった。

万寿美の財布や通帳を隠し、探す彼女の背後から「お義母さん、さっきご自分でここに置いたでしょう」と声をかける。

食事はまだなのに「さっき食べたばかりでしょ」と呆れ顔をする。

万寿美がなにか訊けば「今朝も同じこと訊いてましたよね。どうかしちゃったんですか?」と首をかしげてやる、等々。

「義母は自分の言うことが絶対で、育児に自信満々な人でした。そんな義母が、わたしは大嫌いでした。夫は義母の言いなりだし、子どもたちだって義母にばかりなついて……。うまくいけば、自分から『施設に入る』と言いだしてくれるんじゃないか、そう思っていました」

そうなれば、あの一軒家は菜摘と夫のものだ。

子育ては大変だが、二児持ちで義母のサポートもなくなれば、今度こそ保育園に受かるかもしれない。なんならベビーシッターを雇ったっていい。お金はかかるが、ビジネスライクな関係のほうがずっと気楽だ。

「……でもわたし、やりすぎたんです。まさか義母が、あそこまでおかしくなってしまうとは……」

未散は黙っていた。いまさら菜摘を責めても意味がない。

ひどいことをしたと一番よくわかっているのは菜摘自身だ。なにより彼女は、とうに報いを受けている。わが子を惨殺されるという、この上なく残酷な報いを。

「日記にあった〝ピー子〟とは、小鳥ですよね？　お姑さんに逃がされたという話も嘘ですか？」

「いいえ、義母がインコを籠から出したのも、見つけられなかったのもほんとうです。あの時点で、義母を追いつめすぎたと気づくべきでした。でもピー子を失った怒りで、冷静に考えられなかった……」

菜摘の声音は、苦汁を吐くようだった。

彼女の息遣いがおさまるのを待ち、未散は尋ねた。

「『フーチャ』という言葉について、お心当たりはほんとうにないんですか？」

またも沈黙があった。

しかし今度は、二十秒ほどで返答があった。

「警察には、言いませんでしたが……。たぶん『ふうちゃん』が正確です」

「ふうちゃん、ですか。誰のことでしょう？」

問いながら、未散は考えた。

万寿美の弟も、直正の幼馴染みも、その母親も、名前に〝ふ〟は付かない。溜め池で死んだ少女の名にもだ。

「わかりません」

菜摘はいったん否定して、

「でも芽瑠が言ってたんです。『ばぁばがいつも〝ふうちゃんみたいなことしないで！〟って言うよ。ふうちゃんしちゃ駄目！　って怒るの』と。わたしや夫の前では言いませんでしたけどね。子どもたちだけのときは、そんなふうに叱っていたようです」

「なぜそれを、警察に言わなかったんです？」

「芽瑠は……あの子は四歳にしては大柄で、なんというか、乱暴なときがあったんです。義母にしょっちゅう叱られていたと、口にしたくなかった。認知症のせいにもできたんでしょうが、それでも、死んだ子を悪く言う気がして……」

　菜摘は洟を啜った。

「馬鹿ですよね。わたし、ほんとうに馬鹿。大事なものを失ってから過ちに気づくなんて、自分でもいやになる……。日記のこと、書かないと約束してくださって、ありがとうございます……」


　その日の午後、未散は箱坂市の住宅街に出向いた。

　先日話した直正の幼馴染みの、母親に会うためであった。

　平日の昼間ということで、彼女は未散を自宅に引き入れてくれた。畳敷きの居間に通し、座布団をすすめ、煎茶を差しだしてから口をひらく。

「万寿美さん……マーちゃんとは、小学校が同じだったんです。統廃合されて、いまはもうない学校ですよ。三年生のとき同じクラスになって、家が近かったから、なんとなく一緒に下校するようになって……」

　懐かしむように、目を宙に向ける。

「万寿美さんは、どんな子どもでした？」

「何度クラス替えしても、学級委員長でしたよ。責任感が強くてね。なんでも『わたしが、わたしが』

というタイプだったから、出しゃばりだなんて言って嫌う人もいたけれど、わたしは好きでした」

「つまり、汚れ仕事でも進んで引き受けるような人？」

「ええ。世の中には、ああいう人もいてくれなきゃ困りますよ」

未散は煎茶をひとくち飲んだ。熱く、濃かった。

湯呑(ゆのみ)を置いて、低く問う。

「――ふうちゃんを溜め池に落としたのは、万寿美さんですね？」

居間の障子戸は雪見障子だった。

下半分の障子が上げられ、庭さきに咲く花がよく見えた。満開の撫子(なでしこ)が、そよ風に揺れている。

「万寿美さんの弟さんが言っていました。『子どもの頃から、なぜか、姉が怖かった』と。当時の彼は、わずか二歳でした。それでも深層意識には強烈に刻まれたんでしょう。姉が殺人者だと、彼はずっと心の底で知っていたんです」

幼馴染みの母親は、未散を見なかった。

視線をはずしたまま、そっと菓子盆を押しだして言った。

「……多恵子ちゃんに『ふうちゃん』の渾名(あだな)を付けたのは、マーちゃんのお祖父(じい)さんです」

「美人、という意味だそうですね。隠語辞典を引いて知りました。大昔の不良青年の俗語で、べっぴん、小町、シャンなどと同じ意味だったとか」

未散は相槌を打った。

幼馴染みの母親がうなずく。

「ええ。多恵子ちゃんは、そりゃあ美少女でした。目がぱっちりして色白で、お人形さんみたいだった。でも――怖い子でした」

言いながら、急須を引き寄せる。

「多恵子ちゃんの母親が、神経を病んでしまってね。入院したので、しばらくマーちゃんのおうちで預かることになったんです。大人はみんな、多恵子ちゃんが好きだった。可愛くて、利発で、愛想のいい子だったからです。あの子がにっこりするだけで、その場がぱあっと明るくなりました」

「でも、あなたたちは怖かった？」

「ええ。わたしもマーちゃんもです。――ふうちゃんが、怖かった」

多恵子は残酷な子だったという。

口癖は「中身が見たい」。

見たい見たいと言って、万寿美が祖母に買ってもらった腕時計を分解してしまう。鶏が産んだ卵を全部叩き割ってしまう。ひどいときは、子猫の頭を踏み割ったことすらあった。

「どうしてそんなことするの」

血相を変えて詰め寄った万寿美に、

「だって、中身が見えないんだもん」平然と多恵子は言った。「見えないようにしてるほうが悪いよ」

そうしてある日、多恵子は万寿美の弟を指して言った。

「あの子の中身はどんなんだろう」と。

万寿美の弟は当時、体が弱かった。すぐ熱を出し、言葉の発達も遅めだった。

多恵子は笑ってつづけた。

「脳味噌じゃないものが、いっぱい詰まってるのかもしれないよ。頭をひらいて、中身を見てみなきゃ」

溜め池に多恵子が浮かんだのは、その翌日だ。

万寿美は後悔していなかった。弟を守るためだった。しかたない――。そう心から信じていた。

そして級友だった彼女も、それを支持した。

そう、しかたない。

だってふうちゃんは、怖い子だったから。

「万寿美さんが、芽瑠ちゃんを殺したのも……？」

「いまとなってはわかりません」

未散の問いに、彼女は首を振った。

「ほんとうに芽瑠ちゃんが、多恵子ちゃんのような子だったのかはわからない。でも、マーちゃんが怖がっていたのは確かです」

万寿美が芽瑠を恐れはじめたのは、事件の前年だったという。

「スーパーから買ってきた卵パックを見て、あの子が言ったんだそうです。『ばぁば。あれ、中になにが入ってるの。全部開けて中を見たいよ』と……」

たいていの親や祖母は、子どもらしい無邪気なおねだりと笑うだろう。

だが万寿美はそう受けとらなかった。

――もしや、この子もふうちゃんのようになるのでは？

芽瑠は多恵子の従姪孫にあたる。親等で言えば六親等である。けっして近くはないが、遺伝しないとも言いきれない。

「芽瑠ちゃんにせがまれるのが怖くて、マーちゃんはしばしば、家にある卵を発作的に全部割ってしまったそうです。ときには自分がそうしたのを、覚えていないことすらあったとか……。ストレスは脳によくないと言いますしね。芽瑠ちゃんへの疑惑やストレスが、マーちゃんの認知症を進行させたんだと思います」

違う、と言いたいのを未散はこらえた。

万寿美の認知症は、本人が思い悩んだほどではなかった。菜摘がわざと持ち物を隠したり、食事の回数をごまかしていたのだ。卵を割って「覚えていないんですか？」と責めたのも、計画のうちだった。

「じつはあの事件が起こる二日前、マーちゃんから電話があったんです」

どこかでうぐいすが鳴いていた。

「マーちゃんは言いました。『芽瑠が先週、インコを籠から出して、握りつぶそうとしていたの。慌てて止めたら、インコは手をすり抜けて、窓から逃げてしまった……。菜摘さんはかんかんになって怒ったけど、わたしはほっとした』

――それでね、今朝、芽瑠が言ったの。

――温夢を指さして「ねえ、ばぁば。あの子のお腹には、どんな臭いのが詰まってるの？」って。

万寿美はさらに語った。自分はどうやらアルツハイマー型認知症らしいこと。進行が早く、完全になにもわからなくなるのは時間の問題だろうことを。

「わたしが完全にボケてからでは、遅いでしょう――。マーちゃんは、そう言いました。始末をつける人が誰もいなくなる。かろうじて判断がつくうちに、やっておかなきゃいけない、と」

その翌々日、万寿美は芽瑠を殺した。

絞め殺しただけでなく、刺した。死体を滅多刺しにした。

福子の言ったとおり、怖かったからだ。

万寿美は責任感が強かった。なんでも自分で手を下さなければ、我慢ならないたちだった。

——世の中には、ああいう人もいてくれなきゃ困りますよ。

「温夢くんは、そのとき二歳でしたね」

未散は言った。

「ええ」

「そして多恵子ちゃんが『頭の中を見たい』と言ったときの、万寿美さんの弟さんも同じく二歳？」

「ええ」

彼女がうなずいた。そして未散の湯吞に、新たな茶を注いだ。

春の陽射しが、やわらかく庭を照らしていた。

8

その夜も未散は、もつ鍋屋のカウンター席にいた。

目の前にはあいかわらずの中ジョッキともつ煮がある。いつもと違うのは、未散の眉間（みけん）に深い皺（しわ）が刻まれていることだ。

彼女は両手で、ＬＩＮＥのメッセージを矢継ぎ早に打ちこんでいた。

「無理です」

「テレビ出演なんてそんな、柄じゃないですって」

「だいたいテレビに出れるほどしゃべりが巧（うま）かったら、フリーのライターなんてやってません。無理無理無理無理」

編集長相手に三連続で送信し、ふうと息をつく。すかさずマナーモードにして、カウンターにスマートフォンを伏せた。

『ルポ・箱坂四歳孫殺害事件』の後編は、先週掲載された。

評判は「まあそこそこ」程度だったが、どうも意外な層に受けたらしい。深夜の有名な某討論番組から、出演オファーがあったのだ。

討論のテーマは『家族間殺人』。

国内の殺人および凶悪事件は年々減少傾向にある。しかし家族間殺人だけはべつである。この事実とからめて、核家族化する一方の現代社会の闇を語りたい。つきましては是非、世良さんにご出演を――とのことであった。

「絶対、出たくない……」

口の中でつぶやく。

――そりゃあ有名な老舗番組だし、出れば名前も売れるだろう。

でもそれを差し引いても、討論番組なんてまっぴらだ。

口下手なことにかけては自信がある。わたしみたいな陰キャのコミュ障、恥をさらすに決まってる。

未散はジョッキを手に取った。

冷えたビールで、怨嗟をぐっと流しこむ。呑みこんで胃まで押し流し、「ぷはあ」と息をついてから、店員に向かって片手を挙げる。

「同じの、もうひとつ」

「はい生中一丁、よろこんでーえ」

店内はほどよく混んでいて、ほどよく騒がしかった。

みんな自分のことで手いっぱいだ。誰も未散のことなど見ていない。注意ひとつ払わない。

――この空気が、なにより心地いい。

と思いつつも、テレビに出たらどうなるだろうと考えた。家族くらいは反応してくれるだろうか。

一翔なら、間違いなく喜びそうだ。速攻で「観た観た！」と電話してきそう。新しもの好きの陽キャだし、「局の廊下で、アイドルとかに会えなかった？」なんて訊いてきそう。

――母は……まあ見栄っ張りだし、一応喜ぶよね。

そう、おそらく喜ぶ。

でもまわりの人に「昨夜テレビに出てたの、おたくのお嬢さん？」と訊かれたら、母はきっと言うだろう、「恥ずかしいわ」と。否定も肯定もせず、一言「恥ずかしいわ」だ。目に浮かぶようだった。

その瞬間、はっと未散は気づいた。

テレビ番組。もつ鍋屋。母の声。母の言葉。母の表情。

ああそうだ、と一気に腑に落ちる。

――そうだ、テレビだった。

あれはいったい何年前だろう。

未散はまだ幼かった。家族とともに、居間でテレビを観ていた。なんの番組だったかは思いだせない。だがとにかく、画面にはもつ煮込みが映っていた。

美味そうにもつ煮をかきこむ芸能人に、母はふんと吐き捨てた。

「内臓の煮込みですって？　ああいやだ、下品ね」

幼い未散は、思わず身を縮めた。

母はなんでもけなす人だった。口をひらけば文句ばかり言っていた。その都度、未散は体を硬くした。

母がなにかをくさすたび、けなされているのは自分だと思った。遠まわしにわたしを非難しているのだ——と思えてならなかった。

——そういえば、もつ煮だけじゃないな。

三十路を過ぎた未散は思う。

屋台の焼きそばや大判焼き。牛丼。立ち食い蕎麦。駄菓子。回転寿司。チェーン店の焼肉。ピザ。脂ののったホッケ。焼き鳥。ラーメンや丼ものなども、母にかかればすべて「下品」だった。

上京したのちも未散は、しばらく人前で丼ものやピザを食べられなかった。

だがいまは平気だ。立ち食い蕎麦だろうとカレースタンドだろうと、人目を気にせず、むしろ進んで入店している。まるであの頃のぶんを取りかえすかのように。

——中でも母が嫌ったのが、酒を飲む女だ。

ふ、と未散は笑った。

もつ鍋屋のカウンターで中ジョッキをぐびぐび呷る娘を見たら、母はどうするだろう。怒鳴るか、それともひっぱたくか。最悪その場で卒倒するかもしれない。

——テレビ、出てみようかな。

はじめてそう思えた。

こんなふうに思うこと自体、子どもっぽい。いちいち親を引き合いに出して考えるなんて、それこそ親の呪縛から抜けきれていない証拠だ。

わかっていた。すべてわかった上で「だからこそ出てみたい」と思えた。

わたしは子どもっぽい。いい歳をして、いまだに幼稚だ。厨二病でもある。母にまだ気に入られたくて、でも無理だとわかっていて、心のどこかで恨んでいる。

――そしてそれを、ようやく認められるようになった。

新たに届いたジョッキをひそかに上げる。乾杯、と口中でつぶやく。

乾杯。愛されなくても、それなりに生きのびてきた自分に乾杯、古沢福子に乾杯。やっと己を客観視できつつある事実に乾杯。

半分近くを一気に呷る。

よく冷えたビールは爽やかで、ほろ苦い自由の味がした。

＊　＊

浴槽には死体が横たわっていた。

ほんの数時間前、福子自身が命を奪った体だ。

いまはすっかり冷えきり、皮膚は血を失って青ざめていた。したたる血を受けた洗面器が、特有のなまぐさい臭いをはなつ。濁って乾きかけた眼球に、蠅が一匹とまっていた。

福子はひとしきり笑った。笑ったのち、溢れる涙を指でぬぐった。

こんなにも爽快なのは、生まれてはじめてだった。

やった、と思った。

やった。やりとげた。わたしは無力なんかじゃない。わたしは生きている。まだ生きていける。

生き抜くだけの力を持っている。

人を殺して、生きる力と実感が湧くなんておかしな話だ。しかしその瞬間、福子の心は間違いなく満たされていた。

自分は弱くない、そう思えた。

いまのわたしは弱くない。過去に弱かったからこそ、わかる。たとえこの世のすべてが自己責任で、弱いやつは淘汰される世の中だったとしても、わたしはもう違う。

強者側になんて立たなくていい。

でも、弱くさえなければ生きていける。

——たとえこの世の中の誰ひとり、わたしの生を望んでいなくとも。

福子は拳を握った。

けして大きいとは言えない拳だ。手首の骨が浮き、皮膚はかさついていた。しかし震えてはいなかった。それだけで、いまは充分だった。

なまぐさい浴室で一人、福子は快哉を叫んだ。

第五話　凍えて眠れ

I

あまりの暑さに目が覚めた。

「あっづ……」

未散は一声唸り、ベッドに仰向いたままシーツの上を探った。

指さきにリモコンが当たる。すかさず拾いあげ、エアコンに向けて『冷房』のボタンを押す。

送風口から吹きだす涼しい風を、未散は全身に浴びた。

掛けていたはずのタオルケットは、とっくにどこかへ行ってしまった。タンクトップにハーフパンツだけなのに、汗びっしょりだ。まったく今年の暑さは異常である。

「って、毎年言ってる気がする……」

ベッドに大の字でひとりごちた。

今年の暑さは異常。東京の暑さは異常。テレビでもネットでも毎年目にし、耳にする文句だ。冬になればなったで、今度は「東京の乾燥は異常」と言いだす。

「電気代も、毎年上がってるってのに……」

とはいえエアコンなしの夏なんて考えられない。電気代がいくらかかろうが、熱中症でぶっ倒れるよりマシだ。入院なんて事態になればもっと金がかかるし、締め切りにもかかわる。

本来、未散の仕事はパソコンと資料さえあれば可能である。

ノートパソコンを提げ、資料をエコバッグに詰め、冷房がきんきんに効いたファミレスかカフェへ避難するという手もあった。

「あった――けど」

それは去年までの話だ、と胸中でつづけた。

「自意識過剰になっちゃってる、からな……」

われながら恥ずかしい。

おまえのことなんか誰も見てないよ、と思う。いい歳してみっともない、とも自省する。

だが実際、最近は人目が気になってしょうがないのだ。道行く人に「自分が世良未散だとバレたらどうしよう」と思ってしまう。

「もー、ほんとダッサ……」

自虐して寝がえりをうつ。

そのとき、ＬＩＮＥの着信音が二度鳴った。

「おーい。姉ちゃん、ゆうべも出てたんじゃん?」

「なんなの。なんで教えてくんないの?」

二通とも一翔からだった。昔と変わらずミーハーな弟は、姉のテレビ出演を予想どおり無邪気に喜んでいる。

「教えるほどのアレじゃなかった」

未散は片手で、けだるく返事を打つ。

「ほかの人たちと違って、全然うまくしゃべれないしさ」

真夜中の討論番組には、昨夜が四度目の出演である。

未散は最初の出演回を、一応予約録画した。そして瞬時に懲りた。

画面に映る彼女は「冴えない」の一言だった。猫背で肌がくすみ、声はこもっていた。レギュラー出演者たちがはきはきと滑舌よく言葉を交わす中、ぽつんと端に座り、周囲におもねるように薄ら笑っていた。

やはりテレビとは、美男美女や才人が出るものだ。そう納得し、録画は速攻で消した。二度と出るものかと思った。

——なのに、気づけば四度も出演してしまっている。

いったいなにがよかったのか、その後も重ねて依頼があったからだ。断りきれず、というか断るのも面倒で、結局ずるずると出演をつづけていた。

手もとで、ふたたびLINEの着信音が鳴った。

液晶に表示された名は〝赤羽〟だった。

未散は慌てて上体を起こした。

向こうに見えないとわかっていても、寝そべったまま返事はできない。純粋に気分の問題であった。

「テレビ観たよ。さすが四回目ともなると、画面に馴染んでこなれてきたね。すごく堂々として見えた」

短文のメッセージまでソフィスティケートされてる、と未散は感じ入った。スマートフォンを捧げ持つように、両手で返事を打つ。

「誉めてくれてありがとう。お世辞でも嬉しい」

すこし考えて、語尾を「嬉しいな」に変えた。文字だけでは愛想なしかと、笑顔の顔文字も添えて送信した。

赤羽の返信は早かった。

「お世辞じゃないよ。本気でそう思ってる」

どう返すべきか、未散は迷った。

ここで調子に乗ると、ついよけいな言葉を返しがちである。さんざん迷った末「ありがとう」の一言にした。スタンプも、熊がお辞儀している無難なものを選んだ。

――仕事以外で男性とメッセージを送り合うなんて、ひさしぶりだ。

ひさしぶりすぎてコツを思いだせない。せめて馬鹿っぽく見えませんように、礼儀知らずと思われませんように、と祈るばかりである。

スマートフォンがまたも鳴った。今度は電話の着信音だ。

赤羽かと思ったが、違った。

公衆電話からだった。

「観たぞ」

電話口の福子の声は、笑っていた。

未散は思わず口をへの字にした。

「はあ？　観んなよ」

「おいおい、視聴率に貢献してやったのにひどいな」

「よく言うよ。視聴率測定器(PM)ねえだろ」

未散の反駁(はんばく)を福子は聞き流して、

「すっかり一人前のコメンテータだな。いまや〝Mアノン問題〟の第一人者でもあるしなあ？」と
さらにからかってきた。

「やめろ」

未散はシーツの上にあぐらをかいた。

「……Mアノンなんて言葉、知ってんだな」

「そりゃ、わたしだってネットくらいするさ」

「どこで？　どうやって？」

「それはノーコメント」

Mアノンとは、最近インターネットを中心に世を騒がせている、最川軍司のシンパたちを指す。

この四箇月で、最川軍司の評価はふたたび大きく転回した。

未散の記事を機に神秘性を失い、それまでのファンを失ったかに見えたが、ある人物の登場で雲行きが変わったのだ。

かのアカウント名は『アバターM』。

本名はおろか年齢も性別もわからぬその人物は、

「最川氏は、冤罪(えんざい)の犠牲者である。『瑞葉一家惨殺事件』は検察のでっちあげだ」

と主張した。

『アバターM』は、『町田・八王子連続殺人事件』は最川の犯行であることを認めていた。その上で、

「検察つまり国家権力は、最川氏が逆転無罪を勝ちとったことを司法への愚弄だと解釈した。また

最川氏が持ち前のカリスマ性ゆえに、国家反逆側のダークヒーローとしてもてはやされるだろう未来を恐れた。国が血税を使って『瑞葉一家惨殺事件』をでっちあげ、彼を無理無体に収監した理由はそこだ」

と熱っぽく語った。

主な媒体は、各SNSと無料動画サイトである。

あまりに荒唐無稽な陰謀論だった。未散もはじめて見たときは、モニタに向かって「ねーよ」と吐き捨ててしまったほどだ。

しかしそのでたらめは、驚いたことにじわじわと世に浸透していった。

連日連夜、『アバターM』は語った。

「司法をあざむく高い知性を粗野な態度で覆い隠す、最川氏の二面性。それは典型的なダークヒーローの特質である」

「その高知能とたぐいまれなる存在感、唯一無二の魅力からして、民衆が最川氏を偶像に祀りあげる未来は不可避である」

「体制側は最川氏を〝いずれ国民を熱狂させかねぬ不穏分子〟と危険視し、税金を湯水のごとく使って、彼を社会から隔絶すべく大規模な冤罪事件を仕組んだのだ」等々。

――馬鹿馬鹿しい。

心から、未散はそう呆れる。

だが庶民を手っ取り早く怒らせる方法は、いまも昔も変わらない。「税金が、こんなにも無駄に使われている！」と煽ることだ。

『アバターM』はそこを理解してか、「われわれの支払った血税を私物化」「すくない給料から差っ引かれた税金が、こんなくだらぬことに浪費されて」等の一文を必ず添えてきた。

気づけば動画サイトには、『アバターM』と主張を同じくする陰謀論が溢れた。しかも出来によっては、十万、二十万回超の再生数を稼ぐようになってきた。

もっとも決定的だったのは、いわゆるインセルたちの参加だろう。

みずからを〝弱者男性〟〝ネットにしか居場所がない非モテ〟と称する彼らが、『アバターM』の言説に賛同し、最川を支持しはじめたのである。

とくに台頭したのが、『M派愛善志士』なるアカウントだ。

過去のSNS投稿によれば、彼はサバゲー好きの平凡な青年だった。しかしある日を境にインセルを名のりはじめ、「女は劣等生物！」だの「女の人権を全否定する！」だの「女をレイプしてなぜ悪い！」などと過激にアジるようになった。

この『M派愛善志士』が、『アバターM』に影響された。

熱狂的な最川シンパとなり、やがて最川の事件にかかわった女性たちまで叩きはじめた。これが、世のインセルたちに大受けした。

彼らは被害者の女性はもちろん、『瑞葉一家惨殺事件』を担当した女性検事や、最川をこきおろした女性大学教授、与野党の女性代議士などを総叩きした。罵倒し、揶揄し、あらゆるネットスキルを使っていやがらせした。

もちろん未散も、そのターゲットの一人となった。

インセルに言わせると未散は検察の手先であり、『週刊ニチエイ』の編集長を枕営業で籠絡したそうだ。「国と癒着して甘い汁を吸いつつ、中国に情報を流す女スパイもどき」とくさすアカウントまでいた。

——美人でも若くもないわたしに、枕営業なんかできるもんか。

未散はうんざりした。

しかしインセルは『ハニトラスキーム』『お枕攻撃』『メス猿のお気持ち駄文』等々のネットミームを次々と生み出し、ネットの大海に広げていった。

そう、未散が自意識過剰になったのは、テレビ出演だけが理由ではない。どこに最川シンパがいるかわかったものではないからだ。

そんなシンパたちは、いつしか〝Mアノン〟と呼ばれるようになった。

アメリカ発の陰謀論者、Qアノンをもじった呼び名である。だが彼らの自称は、あくまで勇猛な『志士』であった。

「われら志士は最川氏の冤罪を信じ、巨悪たる国家権力に立ち向かう」

と高らかに宣言し、現在進行形でフォロワーを増やしつづけている。

そのフォロワーには新進作家、漫画家、評論家、地方市議なども含まれ、いまやネット界を超えた社会問題になりつつある——。

「そういや世良、知ってるか?」

電話口で福子が問うた。

「『M派愛善志士』が、最川のためにはじめたクラウドファンディング」

「知ってる。早くも五百万円を突破したらしいな」

未散は苦にがしく答えた。

「何者なんだ、あの『M派愛善志士』ってやつ。初期に大騒ぎしてた『アバターM』なんて、あいつのせいで影が薄くなって完全に消えちまった」

『アバターM』のSNSも、七月で更新が止まったらしい。すっかり『M派愛善志士』に活動を乗っ取られたわけだ、気の毒に」

「いかにもネット社会だよな。より過激なものが求められ、エコーチェンバーでさらに過激化していく。やつらは最川を盾に、ヘイト活動したいだけだろ」

「そういうこと。これほどの不景気でも、人はヘイトになら金を出すんだ。ビジネスヘイトの時代だ」

くくっと福子は喉で笑い、つづけた。

「世良、下手したらおまえも巻きこまれかねないぞ。テレビ出演はともかく、原稿のほうはしばらく最川事件の色を消したほうがいい」

「言われなくてもわかってる」

未散は首肯した。

Mアノンの攻撃ももちろん避けたい。だがそれ以上に、最川のイメージに染まりたくなかった。

〝世良未散といえば最川軍司〟などと、この先何年も言われるのは御免である。

「世良未散名義のアカウントを持ってなくてよかったよ。やつらの女性検事や教授への誹謗中傷、マジでやばいもんな。あんなの毎日受けてたら病んじゃうよ」

「まあおまえの代わりに、『週刊ニチエイ』の公式アカが荒らされてるけどな」

福子は笑ってから、

『週ニチ』といえば、次のルポはどうなってる？」と訊いた。

「再来週が前編の締め切り。でもネタは、まだ決まってない」

「そうか。ちょうどよかった」

うなずく気配ののち、福子が言う。

「四年前の『久賀沼強盗未遂事件』はどうだ？」

「くがぬま……？」

未散は首をかしげた。

「どんな事件だっけ。ぱっと思いだせない」

「調べてみろよ」

無造作に福子が言う。

「ちなみにその事件で死んだ女の息子が、今年の四月に事件を起こしている。――それも調べてみてから、考えろ」

通話が切れた。


思いきり濃いコーヒーを淹れ、未散はロウテーブルの前に座った。

昨夜からスリープさせっぱなしのノートパソコンをひらく。ブラウザを立ちあげる。

検索の小窓にワードを打ちこんだ。

――『久賀沼強盗未遂事件』。

事件概要は簡単に知れた。福子が言ったとおり、四年前の事件であった。

強盗未遂犯は二人組だった。どちらも女性である。

主犯A、当時三十八歳。従犯B、三十六歳。

彼女たちは安アパートで同居しており、ともに無職だった。ケチな窃盗、置き引き、万引き、売春などで細ぼそと食いつないでいたという。

AとBはある日、電車でたまたま隣り合っただけの老婦人からお菓子をもらった。老婦人は二駅先で降りていった。AはBにささやいた。

「知らない人間に菓子を施すなんて、あのババア、暮らしに余裕があるんだろう。B、おまえも降りろ。ババアを尾けて、家を突きとめてこい」

Bは言われたとおりにした。

そして約三時間後に帰宅し、Aに報告した。

「おばあさん、一軒家に住んでたよ。『ただいま』を言わずに入っていったから、たぶん一人暮らしだと思う」

翌々日、二人は老婦人の家へ向かった。Bは梱包用のビニールロープ、ガムテープ、包丁などを入れたバッグを抱えていた。すべて主犯Aの指示だった。

だが強盗は成功しなかった。

老婦人は一人暮らしではなかった。同邸の二階に、孫の男子大学生が住んでいたのである。孫に怒鳴りつけられたAとBは、急いで逃げだした。あまりに慌てたせいか、Bは玄関ポーチの段差でつまずき、御影石の門柱に頭を打ち付けた。

Aは、「痛い、痛い」と訴えるBを引きずるようにしてアパートに帰った。

そして翌朝目覚めてみると、Bは床で冷たくなっていた。

Aは数日後に逮捕された。

老婦人宅の防犯カメラが、すべてをとらえていたからだ。

警察がアパートに踏みこんだとき、床にはまだBの遺体がそのままにされていた。解剖の結果、死因は脳血腫であった。

はじめのうちAは、「強盗はBの計画だ」「わたしは言いなりになっただけ」と主張した。しかし取調官に矛盾点を次つぎ指摘され、あえなく全面自供した。

さらに過去の窃盗や恐喝、売春斡旋などの余罪により、Aは再逮捕された——。


「……ああ、そっか」

タッチパッドから指を離し、未散はつぶやいた。

「この記事、週刊誌で読んだんだ」

『週刊ニチエイ』だけでなく、大衆女性誌やワイドショウでも報道されたはずだ。Bという死者が出たにもかかわらず、「間抜けな強盗」と評され、妙にコミカルな扱いだった記憶がある。

——その事件で死んだ女の息子が、今年の四月に事件を起こしている。

——それも調べてみてから、考えろ。

福子は確かにそう言った。

〝死んだ女〟とはBのことだろう。つまりBには子どもがいたのだ。だが事件概要に、息子の存在は出てこない。

——子どもがいたのに、Bは安アパートにAと二人暮らしだった？

シングルマザーだったのだろうか。未散は考えた。

息子は施設にでもいたのか？　AとBはどういう関係だったのだろう。二歳違いだし、上下関係があったようだから、学生時代の先輩後輩といったところか？

「……古沢のやつ、いつも言葉が足りないんだよ」

愚痴が自然にこぼれた。

電話口の福子は、まるで会話をする気がない。今日は珍しく雑談にすこし応じたが、いつも言いたいことだけ言って切ってしまう。

「古沢の事件を本格的に調べはじめたって、言いそびれちゃったじゃん……」

またもスマートフォンが鳴った。

赤羽からのLINEだ。

ほんとにまめな人だなあ、と未散は感心する。出不精で筆不精な彼女としては、恥じ入るばかりだ。頑張って合わせているつもりだが、きっと全然不充分だろう。

赤羽とはテレビ局内で知り合った。

例の討論番組を見学しに来た彼に、

「ああ、あなたがあの世良さんですか！」

と感激され、名刺を渡されたのがきっかけだ。

赤羽は有名な広告代理店の社員だった。名刺には『メディアコンテンツ・マーケティングDX部門』とあった。役職は課長だそうだ。会社勤めの経験がない未散にはいまいちぴんと来ないが、三十代後半で課長ならばそこそこのポジションだろう。

LINEのメッセージは、食事の誘いであった。

ちなみに赤羽とは、すでに二回デートしている。一度目はカフェでのランチで、二度目はイタリアンのディナーだった。

「次はお酒ありにしましょう。いける口だって言ってたよね。またイタリアンがいい？　それとも和食？　フレンチ？」

しばし熟考して、未散は返信した。

「お誘いありがとう。お酒ありなら和食がいいかな」

次いで、手持ちの中では一番可愛(かわい)らしいパンダのスタンプを送った。

2

作業を一段落させ、未散は凝った肩をまわした。

胸をそらしながら、肩甲骨を前後に大きく動かす。

福子の事件を調べていると、つい時間を忘れてしまう。とはいえギャラの発生しない作業である。適当なところで切りあげ、原稿料が出る仕事に戻らねばならない。

メーラーを覗(のぞ)くと、返信が届いていた。

四年前に『久賀沼強盗未遂事件』の記事を『週刊ニチエイ』に載せたライターからだ。さいわい数年来の知人だったため、こちらからコンタクトを取ったのだ。

「世良ちゃん、売れっ子になったじゃーん。おれにもおこぼれちょうだいよ」

と茶化しつつ、彼は要望どおりに当時の取材メモを添付してくれていた。

「ありがとう。今度、焼肉奢(おご)る！」

そう送ってから、未散は添付データをひらいた。

主犯Ａのフルネームは向野亜依(こうのあい)。死んだ従犯Ｂは熊倉七菜子(くまくらななこ)。

予想ははずれ、彼女たちは学校の先輩後輩ではなかった。スーパーでレジ打ちのパートをしていたときの同僚で、むしろ七菜子のほうが先輩の立場だった。

しかし年齢のせいもあってか、亜依はすぐに「七菜子」と呼び捨てにしはじめたという。逆に七菜子のほうは「向野さん」と丁重で、敬語を崩さなかった。

　スーパーの同僚の証言によれば、

「あの二人ですか？　いつも一緒にいたけど、仲がいいって感じじゃありませんでした。傍で見てて不思議でしたね」

「会話が弾むとか、笑い合うとか、全然そんなじゃないんです。向野さんはふんぞりかえってスマホ見てるし、熊倉さんは隣でぼーっとしてるだけ。何度か熊倉さんを『こっちでお茶飲まない？』って誘ったけど、向野さんが睨むもんだから『ありがとう。でもごめんなさい』なんて熊倉さんが遠慮しちゃってね。なんだか女子中学生みたいでした。腐れ縁の、いじめっ子といじめられっ子みたいな」

　熊倉七菜子は既婚で、息子が一人いた。

　小学生の頃に両親を亡くし、以後は叔父の家で育ったという。勤務態度はずっと良好だったが、亜依が入ってきてからは目に見えて無断欠勤が増えた。

　一方の向野亜依は、離婚歴二回。子どもはなし。

　身長こそ低いが、八十キロ近い巨体だった。口癖は、「金ない」「だっる」「どっかにうまい話ないかな」。スーパーでの勤務態度は悪く、名指しでクレームを入れられることも多かった。

　そんな亜依に、七菜子はなぜか逆らえない様子だった。言われるがまま、金も貸している様子だった。

「熊倉さん、向野さんになにか弱みでも握られてるの？　相談のるよ？」

　見かねた店長がそう声をかけたが、

「そんなんじゃないです。大丈夫です」

　と七菜子は微笑むだけだった。

そんな七菜子が家出したのは、店長の声かけから三箇月後のことだ。借金がかさんだ亜依が夜逃げし、それに七菜子がついていったかたちである。

以後の数年間を、二人は奇妙な主従関係で過ごしている。

亜依は久賀沼市の郊外に、家賃一万八千円の1Kアパートを借りた。風呂なしで、トイレは共同。とうてい現代の三十代女性が住みたがる物件ではない。だが、彼女たちは進んで転がりこんだ。

このアパートを七菜子の夫はすぐに突きとめ、迎えに走っている。

「妻は床で寝かされていました」

当時の取材で、夫はそう語った。

「畳敷きですらない板張りの床に、布団もなしに寝かされていたんです。十一月にですよ？　向野だけが厚い布団をかぶって、ぬくぬくと寝ていました。『帰ろう』とうながすと、妻はおとなしく帰宅しました。帰宅して息子に会ったときは涙ぐんでいましたよ。なのに二箇月後、また妻は向野に誘われるがまま、家を出てしまったんです。理解できません。あんな女の、いったいどこに惑わされたんだか……」

ちなみに七菜子を家出させてからというもの、亜依は一度も働いていない。

亜依は七菜子を、まず性感マッサージで働かせた。

だが七菜子はすぐに経営者に嫌われた。やたらと前借(バンス)したがるからだ。むろん七菜子の意思ではない。亜依が「バンスしてこい」と命じるのである。

煙たがられるたび、亜依は七菜子の店を替えさせた。ピンサロ、ヘルス、デリヘル、ソープランド……。

二年と経(た)たぬうち、市内で七菜子を雇う店はなくなった。

七菜子は若くも美しくもなかった。格安ソープに堕ちてさえ、お茶を挽くことが多かった。「過激プレイもＯＫ」で売らなければ客は付かなかった。そして七菜子本人の真面目な仕事ぶりを差っ引いても、その前借癖はひどかった。

七菜子の稼ぎの九割九分は、当然のように亜依が使いこんだ。用途は飲食、ホストクラブなどの遊興費と、フェイシャルエステやネイルサロン等々の美容代である。

五年前の夏、七菜子は県内最後のソープランドをくびになった。

二人はたちまち困窮した。これ以後、彼女たちは坂を転げ落ちるように犯罪の道へ走っていく。

万引き、置き引き、窃盗で食いつなぐようになったのだ。

万引きと置き引きの実行犯は、八割が亜依だった。亜依は十代の頃から手癖が悪く、犯行に手慣れていた。

足りないぶんは、亜依が七菜子に立ちんぼをさせて稼がせた。七菜子は命じられるがまま街角に立ち、行きずりの男に体を売った。

四年前の春、亜依が万引きで捕まって数日勾留された。この隙を縫うように、七菜子は夫の手によって再度自宅に戻っている。

しかし彼女が平和な暮らしにとどまったのは、わずか一箇月半だった。

またも七菜子は亜依のもとへ走った。そして二箇月後、老婦人の家へ強盗に入ろうとして脳血腫で死んだ。

三十六年の、はかなくも短い人生だった。

亜依のほうは事件後、強盗未遂その他の罪状で懲役五年の実刑判決を受けた。

刑期は勤めあげたものの、出所後わずか三箇月で再逮捕。現在は、栃木刑務所に収監中だという。

3

「うん。合格」

「え？」

きょとんと未散は問いかえした。

目を上げた先には、赤羽の笑顔があった。

彼女たちがいまいるのは割烹の個室だ。テーブルには瓶ビール、ふたつのグラス、先付けの小鉢などが並んでいる。

「さっき、ラベルをきちんと上にしてビールを注いだでしょ？　乾杯のときも、ぼくのグラスより低く構えてた。合格だよ。やっぱりいまどきの子とは違うね。最近は顔ばかり可愛くて、基本がなってない女の子だらけでまいっちゃうよ」

「あ……、あはは」

未散はあいまいに笑った。

――注ぐときも乾杯のときも、そんなの気にもしなかった。

だが偶然、赤羽の気に沿うようにできたらしい。内心で胸を撫でおろした。次に注ぐときは、もっとピシッとやらなくちゃいけない。

先付けは湯葉と、旬の野菜の甘酢和えだった。伊万里焼だろうか、いかにも高そうな小鉢にちょこんと少量盛りつけてある。

襖が開いて、仲居が小茶碗を運んできた。

「ここの茶碗蒸し、美味いんだよ」

赤羽が鷹揚に言う。

「蒸し鮑がたっぷり入っててさ。ぼくのほう、葛餡は薄めに張ってくれた？」

「もちろんでございます」

仲居が笑顔で応じる。

赤羽は一般的に言うところの美男子ではない。背が低く、丸顔で頭髪が薄い。だが全体に垢抜けていて、一挙手一投足に自信がみなぎっている。いかにも第一線で働く男、といったふうだ。

——まさかこんな人が、わたしに興味を持ってくれるなんて。

未散はひかえめにグラスに口を付けた。

いつもなら生ビールを中ジョッキでぐいぐいやるところだが、とてもそんな雰囲気ではない。店も、料理も、向かいの男性もだ。馴染みのもつ鍋屋や常連のおっちゃんたちとは、かもしだす空気からして違う。

——第一、デートなんて何年ぶりだろう。

未散とて男性経験がないわけではない。だが、お世辞にもモテたとは言えない。

過去に付き合った男性はたったの二人で、一人はバンドマンくずれ、もう一人はイラストレーター志望の無職だった。

——まともに働いてる男性と、仕事以外で食事って、そういえば人生初かも？

そう気づいて、すこし落ちこんだ。われながら情けない。わたしはいったい、この歳までなにをしてきたんだろう。

「どうしたの。鮑、苦手だった？」

「え? いえ、まさか」

慌てて未散は手を振った。

「ただ、あの、緊張しちゃって。こんな高級なお店、来たことないから」

「そんなことないでしょう。接待でごはん食べに行ったりするでしょ?」

「いえ。わたしなんてコーヒー一杯で打ち合わせ二時間とか普通だし、最近はオンライン会議が主流で」

「あ、そうか。リモートが増えたもんね」

赤羽が納得顔でうなずく。匙でゆったりと茶碗蒸しをすくう。

未散も急いで匙を手にした。口に入れる。

「美味しい。すごく」

「でしょう? 次は刺身だけど、食べられない魚とかある?」

「全然ないです」

コースは順調に刺身、強肴、煮物とつづいていった。緊張でほとんど味はわからなかったが、未散は「美味しい」「こんな美味しいの、はじめて」を連発した。

「喜んでもらえて嬉しいよ」

赤羽は目を細めた。

「最近の若い子は、奢ってもらって当然みたいな顔してる。料理の感想もろくすっぽ言わない。感謝ってものを知らないんだな。その点、世良さんはやっぱり心得てる。場をわきまえてるよ」

「あはは……」

未散は再度、笑ってごまかした。

こんなとき、どう答えたらいいかわからない。「ありがとう」では傲慢かもしれないし、「恐れ入ります」は堅苦しい。「そんなことないです」が無難だろうが、相手の言葉を否定するようにも聞こえる。

上品な薄味で炊いた筍を飲みこみ、未散はもう一度言った。

「美味しい」

言葉が足りない気がして、「さすが、しっかり出汁の味がしますね」と付けくわえてみた。

ふ、と赤羽が笑った。

「出汁の味なんてわかるの?」

「え」

未散は目をしばたたいた。

しかし眼前の赤羽は笑っていた。ああなんだ、冗談か、と思い、未散も笑った。そして彼のグラスにビールを注いだ。きちんと、瓶のラベルを上にして。

「ごちそうさま。すごく美味しかった」

「どういたしまして」

店を出ると、時刻は午後九時近かった。

こんな時間になっても、八月の夜はどうしようもなく蒸し暑い。信号柱の脇では、蚊柱がわんわんと唸り立っている。

「このあとどうする? 近くにいいショットバーがあるんだけど」

歩きながら赤羽が言う。

「バー？　わあ、行きた……」

行きたい、と言いかけた未散の声が消えた。

体ごと赤羽に向いていたせいで、向こうから来るカップルが見えなかったのだ。肩と肩が思いきりぶつかり、お互い大きくよろめいた。

「やだあ！」

ぶつかった女性が、悲鳴のような声を上げる。見ると、ショップの紙袋が落ちていた。買ったばかりらしくシールで封がしてある。

「す、すみません」

未散はあたふたと謝った。謝りながら、赤羽を目で追った。

気づいていないのか、彼は青信号の横断歩道を大股で渡っていくところだった。

未散は紙袋を拾おうとした。だが寸前で、

「触んないで！」

と怒鳴られた。

思わずびくりと手を引っこめる。

「やだもう、あたし潔癖症なのにぃ。道に落ちた袋とか無理。マジ無理無理」

言葉の半分は未散に、残り半分は横の男性に向けたものだった。

彼氏らしき男が鬱陶（うっとう）しそうに言う。

「大丈夫だって、中身出てねえじゃん。おれが持つからそれでいいだろ」

「すみません、ほんとうに」

未散は再度謝った。しかし彼氏は未散に一瞥（いちべつ）もくれず、紙袋を拾うと「ほら、行くぞ」と女をうながした。

足早に離れていくカップルを、未散は惨めな思いで見送った。

赤羽の姿はとうに見えなくなっていた。

唇を噛む。そのとき、足の痛みにようやく気付いた。ぶつかったとき女のヒールが当たったのか、脛に血が滲んでいた。ストッキングが派手に伝線している。

電話したが、赤羽は出なかった。

LINEにも返事はないままだった。


帰宅した未散は、速攻でワンピースを脱ぎ捨てた。ネットに入れるのも億劫で、そのまま洗濯機に放りこむ。

シャワーを浴び、メイクを落とした。ヘアオイルを付けすぎた髪を洗った。一刻も早く、すべてを洗い流してしまいたかった。脛の傷をぬるい湯でよく洗い、ついでに歯もみがいた。

浴室を出て下着を着け、脛に絆創膏を貼ると、ようやく人心地がついた。

あとは惰性だった。無印のオールインワンジェルを顔に塗る。ドライヤーで髪を乾かし、首まわりがゆるくなったTシャツをかぶって部屋に戻る。

「はぁーあ……」

絞りだすようなため息が洩れた。

バッグからスマートフォンを取りだす。

LINEに、赤羽からのメッセージが三通届いていた。

「世良さん、いまどこ?」

「ごめん。もしかしておれ、世良さんを置いていっちゃった?」

「歩くの速いっていつも怒られるんだ。ほんとうにごめん」

未散は返信に迷った。

しかし結局は、正直に送った。「はぐれたと思って、自分ちに帰ってきちゃった。ごめんなさい」と。

赤羽のレスポンスは早かった。

「謝るのはこっちのほうだよ。ショットバーは次の機会に行こう。おやすみ」

そう送ってから未散は、「ごめんなさい」ともう一通送った。

「楽しみにしてます。おやすみなさい」

スマートフォンをテーブルに伏せる。

酔いは完全に覚めていた。もとより、割烹ではビールを二杯飲んだだけだ。生でない瓶ビールなんて、そういえば七、八年ぶりに飲んだ。

未散はノートパソコンをひらいた。

メーラーとSNSをチェックする。あくまで閲覧用としてだが、ひととおり各SNSにアカウントは持っていた。

――あ、そうだ。

『久賀沼強盗未遂事件』についての調べが途中だった、と気づく。

福子は「死んだ女の息子が、今年の四月に事件を起こしている」と言っていた。その件について、まだ検索すらしていない。

知人のライターからの情報によれば、七菜子の息子の名は千隼(ちはや)だ。当時小六だったというから、いまは高校一年生だろう。

少年ゆえ実名での報道はあり得ない。未散はおおまかな住所と、今年の四月という情報で記事を絞りこんで検索した。

結果、該当のニュースはすぐに見つかった。

【端(たん)ノ浦(うら)の住宅火災、放火容疑で少年を逮捕】

今年4月に端ノ浦市にて発生した住宅火災で、県警は同住宅に住む高校生の少年(15)を現住建造物等放火の疑いで逮捕した。少年は「自分が火をつけた」と容疑を認めているという。

県警によると、少年は自宅内の家具に油をかけ、ライターを使って着火。同住宅を半焼させた疑いがある。当時の家内には少年の大叔父を含む四人がいたが、いずれも煙を吸った程度で軽傷。命に別状はなかった。

未散は『週刊ニチエイ』の編集長にメールを送った。

「次は『久賀沼強盗未遂事件』で書かせてほしい」と頼むためのメールであった。

4

編集長のOKをもらい、未散はさっそく取材を開始した。

一人目は、七菜子と同じソープランドで働いていた女性だ。六十分七千円という格安店で、嬢たちも訳ありが多かったという。

「ナナちゃんねえ。なんか、ぼやーんとした人だったよ」

四十代なかばで肥り肉の彼女は、七菜子をそう評した。

「性格だけじゃなくて、全体的にぼやーんとぼやけた人。顔も平凡だし、巨乳でも巨尻でもなくてさ、印象うっすいの」

なのに覚えていたのは、七菜子にくっついていた向野亜依の存在感ゆえだ。

「あーいたいた、コウノとかいうデブ女ね。ナナちゃん、あいつの言いなりだったよ。『コウノさんがああ言った、コウノさんがこう言った』ばっかりでさ。この人なにが楽しくて生きてんだろって、いつも不思議だった」

「向野亜依と七菜子さんは、同性愛の関係だったんでしょうか？」

未散は尋ねた。

途端に女性が噴きだす。

「レズだったかって？　ないない。てかあのデブ、ホスト狂いで有名だったもん。風俗やって稼ぐホス狂は珍しくないけど、娘でもない他人を働かせてるやつははじめて見たわ。しかもデブのやつ、容赦なくってさあ。ナナちゃんが十万稼いだら、あいつが九万九千円かっぱいで、残りの千円で毎日ナナちゃんに食パン食わしてんの。あの二人見てたら、いっつもあれ思いだしたわ。なんだっけ、船出してさあ、鳥に魚捕らせるあれ」

「鵜飼い漁？」

「そうそれ。鵜飼いと鵜の関係よ、まるっきり」

煙草に火をつけ、彼女は鼻から勢いよく煙を噴いた。

「でも向野は同性愛者じゃなくても、七菜子さんのほうは好きだったんじゃないですか？　片思いながらも、尽くしていたのでは?」

「だーから、ないってば。ナナちゃん、むしろデブのこと嫌ってたもん」

「嫌ってた?」

「うん。デブに肩なんか触られたときは、いやな顔してた」

「喧嘩して怒ってたから、とかじゃなく?」

「あの二人が喧嘩するわけないじゃーん。ナナちゃん、デブに絶対服従だったもんね。でも嫌ってたよ。そばに来るだけでいやそうだった。まあナナちゃんは、誰に触られるのも好きじゃなかったけど」

「それでよく風俗で働けましたね」

「そりゃ仕事だもん。あたしだって好きでもない男のブツなんか触りたかないけどさ、仕事だからやってんのよ。そういうもんでしょ」

そう言いきられてしまえば、「はあ」とうなずくほかない。

未散は質問を変えた。

「七菜子さんは、向野亜依に弱みでも握られていたんでしょうか?」

「あたしもさ、最初はそう思ったのよ。でも違ったみたい。借金があるわけでも、秘密を知られてるわけでもなかった。『なんであんなデブの言いなりなの?』って、いっぺん訊いたことあんのよ。そしたらナナちゃん『楽だから』って」

彼女はふたたび煙を噴いた。

「『一緒にいると楽なの。だから、つい付いていっちゃう』だって。よくわかんないよね。体売らされて、その金全部ぶんどられて、自分は布団ももらえないで冷たい床に寝かされてんのに『楽だ』って言うのよ。それ聞いて、あーこりゃ駄目だ、って思ってさ。それからは、もうかかわるのやめちゃった。わけわかんないもん。あたしには理解できない世界だし、放置よ放置」

七菜子はそれほどまでに無気力で、容姿も平凡だった。

しかし固定客はそれなりにいたらしい。

「命令すればなんでもやるし、なんでもやらせてくれるって評判だったみたい。かなりえげつないことまでやられてたみたいよ。またあの店も、ろくに女の子守んない店だったしねぇ。ナナちゃん、しょっちゅう血ぃ出してナプキン当ててたもん。栄養失調で生理止まってたくせに、毎日どばどば股から出血してんの」

反吐が出るような話だ。未散は表情を崩さぬよう、頰に力を入れた。

「けどさ、そんなナナちゃんでもいっこだけNGがあって」

女性が煙草をねじりつぶす。

「拘束プレイだけは駄目だったみたい」

「拘束……。というと、縛ったり手錠をはめたりするやつですか?」

「そう。たいてい目隠しと手錠がセットだね」

未散の問いに、彼女は首肯した。

「最近は、痛くないふわふわ系の手錠が主流。でも痛かろうが痛くなかろうが、ナナちゃんは無理だったね。一回、無理やり手錠はめた客がいてさ。ナナちゃんてば、泡吹いてぶっ倒れちゃったの」

発覚したのは、客のほうが驚いて店員にヘルプを出したせいだ。

七菜子はその後、控室で意識を取りもどした。目覚めたあとは、またもとの薄ぼんやりした七菜子だったという。

つづいて未散が会ったのは、熊倉家の元隣人だった。

彼女は品のいい老婦人で、七菜子の夫を幼少期から知っていた。

「禍福はあざなえる縄の如し、なんて言いますけどね。熊倉さん家は不幸ばかりでしたよ。しかも、あんなにたてつづけにねえ」

七菜子の夫は『久賀沼強盗未遂事件』のあと、すぐ亡くなっていた。自殺である。妻の死から約半年後、自宅の長押で首を吊ったのだ。

「七菜子さんが熊倉家に嫁いできたのは……ええと、確か二十三歳のときね」

「第一印象はどうでした?」

未散の問いに、老婦人は即答した。

「おとなしそうな人だと思いましたね。その印象どおり、とても無口な方でしたよ」

「取っつきにくい感じですか?」

「いいえ、そういうんじゃないの」

老婦人が首を振る。

「ひたすらに内気、といったふうね。世間話は苦手なようでした。挨拶だけで、いつもすぐ家の中に引っこんでしまって」

熊倉夫妻の出会いは、職場だったらしい。夫が勤めていた繊維製造会社に、七菜子が事務員として派遣されてきたのだ。

七菜子も夫も、両親とは早くに死別していた。

あたたかい家庭に憧れていた二人は、とんとん拍子に付き合って結婚した。子宝にも早々に恵まれた。

「七菜子さんは、千隼くんの学資保険の資金のためパートに出はじめたんですよ。いま思えば、パートなんかほかの店でよかったのよね。スーパーじゃなくコンビニでも、倉庫作業でもなんでもよかった。あの店でさえなければ……」

だが、すべてはあとのまつりだ。

パート先のスーパーで、七菜子は向野亜依に出会ってしまった。その邂逅から、すべての歯車は狂っていった。

「千隼くんは、端ノ浦のご親戚に引き取られたとか」

「ええ、七菜子さんの叔父さんにね。七菜子さんがご両親を亡くしたあと、高校卒業まで過ごしたのも叔父さんのおうちよ。ご夫婦とも、学校の先生だったの」

「では四月に半焼したお宅は、その叔父さんの?」

「ええ」

未散の問いに、老婦人は眉を曇らせた。

「でもねえ、半焼は大げさよ。実際は小火程度でした。わたし、気になって見に行きましたけど、焼けたのはほんの一角でしたもの」

「火は家の外からだったんでしょうか。中から?」

「中からよ。だからぱっと見ただけじゃ、ほとんどわからないくらい。なのに警察は、みんなの前で千隼くんに手錠まではめたって言うんですからね。ひどい話です。そりゃ千隼くんだって、気が動転して暴れますよ」

——暴れた?

未散はぎくりとした。

手錠をはめられ、千隼は暴れた。風俗店での七菜子のエピソードとそっくりだ。

——これははたして、偶然なのだろうか？

未散は礼を告げ、謝礼を払って老婦人の家を出た。

5

未散は予定を変更し、その後も熊倉家の元近隣住民を数人当たってみた。

——七菜子は、夫から家庭内暴力を受けていたのでは？

そう思ったからだ。彼は妻子に手錠をはめてから殴る男だった。だから、七菜子は家出を繰りかえしたのではないか？

亜依は確かにろくでもない女だった。しかし七菜子にとっては〝夫よりマシな相手〟だった。

——千隼の放火も、なにかのはずみでトラウマがよみがえったせいでは？

未散は過去に何度か、ＤＶの加害者を取材したことがある。

彼ら、彼女らは、二言目には「ぶっ殺す」とわめく。刃物を持ちだして相手に迫る。脅し文句が「死んでやる」「おまえを殺しておれも死ぬ」になることもしばしばだ。

どこかにマニュアルでもあるのかと疑うくらい、彼らは一様に命を担保にし、また頻繁に自殺をはかる。

——七菜子の夫の自殺も、その延長線上にあったのかもしれない。

だが残念ながら、未散が期待した証言は得られなかった。

どの家からも「七菜子が夫に怯(おび)えていた、足を引きずっていた、痣(あざ)があった」等の言葉は聞けずじまいだった。

「あんないい旦那さんと可愛い子どもがいて、なぜ家を出たのかわからない」

と、みな心底不思議そうだった。

千隼はすでに少年審判を終え、大叔父の家に戻っていた。放火の動機については多くを語らず、

「なんとなくです」

「全部ぼくが悪いんです。すみません」

と繰りかえすだけらしい。


次いで未散は、向野亜依の元同級生に会った。義務教育の九年間、亜依と同じ公立校に通った男性である。

彼が語る亜依像は、ほぼ未散の予想どおりだった。

「小学生のときはいじめっ子で有名でしたよ。女子だけじゃなく、気弱な男子もターゲットにされてました。なにしろ向野は体がでかくてね。力士みたいにがっちりした固肥りの体形で、教師までちょっとビビってましたもん」

だが周囲の予想に反して、亜依の身長は小六で止まった。反比例して体重はその後も増えつづけ、中学ではいじめられっ子に転じた。

ほかの点で挽回しようにも、成績は底辺だった。運動神経も鈍かった。友達らしい友達は一人もおらず、教師にも疎まれていた。

高校は「名前さえ書けば受かる」と言われる底辺校へ進学。そこではいじめっ子の下っ端となって生きのびた。

卒業後は、実家から通える検卵工場に就職した。

亜依は入社早々、工場長と不倫をはじめた。彼女がどんなに肥っていようと、五十過ぎの中年男にとって十九歳の若い体は貴重だったようだ。

工場長の威を借りて、ふたたび亜依はいじめっ子側に立った。気に入らない社員を片っ端からいびり、いやがらせをしては退職に追いこんだ。

だがその栄華も三年半で終わった。

本社に不倫を密告されたのだ。工場長は降格。彼女はあえなく馘首になった。

しかし亜依は、貢がれる甘美さを忘れられなかった。

工場長はねだればなんでも買ってくれた。ハイブランドのバッグにコスメ。ダイヤの一粒ネックレス。痩身エステに通わせてくれたし、寿司や焼き肉も奢ってくれた。いまさら塩化ビニールのかばんや、ぺらぺらの服に戻るのは惨めだった。

結果、亜依は風俗で働くようになった。いわゆるデブ専の店だ。しかし態度の悪さで、彼女はどの店舗でも嫌われた。

客と結婚したものの、四年で破局。再婚するも二年で破局。

無理やり親もとに連れ戻された亜依は、不承ぶしょうスーパーのパートをはじめた。そしてそこで、熊倉七菜子と出会うことになる。

「刑務所に行ったたって聞いたときは、驚き半分、納得半分って感じでしたね」

元同級生は語った。

「でも向野一人なら、懲役になるほどの悪事はできなかったと思うんです。あいつ、性格悪いけどたいしたやつじゃないですもん。あの、ほら、死んじゃったっていう片割れの人？　あの人と出会ったことで、一線を越えちゃったんじゃないかなあ」

元同級生と別れてすぐ、未散はスマートフォンをチェックした。LINEのメッセージが溜まっていた。赤羽だ。

「前回の埋め合わせをさせてほしいな」

「明日の夜はどう？」

未散は「明日、空いてます」とすぐさま返信した。

6

「あーっと。その服じゃないほうがいいかな」

店に向かう途中、赤羽は言った。

夏の夜の繁華街は、いたって猥雑にきらめいていた。色とりどりのネオン。行きかう車のヘッドライトとテールランプ。瞬く信号の赤やグリーン。

「脚、太いんだからさ。出すのNGだよね」

「あ……うん」

歩きながら、未散は目を伏せる。

言われてみれば、今日のスカートはミディ丈だ。ふくらはぎが見えている。

――前回のワンピースはどんなだったっけ？

ああそうだ、ミモレ丈だった。テレビ局ではじめて会ったときは、パンツスーツだったように思う。

「悪口だと思わないで。これ、きみのためを思ってのアドバイスだから」

「うん」

「こうして口に出して言われないと、また同じ失敗することになるでしょ？」

「そうだね」

「何度も同じ恥をかくより、一回ちゃんと認識すべきなんだ。今回はぼくとだったからいいけど、もっと偉い人が相手のとき恥をかきたくないでしょう」

「うん」

未散はうなずいた。そして付けくわえた。「ありがとう」

赤羽がにっこりする。

未散も笑った。頬が引き攣った気がしたが、たぶん笑えた。

ありがとう。わたしのためを思って言ってくれたんだよね？　わかってるよ。ありがとう。

赤羽が予約した店はフレンチだった。テーブルから望める夜景は美しく、ウエイターは完璧に礼儀正しかった。

「今日こそ例のショットバー、行こうね」

白身魚のポワレを切り分けながら、赤羽が言う。

「あ、ごめんなさい」

未散は口をナプキンで拭いた。

「今夜は、その、締め切りがあって」

「ああ」赤羽がフォークを置く。

「そうなんだ」

「そうなの……。ごめんなさい」

「楽しみにしてたのにな」

「ごめんなさい、ほんと……。あのう、次こそは必ず」

その後、赤羽の口数はぐっと減った。というより口を利かなくなった。

未散は必死に話題を振った。赤羽が手がけた仕事を誉め、会社を誉め、「夜景がきれいだね」「料理、美味しいね」を連発した。

赤羽は彼女を見もしなかった。

未散は彼を笑わそうと、昔の失敗談やアクシデントや、自虐譚をしゃべりまくった。沈黙が怖かった。

「でね、編集長が言うの。『世良さんは真面目すぎる』って。『真面目なのはいいことだけど、でも』……」

「真面目、って」

ようやく赤羽が口をひらいた。鼻でふっと笑う。

「それ、馬鹿にされてるだけじゃない？　三十過ぎての『真面目』は、全然誉め言葉じゃないよ？」

「え、あ」

未散は言葉に詰まった。

――うん、そうだよ。編集長はわたしを誉めたわけじゃない。

この話、つづきがあるの。落ちがあるの。そう言いたいのに、反駁できない。

「社交辞令だよ。もうちょっと大人になったらどう？　いや、世良さんのそういうとこ、無邪気でいいと思うけどさあ」

「…………」

未散はなにも言えなかった。ただ、薄ら笑った。

言葉が出てこない。喉のあたりに固い塊がこみあげ、あえなく喉をふさいでしまう。

結局デザートを終え、コーヒーを終えるまで、気まずい沈黙はつづいた。

「半分払う」と未散は申し出た。

しかし赤羽は彼女を無視し、カードで支払った。

しかたなく未散は、店を出てすぐ、彼に一万円札を差しだした。赤羽は無言で受けとり、無造作にポケットへねじこんだ。

「赤羽さん――」

声をかける未散を後目に、赤羽が歩きだす。

「やっぱりその服はないよ」

振りかえりもせず、彼は言い捨てた。

「並んで歩くの、恥ずかしい」

未散は声を呑んだ。

遠ざかる彼の背中に、前回の記憶がオーバーラップした。カップルにぶつかった未散を置きざりに、早足で横断歩道を渡っていったあの後ろ姿――。

未散の存在を完全に拒絶した背中だった。

頭上では和光の時計塔が、美しいブルーにライトアップされていた。

帰宅してすぐ、未散はベッドにもぐった。

原稿どころではなかった。そうして未散は、夢を見た。

夢の中で彼女は幼い子どもだった。

目の前には母がいた。いるはずだった。暗くて、その姿はよく見えない。だが言葉だけは、はっきりよく聞こえた。

あんたのためを思って言ってるの――。母は言う。

あんたが将来、恥をかかないようによ。全部あんたのため。いまはきつく聞こえるでしょうけど、いずれあんたの糧になることなの。

うん、そうだね。未散は答える。そうだね。わかってるよ、お母さん。

――なのに、なんであんたはいつもそうなの？

母の声が尖る。

もっとちゃんとしてちょうだい。お母さん、恥ずかしいわ。ほんとうになにもできない子ね。また失敗したの？　あんた、なにをさせればまともにできるの？

ああ一翔ちゃんはいい子ね。それに比べてあんたはなに？　お姉ちゃんでしょ？　我慢しなさい。大声出さないで。お母さん頭が痛いのよ、知ってるでしょう。

お客さんが来たら、ちゃんとご挨拶して。もじもじしないの。お姉ちゃんでしょ。

一翔ちゃんはいいのよ、まだ子どもだから。でもあんたはお姉ちゃんでしょ。お姉ちゃんでしょ。お姉ちゃんでしょ。お姉ちゃんでしょ。

母がため息をつく。まわりが灰いろに染まる。

未散を見て母がため息をつくたび、空気が薄黒く、重くなっていく。呼吸できない。息がうまく吸えない。

わたしが駄目だから言われるんだ。幼い未散は思う。わたしのせいで母は不機嫌なんだ。わたしがいい子じゃないから。もっとうまくやれないから。

わたしさえ我慢すればいい。そうすれば、うちは平穏。平穏が一番。だからなにも考えず、母の言うとおりにしよう。

怒鳴られたくない。睨まれたくない。ため息をつかれたくない。

だってこれ以上空気が黒くなったら、息ができない。

——息ができない。


はっと未散は目覚めた。

アラームが鳴っていた。いや違う。着信音だ。スマートフォンが鳴りつづけている。

ねぼけまなこで発信者を確認する。公衆電話からだ。

——古沢。

一瞬で目が覚めた。

胸に、どっと安堵(あんど)がこみあげる。自分でも驚くほどの、押し寄せるような安堵だった。未散はスマートフォンを耳に当てた。

「よう、世良」

「な……んだよ、こんな時間に」

言いながら、壁の時計を見上げる。すでに零時をまわっていた。

「もう寝てたのか？　ライターにしちゃ早寝だな」

福子は笑って、「べつに用はないんだけど」と言った。

「ないのかよ」

未散は手で目もとを擦った。指さきがわずかに濡れた。

「油断してたよ。ルポの前編を発表できるまで、電話は来ないと思ってた」

「用がなきゃ、電話しちゃ駄目か？」

「駄目なわけないだろ」

なぜか、泣き笑いのような声が出た。鼻の奥がつんとする。

「……駄目なわけ、ない」

時計の秒針の音が、やけに大きく響いた。

7

端ノ浦市の住宅街に建つその甘味処は、創業四十年を誇る老舗であった。

昭和の定食屋のごとく庶民的な内装が、一周まわってレトロ可愛い。女主人が手ずから焙じるお茶も、自家製の葛切りも鄙びたいい味だった。

「四月に小火を出した家？　ああ、湖東先生んとこね」

ちょうど客のいない時間帯で、女主人は未散の話し相手になってくれた。

縦も横も恰幅がよく、いかにも町内の生き字引といったふうだ。

「先生たちなら、いまも変わらず住んでるよ。けどべつに問題ないでしょ？　まわりに迷惑かけたとか、延焼させたわけじゃないもんね。むしろみんな同情して、野菜やお酒を届けたりしてる」

女主人は七菜子のことも覚えていた。

「七菜子ちゃんね。七歳か八歳のとき、湖東先生ん家に引き取られたんだわ。えーと、確かご主人のほうの姪っ子だったはず。ご主人の、妹さんの子どもだね」

「どんな子だったか、覚えておられます？」

「おとなしい子だったよ。でも、勉強はあんまりできなかったみたい。いつもぽやーっとしててね。年がら年中夢うつつ、みたいな子だった」

湖東夫妻は熊倉家の近所の老婦人が言ったとおり、どちらも教師だった。

七菜子の伯父は校長まで務めたという。

とうに定年退職したが、いまも学童擁護員をかって出たり、ボランティアで絵本の読み聞かせをしたりと、地元のために精力的に動いているそうだ。町内では知らぬ者のない篤志家夫婦である。

未散は焙じ茶を啜って、

「千隼くんは、もう家に戻ってきてるんですか？」

と訊いた。

「もちろん。鑑別所に何日か入ってたけど、それだけだよ。放火って言っても、よその家に火ぃ付けたわけじゃないしね。自分の部屋のベッドを燃やしただけなのに、ずいぶん大ごとになったもんよね」

「動機は、なんだったと思います？」

「さあねえ。勉強でストレス溜まってたんじゃない？　七菜子ちゃんと違って、千隼くんはいい高校行ったからねえ。いまの子はあたしらの時代と違って、のんびりしてないっていうか、いつもなにかに追われてるみたいで可哀想だよ」

ちなみに千隼は、この甘味処へしばしば宿題をしに来るという。

「普通はスタバとかマック行くもんじゃないの？　って訊いたらさ。『ここは、いつも奥が空いていいです』だって。まあスタバほど混んでないのは確かよね。ああいうぽやんとして正直なとこ、七菜子ちゃんによく似てるわ」

「千隼くんは、ここでなにを頼むんです？」

「夏ならところてん、冬は磯辺焼きかな。ふふ、甘いもん好きじゃないんだよ、あの子。なのに飽きずに来るから不思議……、あれ」

　女主人が声を上げた。

「噂をすれば、だ。千隼くんが来たよ」

「えっ」

　未散は反射的に振りかえった。

　小柄な少年が一人、格子戸を開けて入ってくるところだった。

　ブレザーは紺、パンツはグレイの制服姿だ。痩せぎすで、いまどきの子にしては髪型も着こなしも無造作だった。よく言えばシンプルで素朴、悪く言えば野暮ったい。

「熊倉千隼くん、ですね？」

　未散は立ちあがり、名刺を差しだした。

「突然で申しわけありませんが、こういう者です。すこしお話しできませんか？」

「はあ」

　千隼は無表情に名刺を受けとった。

「でもぼく、宿題をするので」

「お時間はとらせません。ほんの十分、いえ五分で結構です」

「はあ」

鼻から息を抜いてうなずく。

「じゃあ、五分なら」

千隼の定位置だという奥のテーブルに、未散は皿と湯呑(ゆのみ)を持って移動した。

「自分のベッドに放火したと聞きましたが、ほんとうですか？」

未散はさっそく切りだした。

「はい」

素直に千隼がうなずく。

「ぼくの部屋にあった、ぼくがいつも寝ていたベッドに火をつけました」

きれいな眼(め)をした子だ、と未散は思った。

服装や態度に荒れたところはかけらもない。瞳は澄んで、凪(な)いだ海を思わせた。だからこそ口から流暢(りゅうちょう)にこぼれた言葉に、違和感しかなかった。その瞳にも表情にも、まるでそぐわない。

「つまり自分の――あなたのベッドですよね？」

「いえ」

未散の問いに、少年は首を振った。

「母のです」

「母の……ということは、七菜子さんの？　彼女が昔、使っていたベッドですか？」

「そうです。母が八歳から十八歳まで使ってたものです」

「お母さんのベッドが、あなたの部屋にあったんですね。要するに、お下がりと解釈していいでしょうか？」

「はい。大叔父と大叔母が、使いなさいと言ってくれて」

——母の遺品に火をつけた？

ということは、自分を捨てた母への恨みか？　それとも新品を買ってくれなかった大叔父夫婦への抗議だろうか。いぶかりつつ、未散は尋ねた。

「七菜子さんが八歳のとき買ったものなら、そうとうに古いでしょう。マットレスだけ交換したとか？」

「いいえ、そのままです」

「じゃあスプリングが駄目になっていたり、使っていてストレスが多かった？」

「ストレス……。うーん」

千隼は首をひねってから、

「でも普通に寝れたし、便利でした」と言った。

「便利？」

「ベルトが付いてるんですよ」

少年は眉ひとつ動かさない。

「ベルト？　ベッドに？」

「はい」

なぜか、未散の喉がごくりと鳴った。

体の奥で警報が鳴りはじめるのがわかった。

この会話は危険だ。そんな気がした。

わたしはいま、とびきり不快ななにかを掘り当てつつある。気配でわかる。つづきは絶対に愉快な話じゃない。もしこれがプライベートの会話なら、間違いなくここで切りあげている。

――でもいまは、聞かずにはいられない。

「ベッドの四隅にベルトが一本ずつで、四本。それで手足を縛れるんです」

「縛って、どうするの」

未散は訊いた。

空気が重い。肺の中に酸素がうまく入っていかない。

「どうって？」

「だから、縛ったあとどうするの。どうしてそんなことをする必要があるの？　縛らないと、あなたは暴れたりするの？」

「暴れたことなんてありません」

答えてから、千隼は「あっ」と考えこんだ。

「でもそういえば、寝てる間に引っぱっちゃったのかな。こっち側が壊れちゃって」

己の左腕を指す。

「ベルトが切れたんです。だから、大叔父さんが修理しました」

「修理……。新しいベルトを取りつけたの？」

「いえ、縄です」

ナワデス、と平板に少年は言った。

「麻縄っていうのかな、それの細めのやつです。大叔父さんがそれがいいって。ぼくのお父さん、麻縄で首を吊ったから」

店内の室温が、急に下がった気がした。

「お父さんを忘れないためなんです。これがあれば、毎晩お父さんを思いだせるよって、大叔母さんも賛成して」

「あなた――」

未散はあえいだ。

一瞬にして、全身に鳥肌が立っていた。かすれた声が、喉にへばりつく。

「――あなた、大丈夫？」

「はい」

千隼は即答した。あいかわらず能面のような無表情だ。

未散は追いすがった。

「ほんとうに大丈夫？　……だって、だってそんな」

「楽なんです」

千隼は言った。

「あの家にいると、なにも考えなくていい」

大叔父さんたちが全部命令してくれるから、楽なんです――。天気の話でもするような、穏やかな口調だった。

「嘘でしょ、そんなの」

未散は追いすがった。

「心の底から平気なら、気楽なら、なぜ放火したの。なぜあなたは母親のお古のベッドに、火をつけたというの」

そう問うそばから、未散の脳裏をいくつもの言葉がよぎる。

――一緒にいると楽なの。

――だから、つい付いていっちゃう。

生前の七菜子の言葉だった。

ああそうだ。『箱坂事件』の直正が言っていたっけ。反抗して面倒くさいことになるより、はいはい言ってたほうが楽なんだ、と。

そして『円鍋市兄弟ストーカー過失致死事件』の香穂も、いったんは父似の悠太郎といるほうを選んだ。

気持ちはわかる。

だってわたしも十代の頃は同じだった。同じように考えていた。

言いなりのほうが楽だ。我慢して、黙っていたほうが楽だ。あとで母に文句を言われるより、最初から全部決めてもらったほうがいい。

母といればなにも悩まずに済む。自分でなにも決断せずに済む。考えるのをやめ、心さえ殺してしまえば、こんなに楽なことはない――。

「けど警察に手錠をかけられたとき、あなたは暴れたんでしょう?」

未散は懸命に言葉を紡いだ。

「どうして暴れたと思う? なぜ自分があのベッドを燃やしたかったか、その理由がわかる? 自覚できている?」

「わかりません」

千隼はかぶりを振った。

「ぼくが警察相手に暴れたって、ほんとですか? 全然覚えてません。火を付けた理由は、警察でも鑑別所でも何度も訊かれました。でもほんとうにわからないんです。ただなんとなく、としか」

――クロゼットの中の骸骨。

ここにも骸骨がいたのだ。しかも一体だけではない。長い年月を経て、何層にも積み重なった古い骨が。

――そして現在進行形で、新しい骨が積まれつつある。

学習性無力感。虐待の連鎖。愛着障害。パターンへの固執。いくつかの心理用語が、未散の脳内を駆けぬける。

ブラック企業とわかっていて、辞めずに毎日通ってしまう若者。虐待を受けていた少女が、長じて父親そっくりの男と結婚してしまう病理。ぞんざいに扱われるのに慣れすぎて、やさしくされると逆にいたたまれなくなる二律背反。

二十世紀の心理学者セリグマンは、犬に電流を流す残酷な動物実験をおこなった。どの道に進もうが電流が流されるとわかった途端、犬は抵抗をやめ、甘んじて電流を受けつづけたという――。

未散は湯呑に手を伸ばした。

口の中がからからだった。湯呑を持つ手は、震えていた。飲みこぼした茶が、無様に唇から垂れ落ちる。

千隼の瞳は澄みきって美しく、どこまでもうつろだった。

8

ドアポストの受け箱が、かたりと鳴った。

未散は立ちあがり、玄関に向かった。ちょうど文章に行きづまっていたところだ。沓脱でクロックスをつっかけ、受け箱を覗く。

郵便物が届いていた。日永新報社グループの封筒だ。

大きさと厚さからして『週刊ニチエイ』の最新号だろう。

未散は汗ばんだ掌をTシャツの裾で拭いた。九月もなかばだが、まだまだ暑い。エアコンなしでは生きていけない。ニュースは毎日、「高齢者こそエアコンを点けて」と注意喚起をがなっている。

湿った手で封筒を開ける。

中身は想像どおり、最新号だった。立ったままぱらぱらとめくった。どうせこの号に未散の記事は載っていない。だからある意味、安心して読める。

巻頭を飾るのは、与党の某大物議員の献金疑惑だ。週ニチだけの独占スクープである。そして次の目玉記事は『Mアノン』の特集だった。

あの後もMアノンは勢力を拡大しつづけ、さらに増長していた。

とくに末端信者の暴走が激しい。彼らが一方的に敵視した自治体の施設に爆破予告をするだの、女性議員の選挙事務所に車で突っ込むだのと、着実にパブリック・エネミー化しつつある。

最川軍司はいまや揶揄半分、畏れ半分で「最川尊師」などと呼ばれていた。

しかも旗振り役の『M派愛善志士』は、みずからを「尊師に次ぐナンバーツー」と名のり、

「最川さんは冤罪。彼の拘置は憲法違反である」

「これ以上、われわれの血税を最川氏への弾圧に使わせるな！」

などと末端信者たちを煽動しつづけている。

彼のSNSのフォロワーは、ついに十万人を超えたらしい。クラウドファンディングで集まった

金額は、三千万円の大台に乗った。

——責任感じちゃうな。

未散は唇を曲げた。雑誌を広げたまま、框に座りこむ。

世間の目を最川にふたたび集めさせたのは、もとはといえば未散の記事だ。無関係とは言えまい。

なのに事態は彼女の手を離れ、いまやなにもできそうにない。

怪気炎を上げる『M派愛善志士』と対照的に、最川軍司本人は沈黙を保っていた。

収監中の身とはいえ、彼は未決囚だ。支援者を通して声明を出すくらいはできる。にもかかわらず、いまだなんのアクションも取っていない。

賢い——と未散は思った。

いまの時代、必ずしも露出を増やすことが是ではないのだ。そういえば未散の記事の余波で週刊誌等に消費されたときも、最川はいっさい動かなかった。

神秘のヴェールが剝がれたと思ったのは、未散の勘違いだ。彼はずっと黙して語らず、なにひとつ内面をさらけだしていない。

未散はテーブルに『週刊ニチエイ』を伏せた。

最新記事の『ルポ・久賀沼強盗未遂事件』は、前後編でなく一編にまとめて発表した。編集長の判断である。

反応は好意的なものと、そうでないものにきっぱり分かれた。後者は「理解できない」「意味がわからない」との意見が四割で、うち六割が「気持ち悪い」だった。

そりゃあそうでしょう、と未散は納得した。

書いたわたしも気持ちが悪かった。理解できなかった。それを読まされたあなたは、さぞ不快だったでしょうよ、と。

千隼に関しては、編集部から端ノ浦市の児童相談所に通報してもらった。

通報は受諾されたようだ。しかし、その後の動きについては教えられないと釘（くぎ）を刺された。千隼を保護したかそうでないか等、なにひとつ情報は洩らせないと。

当然であった。未散は彼の親族でもなんでもない。あとのことは、どうか善処されますようにと遠方から祈るほかなかった。

未散は立ちあがり、パソコンの前に戻った。

ついでに卓上のスマートフォンに目を落とす。

着信はゼロだった。

赤羽とはあの日の一件以来、連絡を取るのをやめた。二、三度ＬＩＮＥは来たものの、無視していたらじきに静かになった。

冷静に振りかえれば、なんてことはなかった。赤羽は「あの最川事件の女ライター、食ったぜ」と仲間内で自慢したかっただけだ。

すこし離れれば簡単にわかることなのに、渦中にいると目がくらむ。これだから人間関係は面倒だ。

――母とのことも、そうだ。

実家にいるときは目がくらみ、見えなかった。離れてみて、ようやく己と母を客観視できるようになった。すくなくとも自分ではそう思っていた。

――でも、まだまだ足りなかった。

一連の記事を書いてみてわかった。

親の言うことを聞いていたほうが楽。どうせ反対されるから、意見を言っても無駄。最初から全部決めてもらうのが楽。それらはすべて、中学時代の未散の考えだった。正確に言えば、福子に会う前の思考だ。

——古沢に会えたことで、わたしは変わった。

変わることができた。

古沢。口の中で未散はつぶやいた。

——古沢、福子。

赤羽と同様、福子からの電話もあれから絶えている。

未散は自分の頬をぴしゃりと両手で叩き、気合を入れた。ふたたびノートパソコンと向き合う。

執筆中のデータ名は『ルポ・桂井(かつらい)男女四人連続殺人事件』だった。

略称『桂井事件』。またの名を『古沢福子事件』。

古沢福子という名の女性が、栃木県桂井市のアパートにおいて四人の男女を殺害。かつ死体損壊と遺棄におよんだ、凶悪連続殺人事件であった。

第六話　逃亡犯とゆびきり

I

未散がのちに出版することになる、『ルポ・桂井男女四人連続殺人事件』の出だしはこうだ。

「一九九一年三月十九日、古沢福子はこの世に生まれ落ちた。

記録によれば、この日は朝から夜半過ぎまで雨だった。篠突く雨が一帯を濡らし、視界をいちめん煙らせていた。」

つづいて未散の筆は、彼女の家族構成におよぶ。

同居の家族は祖父母、両親、兄、福子の六人。この兄は、福子と同学年の四月生まれだ。つまり年子のきょうだいである。

福子に兄がいることを、調査の前から未散は知っていた。

高校の頃、会話に何度か出てきたからだ。だが年子だったとは、今回の調べではじめて知った。

両親がいい関係を築けている家庭ならば、年子はとくに問題ない。むしろ微笑ましい。若いうちに産みたいからと、計画的に年子をもうける夫婦さえいる。

だが両親の仲が悪く、力関係がいびつな家庭は違う。

成長して性的な知識が付いてくると、その背景にあるものがわかってしまう。

女の子はとくにそうだ。ふくらんでくる胸。毎月の生理。変わっていく体が異性にどう〝使われる〟ものなのか、いやでも理解しはじめる。

「あんたなんか欲しくなかった」

「望んで産んだ子じゃない」

母にそんな言葉をぶつけられれば、疑惑は確信に変わる。

――産後まもなくの、傷ついた母の体を〝使った〟父。

自分の父が女の抵抗などものともしない人間だということを、福子は日々の暮らしで知っていた。

自分の出生に対する嫌悪。罪悪感。性に対する忌避（きひ）。そんな負の感情が、どうしたって芽生えてしまう。

――十代の頃、わたしは古沢と似た者同士だ、と思っていた。

未散は内省する。

親と折り合いがよくない。きょうだい差別される。女性の性を受け入れがたい。そんな不満を、福子とは全部わかち合えた。

中学生の頃、未散の一人称は「ぼく」だった。髪を短くし、わざと乱暴な言葉を使い、できるだけボーイッシュにふるまった。

まわりから見れば、ただの痛い子だったろう。

しかし本人は真面目だった。大真面目にあがいていた。当時のサブカル好きにありがちなミソジニーに染まってもいた。第二次性徴で変わっていく体に、心が追いついてくれなかった。

――でもこうして調べてみると、やはり古沢とわたしは違う。

違う点が、いくつも見えてくる。

福子という古くさい名前は、亡き曽祖母から譲り受けたものだという。名付けたのは彼女の祖父だ。

曽祖母は産後の肥立ちが悪く、祖父が二歳のときに死んだ。祖父は生涯、若くして死んだ実母の面影を追いつづけた。己の中で極限まで理想化し、その理想と比べては妻をなじり、息子の嫁を嘲った。

「人生のスタートからして、よくなかった」

そう笑いながら話した福子を、未散はいまも覚えている。

「祖父の口癖は『母さんを見ならえ』だった。見ならうもなにも、とっくに死んじまってて、祖父自身なんの記憶もないくせにな。でも祖父はいちいち曽祖母の名を口にし、引き合いに出して、祖母と母を馬鹿にした」

そうなれば祖母も母親も、亡き曽祖母——すなわち〝古沢福子〟に対し、自然と反感を抱く。悪いのは祖父だとわかっていても、いい感情は持てない。

「だが祖父は、わたしを〝福子〟と名付けた」

福子は肩をすくめた。

「祖母と母にとって忌むべき存在の〝古沢福子〟。その第二号が、家庭の中に突然ぽんと生じたわけだ。……そりゃあ、複雑だよな」

当然のように、福子はあまり名を呼ばれずに育った。

せいぜいで「ちょっと」「あんた」くらいだ。愛称も付けられなかった。

逆に「いやな名前」とはしばしば言われた。実母はとくに辛辣だった。「いやな名前だからかしら、本人も可愛く見えない」と言いはなった。

「と言っても、母から殴られたり蹴られたりはなかったよ。ただ愛されなかっただけだ。わたしは家じゃ、ずっと透明人間なんだ」

服や靴は九割おさがりだった。兄もしくは、八つ上の従姉からのおさがりだ。ときには下着まで使い古しを与えられた。

名前のハンデに加え、古沢家が絶対的な家父長制だったことも不運だった。大事にされるのは、跡取りの長男のみである。第二子でしかも女の福子は、取るに足らぬみそっかすだった。

その兄も、小学生になると福子を厭いはじめた。

まわりの生徒たちが、きょうだいで同学年なことをからかうせいだ。中にはませた子がいて、性的な揶揄を言葉にはっきり滲ませた。

兄に八つ当たりされた福子は、しかたなく学校では気配を消した。

なるべく目立たぬよう、無口で陰気になった。休み時間は毎日、校内の図書室で時間をつぶした。

だがそこで福子は、はじめて生きがいを得る。

毎日通う福子に、司書が本を紹介するようになったのだ。

本との出会い――いや〝物語〟との出会いは、福子の世界を一変させた。薦められるがまま、むさぼるように次つぎと読破した。

『ナルニア国物語』『指輪物語』『ハリー・ポッターと賢者の石』『モモ』『魔女の宅急便』『はてしない物語』『飛ぶ教室』『小さなバイキング ビッケ』『赤毛のアン』『トム・ソーヤーの冒険』――。

児童文学をひととおり読破してしまうと、次は児童向けにリライトされたミステリやSFを薦められた。

最初はシャーロック・ホームズのシリーズだった。次にアガサ・クリスティー。その次はエラリー・クイーン。『SFこども図書館シリーズ』にはとくに夢中になった。アシモフの『くるったロボット』、ウェルズの『月世界探検』、ステープルドンの『超人の島』。

福子はみるみる知識を蓄え、語彙を増やしていった。フィクションの合間には、伝記や歴史の本も読みすすめた。『ひめゆりの塔』『二十四の瞳』などの戦争文学や、『月と六ペンス』『車輪の下』といった世界的古典にも手を出した。

しかし、いいことばかりではなかった。

福子は目が悪くなったのだ。

最初は黒板の字がぼやけた。次に、本を顔の近くまで持ってこないと読めなくなった。だが眼鏡はなかなか買ってもらえなかった。

父と祖父が「そんな金あっかよ」「字が読めねえくらいなんだ？　だいたい眼鏡なんかかけたら、ブスがよけいブスになる」と反対したからだ。

福子がやっと眼鏡を買ってもらえたのは、二年後のことである。

同学年の兄が「福子の成績が下がりすぎて、こっちまで恥ずかしい」と祖母に泣きついた結果だった。

祖母は、遠戚が営む時計屋に電話した。半額オフのさらに半額オフセールになったフレームがあると聞き、それで福子に眼鏡を作ってやった。

六十代の女性がかけるような、大きな金縁の眼鏡フレームだ。福子は高校を卒業するまで、おとなしくその眼鏡を使いつづけた。

2

未散はその朝、八時半に起床した。

市井の人々にとっては寝坊と言っていい時刻だろう。だが未散にしてみれば、常より一時間以上も早起きだった。

今年は夏が長く、秋らしい秋がなかった。とはいえ十二月ともなれば、さすがに朝夕の冷え込みが厳しい。目が覚めてもなかなか布団から出られない。

――でも、今日は寝てる場合じゃない。

未散は片手鍋をコンロにかけ、お湯を沸かした。

インスタントコーヒーの粉を山盛り三杯、マグカップに入れる。砂糖はなしで、胃のことを考えてミルクをすこし。

カフェインで無理やり脳を覚まし、未散は顔を洗った。スキンケアをし、歯みがきでさらに眠気を追いはらって、ノートパソコンを立ちあげた。

――今日から、最川軍司の控訴審が東京高裁ではじまる。

控訴審は一審と違い、被告人が出廷する義務はない。だがMアノンたちは「最川尊師は絶対に出廷する!」と騒ぎたてていた。

「逃げ隠れするような人じゃない。ご尊顔を拝しに行くぞ!」と。

控訴審に出ないことが「逃げ隠れ」だとは、未散はべつだん思わない。まあそこは価値観の相違というやつだろう。

ともかく、世間の目はこの控訴審に集まっていた。

ワイドショウのコメンテータは「即日結審だろう」と決めつけた。

「世間でどれほど話題になろうと、最川の有罪は動きませんよ。一日目で控訴棄却が言いわたされ、すぐ終わりでしょう」

同じくゲストに呼ばれた元検察官は、熱をこめて語った。

「最川軍司は、わが国の犯罪史上まれに見る凶悪犯ですよ。判決差し戻しはあり得ない。極刑以外は考えられません」

また最川の責任能力についても、

「完全に正気です。彼は明確に自覚を持った上で犯行におよんでいます。心神耗弱、心神喪失といった言葉がもっとも似合わない人物です」

と太鼓判を押した。

開廷は午後三時だ。

当然、傍聴したがる者は山のようにいる。一時期ほどではないにしろ、傍聴ブームも地味につづいている。まだ朝の九時前だが、とっくに長蛇の列ができているだろう。

傍聴券の交付は一時五十分までらしい。

その後に抽選がおこなわれ、当たった者のみが傍聴できるというわけだ。

ルール上、当たった傍聴券は譲渡禁止である。だがグレイゾーンとして見て見ぬふりをされているのが現状だ。『週刊ニチエイ』の編集長は「アルバイトを十人ほど送りこんで、早朝から並ばせる予定です」と言っていた。

とはいえ十人ぽっちで当たるかはあやしい。どれほどの競争率になるか、予想もつかない。

かつて『オウム真理教事件』の松本智津夫の公判には、一万二千枚を超える傍聴券が配られたという。だがそれは地裁で、しかも初公判だった。

控訴審で人を集めた事件といえば『光市母子殺害事件』が代表格である。犯人が逮捕時に未成年だったゆえ、死刑判決が出るか否かが注目されたのだ。そのとき発行された傍聴券は、確か三千八百枚を超えた。

――おそらく今日は五、六千人は並ぶだろう。

そう未散は睨んでいた。

最川の熱狂的信者『M派愛善志士』は、あいかわらずSNSで煽動をつづけている。フォロワーは先日、ついに二十万人を超えた。あまつさえ彼は『控訴審応援ツアー』なる企画を立ちあげ、

「尊師を応援に行こう！　志士たちよ、高裁の指定場所に早朝から集まれ！」

と、さかんに呼びかけていた。

それを受けて警視庁は「万が一の暴動に備え、厳重な警備措置を取る」と異例の事前通告を出した。

――わたしも並ばなきゃ。

タッチパッドに指をすべらせ、未散はひとりごちる。

もともとこれはわたしの事件だ。バイトばかりに任せてはいられない。

――まずは情報収集、と。

二杯目のコーヒーを啜って、SNSにログインした。

さいわい検索するまでもなかった。トレンドに並ぶワードは『全線見合わせ』『紅白初出場』そして『傍聴券』だ。迷わずタップした。

予想どおり、傍聴券交付列に並ぶ人々の投稿が表示された。アップされた各々の画像に、未散は目を見張った。

「やば……」

思わず呻(うめ)きが洩(も)れる。

予想をはるかに超える長さの列だった。長蛇どころか大蛇だ。iPhoneの最新機種が出たときより人が多い。晴海(はるみ)時代のコミックマーケット並みである。

——これは五、六千人どころの騒ぎじゃない。

ごくりと未散はコーヒーを飲みこんだ。

まわりの風景からして、人々が並んでいるのは日比谷公園だ。

早く行かなきゃ、と未散はカップを干し、立ちあがった。

コートを着込み、マスクを着ける。マフラーを首に巻きつけてクロス結びにする。すこし迷ってから、ニット帽と手袋も追加した。

予報によれば、今日の最高気温は十一度だ。降水確率は二十パーセントで終日曇り。雨でなくてよかった、とほっとした。

充電ケーブルからスマートフォンを抜く。ついでに電車の運行情報をチェックする。

途端に眉根(まゆね)が寄った。

中央線、山手線、千代田線、三田線などにトラブルが発生していた。

それぞれ原因は違うようで、中央線は人身事故。山手線は信号装置の故障。そのほかは、突発的な停電のせいらしい。

——トレンドにあった『全線見合わせ』はこれか。

よりによって、こんな日に。思わず舌打ちが洩れた。

とはいえ日比谷線や丸ノ内線は問題ないらしい。地下鉄とバスを乗り継げば、霞が関まで問題なく着ける。

くたびれたブーツを履き、未散はアパートを飛びだした。

3

古沢福子の母親は、昭和三十年代の生まれだ。

第一回東京オリンピックが開催され、新幹線が開通し、白黒テレビが普及しはじめた頃である。ちなみにアニメ『となりのトトロ』も、昭和三十年代の設定らしい。

福子の母親は、古沢家に負けずとも劣らぬ家父長制絶対の家に育った。

きょうだいは兄と、弟二人。男に挟まれた中間子として、幼い頃から親の手伝いや、弟たちの子守に明け暮れた。

高校卒業後、家からほど近い縫製工場に就職。

七年ほど勤めたが、結婚を機に辞めた。見合い結婚だった。

当時、彼女は二十五歳。夫——のちに福子の父となる男性——は、三十一歳。

相手が長男だったため、籍を入れた日から義両親との同居がはじまった。なんの疑問もなかった。

彼女自身、生家で祖父母や曽祖父母とともに暮らしてきた。

二十七歳で長男を出産。

二十八歳で福子を出産。

翌年、卵管結紮手術を受けた。三人育てる余裕はなかったし、夫は避妊ゴムを「面倒だ」「味気ない」と言って嫌った。

開腹手術なので体はつらかったが、夫が「早く戻れ」と言うので、十日の入院予定を六日に切りあげて退院した。退院したその日から、彼女はおとなしく家事と育児をこなした。

夫との間に愛情はなかった。会話もほぼなかった。

しかし不満はなかった。結婚とは、そういうものだと思っていた。

「母は恋愛だのロマンだのに、まったく興味がない人なんだ」

高校時代、福子がぽつりと言ったことがある。

「アセクシャルとかじゃあない。あれはたぶん、学習性無力感の副産物だろうな。自分に関係ないもの、手が届かないと思うものを無意識に切り捨てていくと、母のような人間ができあがっちまうんだ」

だから福子の母親は、福子がわからなかった。

なぜ福子が本を読みたがるのか、ページにぎっしり詰まった文字を読んでなにが楽しいのか、さっぱり理解できなかった。

福子が好む英語の音楽や映画は、彼女には騒音だった。貴重な休日に図書館をはしごする娘が異星人に思えた。なぜ進学したがるのかも、皆目わからなかった。

——勉強なんていうつまらないものを、なぜこの子は必要以上に長くやりたがるんだろう。

——そもそも女に、勉強なんか必要ないのに。

本心からそう思っていた。

彼女は福子に「着飾れ」とも「男に媚びろ」とも言わなかった。自分が両親にされてきたことを、ただそのまま娘に課した。

「女に金をかけても無駄」

「女に学はいらん」

「親に恥だけはかかせんよう、きっちりしつけとけ」

「年頃になりゃあ、自然と誰かがもらってくれる」

「ほっといても女は育つ」等々……。

福子の胸がふくらんできても、母親はブラジャーを買い与えなかった。なぜって、自分がそうされてきたからだ。

貧しかったのではない。買える金がなかったわけでもない。ただ「無駄だと思う」から買わなかった。いちいち気をまわしてやるほど可愛い娘でもなかった。

福子が初潮を見たときは、さすがに生理用品の使い方を教えた。だが生理用のショーツは買ってやらなかった。

娘が経血で下着を汚したときも「洗っておきな」と言うだけだった。替えを買い与えるなど考えもしなかった。だって自分が、そうされてきたからだ。

「生理がはじまったときって、ひたすら屈辱だったな」

そう言った福子に、

「わかる」

と、かつての未散は応じた。

「なんで望まない方向にばっかり体が変わっていくんだろう。なんでたくましくかっこよくならないで逆の変化なんだろうって、いやでいやでたまんなかった。べつに男になりたいとかじゃなくて、

〝女〟がいやだった」

そんな未散は、初潮を見た当日「赤飯炊く？」と母に訊かれた。

「やめて。絶対やめて」

未散は即否定した。

「ああそう」

あっさり母は引きさがった。

母の自分への興味のなさが、その日ばかりはありがたかった。父と弟がいる夕餉の席で初潮を発表されるなんて、罰ゲームとしか思えなかった。

世良家のそのエピソードを聞いて、「いいなあ」と福子は言った。

「うちは『炊く？』なんて、訊いてももらえなかったよ。問答無用で炊かれちまった」

炊いたのは福子の母だ。むろん母自身が、過去にそうされたからだった。

その晩の福子は、夕飯の席で祖父と父のいい肴にされた。いつもは長女になど目もくれないくせに、

「子どもが産める体になったべなあ」

「ガキのくせして、いっちょまえだ」

「変な男くわえこむんでねえぞ」

と、顔をにやにや覗きこんできた。

酒くさい息で笑う彼らを見て、福子は本気で思ったという。死にたい――と。

「いま思えば、死にたいって考えたのは、あの日が初だったな」

さらりと福子はそう言った。

「……まあ、生きてるけどさ」

中学時代の福子は太っていた。肥満というよりおばさん体形だった。男衆の残り物をたいらげるのは、福子と母親の役目だった。

ストレス性のにきびが悪化しても、スキンケア用品など夢のまた夢だった。皮膚科に通うこともできなかった。家族の保険証は祖父が管理しており、許可なしには渡してもらえなかった。

眼鏡は、小学生のとき買い与えられた金縁のフレームを使いつづけた。

福子は親戚からのお年玉を貯め、度が合わなくなるたびひそかにレンズを買い替えた。フレームまで替えれば、さすがにバレる。「金の無駄」と父にねちねち言われるよりは、ダサい眼鏡で我慢するほうが何十倍もマシだった。

だがそんな両親も、さすがに高校へは進学させてくれた。

当時の女子の高校進学率は約九十八パーセントだ。素行も学力も問題ないのに中卒では、世間になにを言われるかわからない。

ただ、条件は付けた。

「私立は高いから駄目」

「通うのにバス代や電車賃がかかるような、遠い学校も駄目」

結果、福子は自転車で通える県立水郷第一高等学校に進んだ。

偏差値だけで言えば、県内六位の高校である。

つい数年前まで女子高だったため、男女比率は二：八だった。一学年のうち二クラスは「女子専用クラス」であった。

その教室で、福子は世良未散と出会うことになる――。

4

一方、日比谷線に乗った三十三歳の未散は、銀座駅で足止めを食っていた。電車が停まったわけではない。座席で揺られていたら、『週刊ニチエイ』の編集長からしつこくSMSが届いたのだ。

「世良さん。傍聴券の抽選締め切りにはまだ間があります」

「ちょっとリモートで打ち合わせしましょう」

根負けした未散は電車を降り、現在、銀座駅近くのコンビニにいる。飲みたくもないカフェラテを買い、クリスマス仕様に飾りつけられたイートインスペースで、スマートフォンと向きあっている。

液晶の中で編集長が切りだす。

「それでですね、例の『ルポ・桂井殺人』の件ですけど……」

福子の事件の原稿ができあがったら、真っ先に彼に見せる約束だった。単行本を発行する文芸部門への企画書も、すでに通っているらしい。あとは構成を詰めて、書きあげるだけだ。

「全部で六章の予定でしたよね？　そのうちの一章を、最川軍司に割けませんか」

「は？」

未散はイヤフォンを耳に詰めなおした。

スマートフォンに顔を寄せ、低くささやく。

「まるまる一章をってことですか？　無理ですって。これ、古沢福子の本ですよ」

「そりゃわかってますけど、古沢と最川軍司の絆もなんとか織りこめません？　文芸部から『帯に最川の名前を入れたい』って頼まれてるんですよ」

「それは——まあ、気持ちはわかります」

言葉の後半でトーンダウンした。

確かに最川の名を帯にでかでかと刷れば、人目を惹く。売り上げにも影響するだろう。世は空前の出版不況だし、きれいごとなど言っていられない。

最川が獄中から福子と文通していた——と知ったのは、先月のことだ。

彼とどういう関係だと問いつめた未散に、福子は言った。「ペンパルだ」と。

てっきり冗談だと思っていた。だが、真実だったのだ。

『町田・八王子連続殺人事件』で死刑判決を受け収監中だった最川と、福子は手紙を交わしていた。そればかりか、何度か面会までしていた。

情報の出どころは、某若手弁護士である。

「あの頃、一番最川と面会を重ねていたのはぼくです」

彼は『週刊ニチエイ』の取材に、積極的に答えてくれた。

『町田・八王子殺人』の弁護団に参加し、武藤一成弁護士とともに最川の逆転無罪を勝ちとった熱血弁護士の一人だ。同時に「弁護団に加わったのは誤りだった」と公言する、唯一の存在でもある。

「真面目な武藤さんと違って、ぼくは最川と雑談することが多かったんですよ。世間話だけじゃなく、けっこう突っこんだ話もしましたね」

彼が言うには、最川は話の合間に何度か福子の名を出したという。

「名前からして、最初はおばあちゃんだと思ったんです。でも最川が『違う違う、二十代の女』と言ったもんだから、妙に記憶に残ってね。その後、『桂井殺人事件』で同じ名を見て驚きましたよ。やっぱり同一人物でしたか」

つづけて彼はこうも言った。

「古沢福子が犯行にいたった経緯には、最川の影響もあるんじゃないですか？　なにしろおかしな引力のある男ですから」

――引力、か。

言い得て妙だ。未散は思う。最川のことは嫌いだが、そこは認めるしかない。あの男には確かに、人を惹きつける引力がある。

――古沢が殺人者になったのは、あの男の影響なのか？

コンビニの外を、サイレンが駆け抜けていく。

パトカーと救急車のサイレンだ。重なりながら同方向へ走っていき、すこしずつ音が遠ざかる。

電話の向こうでは編集長が話しつづけていた。

「世良さん、そこをなんとか」「どうかひとつ」と腰は低いが、有無を言わせぬ勢いでじりじり押してくる。

「でも、福子と最川の手紙の内容まではわかりませんし……」

未散は小声で反駁した。

「肝心の書簡が手もとになくて、文通の中身もわからないんですよ？　一章まるまる費やすのは、さすがに無理ですって」

拘置所の収監者への手紙は、基本的に検閲される。

刑務官が中身をチェックし、不適切な部分は黒塗りにしてから渡すのだ。あまりにもひどい場合は、手紙そのものが破棄されることもある。

——つまり、たいしたことは書けない。

面会も同じだ。同室する刑務官に記録を取られることを考えれば、滅多な発言はできない。

いまの最川ならまだしも、あの頃の彼は「娑婆に出たい」という欲があったはずだ。ルポ本のネタにできるほどのやりとりがあった可能性は、ごく低い。

だが編集長はあっさり言った。

「わからなくていいですよ」

無造作に言いはなち、さらに押してくる。

「とにかく最川の名を帯に書ければ、部数は出るんですから。うちの営業だって納得します。読者が『最川の項これっぽっちかよ！　詐欺だ！』とSNSでキレない程度に、うまいことページを割いてくださいよ。世良さん、そういうのが得意な器用なライターさんじゃないですか」

「こんなとき、お世辞はいりませんよ」

未散は眉間に皺を寄せた。

「何度でも言いますが、一章全部は無理です。まあでも一章の、四分の一……くらいなら、なんとかできるかも」

「四分の一じゃ足りません。三分の一」

「うーん」

「三分の一。最川の事件概要だけでも、行数はそれなりに稼げるでしょ？」

ガラスの向こうを、サイレンがふたたび通り過ぎていった。

5

十数年前の水郷一高で、未散と福子は三年間同じクラスだった。

福子への未散の第一印象は、お世辞にもよくなかった。はっきり言ってしまえば「暗そう。オタクっぽそう」だ。

未散だって暗いオタクのくせに、

「二次元で頭いっぱいだから、自分の見てくれに無頓着なんだろうなあ。なんだあの眼鏡。あの髪型。アニメキャラでエロい妄想してそう」

などと考えていた。われながら失礼きわまりない。

だが実際、福子の見た目はひどいものだった。

体重は七十キロ以上あり、極端な猫背だった。髪はざんぎり頭と坊ちゃん刈りの中間に見えた。

ブラジャーを買ってもらえないため猫背なことも、「床屋代がもったいない」と祖母に髪を切られていたことも、当時の未散には知るよしもなかった。

――わたしはすくなくとも、まともな下着や服を買い与えられていた。

後年、未散はそう述懐する。

未散の母は見栄坊(みえぼう)だった。子どもに貧しい格好はけっしてさせなかった。

未散がこっそり箪笥(たんす)に隠したマリリン・マンソンやセックス・ピストルズのTシャツを勝手に捨て、「こんな服買って、恥さらし」「頭おかしい」と罵りはしたが、美容院代は出してくれた。制服もおさがりでなく新品を買ってくれた。

――自分よりつらい状況にいて、しかもそれを自覚している同い年の少女を、わたしはあのときはじめて見た。

仲良くなったきっかけは、確かゴールデンウィーク明けだ。

粋がって教室の隅で『危ない28号』を読んでいた未散に、福子のほうから声をかけてきたのだ。

「それ、定価で買ったの？　古本？」

未散は答えた。

「定価で買えるほど、お小遣いもらってないよ」

「はは、わたしと同じ」

福子は笑った。冴えない顔が、瞬時にぱっと明るくなった。唇から覗いた歯が驚くほど白かった。

「世良さん……で合ってるよね？　わたし、後ろから二列目の古沢。もしかして下川耿史とか、平山夢明とか好きじゃない？」

福子との出会いで、未散の世界は一気に広がった。本も映画も、音楽もだ。

それまで無縁だったジャンルでも、福子のおすすめなら迷わず手を出した。福子の感性ならば、無条件で信頼できた。

彼女の考えかたや口調にも、大いに影響を受けた。彼女のコピーになってしまわないよう、ときおり己を戒める必要があったほどだ。

尖ったサブカル系だけでなく、未散が正統派の名作や古典を十代のうちに網羅できたのは、はっきりと福子のおかげだ。彼女の口添えがなければ、未散は村上春樹すら「メジャーすぎる」という理由で素通りしていただろう。

それほどまでに未散は幼かった。未熟だった。

そのくせまわりを見下していた。ボーイズグループや旬のドラマに夢中なクラスメイトを「低俗」と決めつけ、流行（はや）りものに流されない自分を格上だと思いこんでいた。厨二病（ちゅうにびょう）の一言だ。黒歴史、としか言いようがない。

――まったくの黒にならなかったのも、やはり古沢のおかげだ。

未散が自意識過剰になりかけると、

「世良、おまえ痛いよ」

と福子は必ず突っこんでくれた。

母とのいさかいで傷ついたときは、

「おい、メンがヘラってるぞ。風呂場で手首切るなよ」

と茶化してくれた。

聞きようによってはブラックすぎるジョークだ。しかし当時の未散は「うるせえよ」と反論することで笑顔になれた。

せめてものお返しにと、未散は福子に携帯電話を貸した。ネットカフェにも連れていった。図書館には置いていないジャンクな映画をレンタルして一緒に観（み）たり、おすすめの漫画を学校に持ってきて読ませたりした。

だがそんな蜜月も三年で終わった。

卒業後、二人の道はきっぱり分かれた。

福子の成績はかなりよかった。すくなくとも未散より上だったのは確かだ。だが、福子は進学できなかった。

「奨学金制度を使う。うちに迷惑はかけない」

と福子は親に嘆願した。しかし無駄だった。

べつの高校に進んだ年子の兄が落ちこぼれ、進学する気を失（な）くしたことも理由のひとつであった。

「おまえだけ大学行ったら、ご近所が変に思うべさ」

「お兄ちゃんの気持ちも考えな」

そう諭され、結局、福子は進学を諦めた。

母の勧めどおり、彼女は公務員試験を受けた。筆記試験は問題なく受かった。面接試験前には、祖父が知り合いの市議に話を通してくれた。

翌年の春、福子は市役所の土木課に配属された。

親には「手取りから十万円を家に入れるように」と言われていた。初任給は約十六万円。保険などもろもろを引かれて手取りは約十二万円である。

母は言った。「お兄ちゃんのこともあって、うちは大変なんだから」

父は言った。「一人暮らしだぁ？　馬鹿言うんでねぇ」

残ったわずかな初給与で福子は眼鏡を買った。縁なしの、ごく平凡な眼鏡であった。

福子が結婚したのは、さらに翌年の晩秋だ。

相手は直属の上司だった。梯大康（かけはしひろやす）、四十二歳。離婚歴あり。

対する福子はまだ十九歳だった。二十三歳差の結婚である。

――実家を出たい一心だった。

当時の心境を、福子はそう書き残している。

――他人に求められるのが嬉（うれ）しかった。

――梯係長がわたしという個人でなく、〝若い女〟〝働き手〟〝介護の担い手〟を求めているのはわかっていた。でも見ないふりをして、目をそむけて結婚した。

――それほどまでに、あのときのわたしは実家から逃げたかった。

だが、結婚は逃避にはなり得なかった。

福子を待っていたのは、さらなる過酷な日々だった。

梯家には、要介護の義祖父母がいた。ギャンブル好きの口うるさい義両親がいた。出戻りの小姑と、その娘までもが住みついていた。

福子は入籍の翌日から、八人ぶんの家事と、義祖父母の介護に明け暮れた。

6

銀座駅近くのコンビニを出たあと、未散は西へ向かって歩いた。

霞が関まではどうせ徒歩で二十分強だ。ネットの運行情報からして、今日のダイヤは一日じゅう乱れるらしい。はなから歩いたほうが失望はなさそうだった。

できるだけ早足で、大股で歩く。

北風が真っ向から吹きつけてきた。未散は目を細め、マスクを指でずり上げた。ポケットに両手を突っこむ。

街は、緑と赤と金のクリスマスカラーで溢れていた。ショウケースにディスプレイされたサンタやトナカイを横目に、横断歩道を渡る。

渡りきった先に交番があった。

中には誰もいない。がらんとしていた。横の掲示板に、指名手配のポスターが何枚か貼ってある。

未散は思わず足を止めた。

——古沢。

凶悪そうな男たちの中に、福子の指名手配写真が交じっていた。

白黒で印刷された、ピントの甘い写真である。

いつ見ても「別人のようだ」と思う。高校時代の半分ほどに痩せ、目つきはひどく暗い。この世の不幸を一身に背負ったかのような表情だ。眼鏡もあの頃とは違い、やや洒落(しゃれ)た四角いフレームに変わっていた。

——いまの古沢とすれ違ったなら、はたしてわたしは彼女を見分けられるだろうか。

見分けられる、と思いたい。

だが自信はなかった。

——いやそもそも、わたしたちはほんとうの意味で親しかったと言えるのか。

未散は唇を噛(か)んだ。あの三年間、わたしは彼女のどこを見ていた？　古沢福子の、なにをわかったつもりでいたのだろう？

ふたたび未散は歩きだした。

あたりを見まわす。なんだか街全体が騒がしい。妙にざわついている。

剣吞(けんのん)な空気に満ちている、と言ってもいいだろう。一種異様な緊張感が漂っている。

——霞が関の方角だ。

早くも志士とやらが、日比谷公園や高裁の前で悶着(もんちゃく)を起こしているのか。それとも徒党を組んで演説でもはじめたか。

赤信号で足を止め、未散はスマートフォンを取りだした。

SNSをチェックする。トレンドに『傍聴券』と並んで『立てこもり』の文字があった。吸い寄せられるようにタップした。

港区で、立てこもり事件が起こっていた。

中年男性が人質を二人取ってアパートの一室に籠城中だという。アップされた動画によれば、すでに警官隊がアパートをぐるりと取りかこんでいた。

籠城犯の要求を目にし、未散は思わず顔をしかめた。

「最川軍司さんを解きはなて」

「無実の彼を解放しないなら、人質を一人ずつ殺していく」

——どうかしてる。

未散は奥歯を噛んだ。

スマートフォンを放りだしたい衝動をこらえる。手が震えだすのがわかった。

——どうかしてる。

なにが志士だ。あいつら全員どうかしてる。

——馬鹿が。顔も知らない、ネット越しの他人なんかに煽動されやがって。

日ごろのストレスや鬱憤を、なぜ正しい方向に吐きだせない？　積もりつもった憤懣を、いいように利用されているだけだとなぜ気づけない？

正義の側に立ったつもりか？　これを聖戦だとでも思っているのか？

なぜそう安易に、ネットのムーブメントなんかに乗れる？　リアルの自己を明けわたしてしまえる？　たかがインターネットの言説ごときに、どうしてそこまで依存できるんだ？

腹が立った。自分の中にもひそむ愚かしさを突きつけられたようで、怒りと同時に鳥肌が立った。

紙一重だった、と思う。もし福子に出会えず、ライターにもなれていなかったら、未散だって〝あちら側〟だったかもしれない。こめかみがずきずき痛んだ。嫌悪と苛立ち(いらだ)で頭に血が昇ったせいだろう、脈打つように痛む。

――深呼吸しなくちゃ。ああでも、ほんとうに腹が立つ。

腹立ちまぎれに、未散は地面を蹴った。爪さきの痛みに舌打ちする。小声で低く罵ってから、その場で深呼吸する。

スマートフォンが鳴った。

SMSだ。知らない番号である。メッセージに目を通す。

次の瞬間、未散の口から呻きが洩れた。

福子からだった。

「世良、わたしだ」

「これは捨て携帯からだ、返信するな。霞ケ関駅のコインロッカーに、おまえ宛ての荷物を置いておいた」

「鍵は北千住側女子トイレ、一番奥の個室。替えのトイレットペーパーの下。清掃員に見つかる前に、おまえの手で回収しろ」

つづくメッセージはなかった。

未散は顔を上げた。

信号はまだ赤だ。いま一度、未散は大きく舌打ちした。

7

福子の結婚生活は、悪いことばかりではなかった。

たった一人だが、生まれてはじめて福子を可愛がってくれる〝家族〟ができたのだ。夫の祖母、つまり義祖母である。

要介護4の彼女は、布団からほぼ起きあがれなかった。

しかし頭はしっかりしていた。世話をする福子に「あんがとね」「すまねえね」の言葉を欠かさず、乏しい年金からこっそり小遣いをくれた。

義祖父が夫婦並んで臥すことを拒んだため、狭いながらも義祖母は個室を与えられていた。介護の名目で、福子はその部屋に入りびたった。

義祖母の枕もとにいることで、ようやく自分の時間を得、本を読んだりスマートフォンを眺めたりできた。

物置から、夫の古いノートパソコンを発見できたのも幸運だった。OSはXPだったが、操作に問題はなかった。福子はノートパソコンを義祖母の部屋に隠し、暇を見つけてはいじった。

パソコンの基本的な操作は、高校の授業で習った。市役所に勤めていたときも、入力作業を任されていた。

義妹がSNS中毒なおかげで、Wi-Fiが早々に設置されたのもありがたかった。ネットを通して外界と繋がれることが、心強かった。

また義祖母を病院に連れていくついでに、福子は書店へ寄れた。図書館にも行けた。購入した本や借りた本は、義祖母の押し入れに隠した。

　しかしトータルで見れば、やはり結婚生活はいやなことのほうが多かった。

　要介護3の義祖父は、福子を〝若い女体〟としか見なかった。平気で乳を摑み、尻をまさぐった。口をひらけば卑猥な言葉しか言わなかった。

　やさしい義祖母も、こと性のことに関しては義祖父をかばった。

「男だもの、しゃああんめえよ」

「おなごのことになっと、男はそんなもんだ」

　そしてそのたび「勘弁なあ」と付けくわえ、福子の手を擦った。

　義祖母に謝られると福子は弱かった。つづく愚痴を呑みこむしかなかった。

　そんな義祖母が産み育てた舅も、やはり福子の体をいいように触った。姑は、義祖母とは正反対だった。舅でなく福子のほうを「いやらしい！」と叱り、目を三角にして睨みつけた。

　せめて夫の大康がかばってくれれば違っただろう。だが、それは望めなかった。

　夫婦の性生活も、年々苦痛が増すばかりだった。

　大康のセックスは、性愛でも繁殖行為でもなかった。ただのＡＶの物真似だった。無理やりでも女は感じると思いこんでいた。ＡＶ女優がするような奉仕を求め、福子が応じないと不機嫌になった。

　気づけば、福子は痩せた。

　福子は梯家では残飯係ではなかった。口に入るものは、姑と義妹が率先してたいらげてくれた。だが食べようが食べまいが、毎日の介護と家事は福子の仕事だった。

　二人ぶんの介護。八人ぶんの料理と買い出しと洗濯と掃除。義妹の娘の子守。義妹はやんちゃ盛りの娘を福子に押しつけ、毎日遊びほうけた。

介護のかたわらの育児は大変だった。義祖父母の容態もじりじり悪化していた。義祖母の部屋で、読書やネットをする暇は次第になくなった。はじめのうちは睡眠時間を削ったが、体力がもたなくなってやめた。

ゆっくりと福子はすり減っていった。

持ち前の機転や知性は、気づけばなりをひそめた。

感情が鈍麻し、麻痺（まひ）し、顔からは表情が消え失（う）せた。

なにをされても、なにを言われても感じなくなっていった。だって、感じないほうが楽だ。考えることを放棄し、ただ流されていったほうが楽だ――。

福子は、実母の気持ちがわかるようになっていた。

考えないことは、ある意味自分を守ることでもある。だってこの環境には、知性や感受性なんて無用だ。考えれば考えるほどつらいだけ、自分が傷つくだけだ。心なんていらない。

七十キロあった体重は、三十キロ台まで落ちた。

顔いろはどす黒くなり、頰（ほお）は削（そ）げ落ちた。頭蓋骨に皮膚が貼りついたような顔に、目ばかりがぎょろぎょろと光った。生理はとっくに止まっていた。

そしてこの頃、結婚は完全に破綻した。

夫のキャバクラ通いが発覚したのだ。

福子を無償の家政婦にしながら、夫はお気に入りのキャバ嬢に貢いでいた。ケリーバッグを買ってやり、ルブタンの靴を買ってやり、ホテルの最上階で食事を奢（おご）った。その間、福子にはサンダル一足買い与えなかった。

「彼女が妊娠したから」

ある日そう言い、夫は福子を捨てた。

福子には反論する体力も、戦う気力もなかった。弁護士を雇う金もなかった。実家は頼りにならなかったし、相談できる友人さえいなかった。

なぜか夫は新しい妻が、福子の代わりに家事も介護も義姪の育児も担うと決めこんでいた。

福子は指摘する気にもならなかった。言われるがまま、離婚届に判を捺した。

十五万円の慰謝料とノートパソコンをもらい、荷物をボストンバッグひとつにまとめて梯家を去った。

惜しんでくれたのは義祖母だけだった。だが跡取りの曽孫に逆らって、福子を引きとめる権限は彼女にはなかった。なにより義祖母自身が諦めきっていた。

「男だもの、しゃあああんめえよ」

「おなごのことになっと、男はそんなもんだ」である。

福子は、二十五歳になっていた。

8

――さっきからのサイレンは、このせいか。

未散は横断歩道の前で、信号が青に変わるのを苛々と待っていた。

――Mアノンの籠城劇のせいで、パトカーや救急車が出動しているのか。

そういえば電車の人身事故もあったっけ、と気づく。だがほとんどは、立てこもり事件に向けた出動だろう。

SNSにアップされた画像や動画を見た限り、現場にはかなりの警官が動員されていた。盾をかまえた機動隊員が最前列を固め、その後ろも、見わたす限り紺の制服がみっちり並んでいた。

——わたしは、どうしよう。

足踏みしながら迷う。

傍聴券のために日比谷公園に並ぶか、それとも霞ケ関駅に向かうか。

正直に言ってしまえば、霞ケ関駅に行きたい。

でも福子のことは、仕事か私用かと訊かれれば私用に近い。今日の控訴審よりも、優先すべき事柄と言えるだろうか。

未散はスマートフォンの画面に目を落とした。

立てこもり事件の続報が入っていた。

最悪なことに犯人は、赤の他人の母子を人質に取ったらしい。ベビーカーを押す母親に銃を突きつけて「中に入れ」と脅し、そのまま籠城したという。

——包丁じゃなく、よりによって銃かよ。

眉根を寄せ、未散は画面をタップした。

信号が青に変わるのが、目の端で見えた。だがそれどころではなかった。未散はさらに事件の続報を追った。

ニュースを最後まで読んだ結果、銃はトカレフ等の自動拳銃ではなかった。改造エアガンだ。だが、高圧コンプレッサーに接続することで充分な殺傷能力を得ているらしい。すでに窓からの発射で、機動隊員の一人が肩を撃ち抜かれていた。

――犯人はまさか、『M派愛善志士』か？

未散は『M派愛善志士』のアカウントへ飛んだ。

そういえば今日はまだ動向をチェックしていなかった。支持者の一人と思われるのが業腹で、直接フォローしていなかったのだ。失敗した。

『M派愛善志士』の最後の投稿は、今朝の八時五十六分であった。

内容は「志士たちに告ぐ。われらの同胞であり戦友、『M乱世派サムライ』氏が、本日決起する」

――誰だよ、それ。

知らねえよ、と未散は愚痴りながら『M乱世派』でアカウント検索した。

似たようなアカウント名がずらりと出てくる。だがさいわい、『M乱世派サムライ』は一人だけだった。タップして表示させた。

プロフィールからして、『M乱世派サムライ』はミリタリーオタクだった。直近の投稿にはこうあった。

「最川軍司氏との一箇月間の文通の結果、おれは彼の冤罪を確信した」

「喜んでおれは捨て石になる」

「おれという存在を礎にして、最川氏は今日、晴れて自由の身となる」

各投稿には、高圧ガス式のエアガンを改造していく過程が画像で添付されていた。未散は口中で唸った。間違いない。こいつが立てこもり犯だ。

――捨て石どうこうと言うからには、やはり最川本人が立てた計画なのか？

だが『M乱世派サムライ』とやらは、最川がそそのかしたとは明言していない。あくまで「最川氏との文通を通し、彼の言葉によって目覚めた」とだけ主張している。司法も追及しきれない、ぎりぎりのラインだ。

――いちいち小賢しいんだよ、やることが。

毒づきかけ、未散ははっとした。

――まさか、最川軍司のやつ。

信号はふたたび赤になっていた。

――まさかあいつ、本気で脱獄する気なのか？

その瞬間まで、未散はたかをくっていた。最川のことだ、どうせ世間を騒がせて楽しんでいるだけだろう。ぬくぬくと安全な拘置所で、自分の名が犯罪史に刻まれる瞬間を見届ける気だろう、と。

瘦せても枯れても、日本は一応近代国家であり法治国家だ。法と警察から一生逃げおおせられると思うほど、最川は馬鹿じゃあない――と。

――だが、前例がある。

一九七四年のハーグ事件。一九七五年のクアラルンプール事件。および一九七七年のダッカ日航機ハイジャック事件。

いずれも日本赤軍メンバーが大使館を占拠、もしくは飛行機をハイジャックするなどして人質を取り、拘束中の仲間の釈放を要求した事件だ。

日仏の政府はこれに屈し、超法規的措置として赤軍メンバーを釈放。ダッカ事件にいたっては六百万ドルの身代金まで支払った。

――最川のやつ、赤軍派を気取るつもりか？　いや。

クアラルンプール事件、ダッカ事件の犯人のうち数名は、まだ捕まっていない。

あさま山荘事件、山岳ベース事件などにも加わった坂東國男（ばんどうくにお）がその一人だ。坂東はいまもって、日本の公安がもっとも敵視する〝パブリック・エネミー〟である。

——最川は自分を、坂東國男と並ぶ存在に押しあげる気か？

まさか、と思う。われながら馬鹿げた想像だとも思う。

だがその脳裏に、一人の女の顔が浮かんだ。

古沢福子だ。

警視庁指定重要指名手配犯ながら、三年以上逃げつづけている女。その福子もまた、かつて最川と文通していた。

——やはり、最川の影響なのか？

福子の犯行も逃亡も、最川の指南だったというのか。

だからこそ最川は逃げおおせる自信があるのか。

福子がここ数年、己の身を挺してやってみせたそのままに、彼も流浪の逃亡犯になるつもりなのか？

未散は歯噛みした。

その刹那（せつな）、空気が揺れた。

悲鳴のような、どよめきのような声がうわっと上がったのだ。数百人、いや数千人単位の声だ。

日比谷公園の方角からだった。

9

離婚によって梯家を出たあと、福子は安アパートを借りて暮らしはじめた。

月の家賃が一万円台というだけあって、ひどい部屋だった。

畳は一部が腐り、土壁もじめじめと黴(か)びていた。排水口からは、いくら防虫剤を吹きかけてもヤスデやムカデが這(は)いのぼった。

だが、静かだった。

甘やかで静謐(せいひつ)な孤独がそこにはあった。

アルバイトながら、職も得た。近所のスーパーでの、早朝の品出しと陳列だ。

さいわい大家夫婦はいい人だった。大らかで寛容だった。大らかすぎて、福子が不安になるほど防犯意識がゆるかった。

静かな暮らしの中で、福子はすこしずつ己を取りもどしていった。

あくまですこしずつ、だ。

図書館へ足が向くようになるまでに、三箇月以上かかった。しばらくは本をひらいても、ページの表面を目がすべっていくだけだった。文字を眺めることしかできず、文意をなかなか呑みこめなかった。

ようやく数行読めるようになったときは、涙が出た。

ときを同じくして、食べものの味がわかりはじめた。肺に息が通るのを実感できた。口中でつねに覚えていた、舌の違和感が消えた。

福子が最川をはじめて見たのは、この頃だ。

暇に飽かせて、たまたま『町田・八王子連続殺人事件』の公判を傍聴に行ったのだ。

初公判こそ注目を集めたものの、四回目、五回目と審理を重ねるたび傍聴人は減っていた。六回目となると傍聴券なしで入れた。

その日のことを福子はそう書き記す。

――今日、わたしは怪物に会った。

――会ったというか、見た。目撃したのだ。

――わたしの中にも棲（す）む怪物だった。相通ずるなにかを全身で感じた。

帰宅して、福子は最川に手紙を書いた。

拘置所の住所はネットで調べた。元死刑囚の永山則夫（ながやまのりお）や秋好英明（あきよしひであき）が、支援者と交わした書簡集を読んだことがある。未決囚とは面会できることも知っていた。

最川は手紙に返事をくれた。

福子はさらなる返信を書いた。

文通がはじまった。

内容は励ましの言葉か、たわいない世間話ばかりだった。それでも、福子には彼が理解できた。彼のほうもそうらしかった。文面と行間から伝わってきた。

七通目の手紙を出したあと、福子は彼と面会をした。二度ほど会った。

その後は彼に弁護団が付き、忙しくなったため文通に戻った。しかし、やりとりが途切れることはなかった。

平穏な日々が八箇月ほどつづいた。

だがその矢先、彼女の心はまたひび割れた。

梯家の元義祖母が死んだ――との報(しら)せが入ったのだ。

元夫の後妻は、福子の想像どおりに介護も家事も拒んだらしい。しかたなく元姑が、義祖父の介護にあたった。自然と義祖母の世話は二の次、三の次になった。床ずれと糞尿(ふんにょう)にまみれ、義祖母は死んだ。

福子は眠れなくなった。

自分のせいだ、と思った。

自分が家を出たせいで、義祖母は惨めな死にかたをしたのだ。離婚を言いわたされても、諦めずにしがみつけばよかった。

――わたしのせいだ。

目を閉じると、まぶたの裏に義祖母の顔が浮かんだ。鼓膜の奥で「あんがとね」「いつも、すまねえね」の声がよみがえった。

福子は心療内科に通いはじめた。

薬がなければ眠れなかった。罪悪感で押しつぶされそうだった。生まれてはじめてできた〝家族〟を、彼女は失ったのだ。自分が死ねばよかった、とさえ思った。

福子を癒やしたのは、時間だった。

正確に言えば、時間と薬だ。睡眠薬でとろとろと眠る夜を重ねるうち、痛みはすこしずつ鈍くなっていった。

そんなある日、彼女のアパートを一人の男が訪れた。

某全国新聞の拡張員である。

福子が住む安アパートには、インターフォンなどなかった。玄関ドアの前まで出て、直接断らねばならなかった。

男は耳が悪いのか、ドア越しの応答に「は？」「はあ？」と尋ねかえしてばかりいた。しかたなく福子はドアを細く開け、断った。男はすんなり帰っていった。

二度目に男と会ったのは、アパート前でだ。

大家夫婦は新聞を取っているため、集金に来たという。笑顔で立ち話をしていた。大家夫婦は福子を呼びとめ、男を紹介した。

「そんなぶ厚い本、読むんですか？」

福子が抱える本を指し、男は微笑んだ。

「いいなあ。ぼくは最近、全然読めてませんよ。学生のときはむちゃくちゃ読んだのにな。あの頃に戻りたい」

弱っていた福子の心に、なぜかその言葉は染みた。

そういえば高校時代の親友——世良未散とも、本の話題がきっかけで仲良くなったのだ。懐かしい感覚だった。

その感覚と、男が大家の知人だったことが福子を油断させた。

男は後日、ふたたび彼女の部屋を訪れた。

やはりドア越しの応答では聞こえづらいようだった。福子はドアを開けた。ドアチェーンはなかったし、なにより気のゆるみがあった。

男は福子の肩を押すと、するりと中にすべりこんできた。そして、後ろ手でドアに鍵をかけた。手慣れた動作であった。

福子は抵抗した。だが無駄だった。

彼女の体重は四十キロ前後にしか戻っておらず、体力も乏しかった。

福子を強姦し終え、男はゆうゆうと部屋を去った。

10

日比谷公園のなかばで、未散は呆然と突っ立っていた。

「下がって、下がって！」

紺の出動服を着た警察官が両手を振り、声を限りに叫んでいる。

「撮らないで、下がって！　撮らなくていいから！」

警察官の怒声は、スマートフォンをかまえた若者たちに向けられていた。止めるでも参加するでもなく、ただ騒ぎを幾重にも取りまき、口を開けてスマートフォンを掲げる半死人のごとき群れだ。

日比谷公園では、自称志士たちと警官隊の小競り合いが起きていた。

まだ暴動とまではいかない。せいぜいで衝突程度だ。だが今後の展開によっては、いかようにも転びそうなきな臭さがあった。先頭で志士たちの説得にかかる、機動隊隊長の顔がひどく険しい。

——ハロウィンの夜の渋谷みたいだ。

未散はぼんやりそう思う。

日本人はおとなしい、とよく言われる。それは事実だと未散も思う。

しかし一枚下には、誰もが鬱憤を溜めている。ひとたび大きな波がうねれば、たやすく流されて暗い鬱憤を吐きだしにかかる。

警察隊とはっきり対峙(たいじ)している者は、たいした数ではない。公園に集まった人数のうち五分の一ほどに見えた。

残りの五分の三は彼らから大きく距離を取り、ただぼんやりと眺めている。危機感がないのか、他人事(ひとごと)のような顔でスマートフォンのカメラを向けている。

最後の五分の一は、面白がっていた。

志士たちが暴れはじめたら、きっと彼らは便乗して暴れるに違いない。

目が暗く輝いていた。ハロウィンの夜に群衆にまぎれ、「みんながやってたからいいと思った」と車を揺すってひっくり返すタイプだ。

「日比谷から本部！　応援頼みます！　応援を！」

未散のななめ前で、若い警察官が無線にがなっている。

「応援……、え？」

警察官の顔いろが変わった。

反射的に、未散は自分のスマートフォンをタップした。なにかあったのだと、あの警察官の反応で察知できた。

ＳＮＳのトレンドを見る。

豊島区の小学校に暴走車が突っこんだ、とのニュースが上がっていた。

車は校庭の柵とネットをなぎ倒して突っこみ、体育の授業中だった児童を二人轢(ひ)き、一人を拉致したらしい。

犯人の要求は「今すぐ最川軍司を解放しろ」——。

現場中継の動画が上がっていた。SATだろうか、ものものしい装備を着けた特殊部隊が、すでに小学校のまわりを取り巻いている。

だが騒ぎはそれだけではなかった。

日暮里（にっぽり）駅前にも、多勢の警官隊が招集されていた。

「バッグの中にパイプ爆弾を持っている」と称する男が、同じく最川軍司の解放を訴えていた。

11

強姦された福子は、警察に通報しなかった。

彼女にとって警察とは〝駐禁の切符を切る人〟でしかない。子どもの頃、交番の真ん前で親に殴られたことがあった。顔面を、拳（こぶし）で思いきりだ。だが交番員は見て見ぬふりだった。親を注意するふりすらしなかった。

強姦被害に遭ってから、二箇月が経（た）った。

彼女が通報しないことを悟ったのか、拡張員の男はまたやって来た。

福子はドア越しに告げた。

「帰ってください」

男ははじめて、聞こえない演技をしなかった。代わりに言った。「あんたの裸、スマホで撮ったけどいいの？」と。

福子はドアを開けた。

隙間（すきま）から見えた男の顔は、薄ら笑っていた。

その目がはっきり福子を蔑んでいた。なんて弱い女だ、くだらない女だと。抵抗ひとつできない愚図な女だと決めこみ、彼女を舐めきっていた。

その瞬間、福子の肚から激しい怒りが突きあげた。

生まれてこのかた感じたことのない、燃えたつような憤怒だった。全身の血が逆流した気がした。拳を握りしめすぎて、爪が掌にきつく食いこんだ。

「あっついなあ。ビールちょうだいよ」

入りこんできた男が、当然のように言う。

福子は押しころした声で答えた。

「ビールは……ないです」

「じゃあ買ってきてよ。すぐそこにコンビニあるじゃん。あ、ゴムも買ってきて。切らしてっから」

顔を扇ぎながら、男は半笑いで付けくわえた。

「まあナマでもいいけど？　あんた、中出し好きそうな顔してるし」

福子はバッグを持って、おとなしくコンビニへ向かった。

棚に並ぶうちで一番度数の高い缶ビールを二本、買い物籠に入れ、ゴムは買わずにレジへ向かった。

帰宅するまでの道すがら、福子はバッグに入れたままだった処方薬を取りだした。トリアゾラム系の強い睡眠剤だ。

福子は電柱と電柱の間の細い小路に入り、錠剤を石で砕いた。粉状になった睡眠剤はピルケースに保存し、なに食わぬ顔で帰宅した。

「ただいま。——わたしも飲んでいい？」

言いながら、グラスをふたつ取りだす。

男は駄目だとは言わなかった。やはり薄ら笑っていた。

福子は男に背を向け、シンクの横に缶を置いた。ちらりと横目でうかがう。男はスマホでゲーム中だった。

シャツの胸ポケットから、福子はピルケースを取りだした。睡眠剤の粉を男のグラスにあけ、ビールをなみなみと注ぐ。自分のグラスには半分ほど注いだ。

「お待たせ」

「ああ」

男は美味(うま)そうに喉(のど)を鳴らし、ひと息にビールを飲みほした。福子はそのグラスにおかわりを注いでやり、立ちあがった。

「お腹(なか)もすいてるんじゃない？　なにか作るね」

三十分ほどして、男は「眠い」と言いだした。

「眠いな。……昨日、寝不足だったからな」

「すこし横になれば？」

素直に男は横たわった。一分としないうち、いびきが聞こえはじめた。

福子は五分待った。男が起きないと見てとって、にじり寄り、腕を触った。目覚めない。脛(すね)を触った。やはり目覚めない。

福子はなるべく音を立てぬよう、収納ボックスの抽斗(ひきだし)を引いた。

取りだしたのは梱包(こんぽう)用のプラ製結束バンドと、粘着テープだった。福子は男の両手をそっと重ねさせ、両の親指を結束バンドで縛った。

足首は粘着テープで縛った。その間、いびきはまったく途切れなかった。

男を縛り終えた福子は、安堵(あんど)の息を吐いた。次いで、流し台へ向かう。

出刃包丁を手に戻った。

男の首に刃を当てかけ、はっと気づいた。これでは血で畳が汚れてしまう。

もう一度流し台に向かい、大きな洗い桶(おけ)を持ってきた。すこし考えてからまた立ちあがり、生ゴミ用のビニール袋と新聞紙を手に戻った。

福子は男の横に正座した。

上半身に添わせるように、ビニール袋と新聞紙を隙間なく敷く。洗い桶は、きちんと首のそばに配置した。

指で首に触れる。脈打っている動脈を確認する。福子は刃を当てた。

ためらいなく頸動脈(けいどうみゃく)をかき切った。

「がっ！」

男の口から声が上がった。上体が大きく跳ねた。

福子は驚き、思わず尻で後ずさった。ビニール袋に血が飛び散った。

ごぼごぼと男の喉が鳴る。血と呼吸が、器官で詰まっている音だった。

「がっ……ぁ……、あ……」

福子はもとの位置へ這って戻った。手で男の胸を押さえ、もう一方の手で傷口に洗い桶をあてがった。

ごぼごぼいう音が、次第にちいさくなっていく。凄(すさ)まじい勢いで、洗い桶に鮮血が溜まっていく。

福子は浴室に走った。戻ったときには洗面器を持っていた。洗い桶の代わりに、洗面器をあてがう。桶に溜まった血はトイレに捨てた。

洗面器はじきにいっぱいになった。代わりに洗い桶を当て、洗面器の血はトイレに捨てた。血が出なくなるまで、それを繰りかえした。

男の肌は、みるみる血の気(け)を失った。

赤みが失せていく。蠟(ろう)さながらに白くなっていく。

室内は血の臭(にお)いで満ちていた。だがまだ、蒸れたような生臭さではなかった。鮮血だからだ。福子は思った。女なら誰もが知っている、あの時間を経た血の臭い。あの悪臭には、まだはるかに遠い。

――だから全然、耐えられる。

洗面器と洗い桶を何度替えたのか、わからなくなった頃。

男の様子を見ていた福子は、唐突に悟った。

――あ、死ぬ。

こいつ、もう死ぬ。あと数秒で死ぬ。血液が尽きるとともに、命の火も消えかけている。

その刹那、福子の背を言い知れぬ快感が駆け抜けた。

それは爽快感に似ていた。幸福感にも似ていた。福子は性のエクスタシーを知らないが、もしかしたらその感覚にも似ていたかもしれない。

二十六歳の、真夏のことだった。

12

未散は霞ケ関駅へ走っていた。

脳裏には、日比谷公園で見た光景がこびりついていた。

最川のやつ――、と口中で罵る。

最川のやつ、最川のやつ、最川のやつ。調子に乗りやがって。なにもかも自分の思いどおりにできると考えてるのか。他人をなんだと思ってやがる。

最川軍司に腹が立ってたまらなかった。まんまと煽動されているやつらには、もっと腹が立った。

インターネットの言説に煽動され、現実でも犯罪を起こすケースが増えているとは知っていた。

たとえばレイシストの書き込みに影響され、自分には縁もゆかりもない街に放火した青年がいる。

議員事務所に、代引き商品を送りつける等のいやがらせをする者もいる。「こいつはネットで叩かれている。だからなにをしてもいいやつだ」と思いこみ、家の鍵や墓石にいたずらをする輩までいると聞く。

――〝物語〟の怖さだ。

未散は小説や映画が好きだ。物語が好きだ。そのぶん、物語の怖さもそれなりに知っている。

彼ら、彼女らは、自分に都合のいい物語に飛びつく。

陰謀論だろうと捏造だろうと、脳を喜ばせてくれるものなら受け入れる。物語を脳の中で育て、さらにねじ曲げる。現代ではSNSのエコーチェンバーが、それを助長し加速させる。

――最川はいま頃、どこにいるんだろう。

まだ拘置所だろうか。それとも高裁に移送中か。信者どもに警察無線を傍受され、護送車を襲われたらどうなるだろう。

霞ケ関駅に着いた。スマートフォンをかざし、改札を抜ける。

構内はやけに静かで、がらんとしていた。

あちこちで騒動が起こっているせいだろう。未散は思った。電車のダイヤは乱れ、道路は渋滞している。多くの人々がいたるところで足止めを食っている。

北千住側の女子トイレへ、まっすぐ走った。

中は無人だった。

――古沢は、どういうつもりだ。

このタイミングでの連絡が偶然とは思えなかった。

一連の騒動について、福子はなにか知っているのだろうか。彼女はかつて最川と文通していた。彼という人間を直接知っていた。なんらかの情報を、未散に渡すつもりなのか、それとも。

未散は奥の個室に入った。壁ぎわにトイレットペーパーが積まれている。一番下のロールをずらし、手で探る。

そこに、確かに鍵があった。

13

福子は新聞拡張員の死体を、浴室に向かってゆっくり転がした。ビニール袋を敷きつめてその上に転がし、新たな袋を敷いてはまた転がした。

死体は重かった。浴室まで転がし、血を洗うだけで半日かかった。

だが解体は、思ったより早く済んだ。

梯家で、八人分の家事と料理をこなしていたのが役立った。大きな肉塊をさばくことも、力仕事にも福子は慣れていた。

解体したのは残酷趣味があるからでも、恨みつらみでもない。単純に持ち運びしやすいからだ。無感動に胴体から両手足を切断し、胴体と首を切り離した。

切り離した肉塊は、いったん冷蔵庫にしまった。

夏場ゆえ、放置しておけばすぐに蛆が湧く。悪臭は完全には防げなかったが、もとより下水道の臭いが漂う安アパートである。とくにあやしまれはしなかった。

首は、安い寸胴鍋を買って煮た。『北九州監禁殺人事件』のルポ本で読んだ手口だ。肉が骨から離れるまで煮て、煮汁は流しに捨てた。

福子は夜中を待ち、手足と胴体を持って部屋を出た。

大家夫婦の物置小屋へ向かう。彼らはこの小屋の壁に、軽トラックのキイを吊るしていた。小屋は施錠されておらず、誰でも入れた。

福子は軽トラックに新聞拡張員の〝部品〟を積み、エンジンをかけた。大家夫婦は十時前には寝てしまう。明かりが点く様子はなかった。トラックは走りだした。

その後、福子は一時間かけて走り、適当な山奥の廃道に手足と胴体を遺棄した。

そしてまた一時間かけて戻り、軽トラックをもとの場所に駐めると、キイを戻した。翌朝にはなに食わぬ顔で大家夫婦と挨拶した。

新聞拡張員のスマートフォンは分解し、金づちで叩いてから燃えないゴミに出した。洗い桶と洗面器も捨てた。

残りの肉はビニール袋に詰め、生ゴミに出した。頭蓋骨は洗って流し台の下にしまった。

――捕まったっていい。

本気でそう思った。

べつに捕まったっていい。殺したことに後悔はない。

だって気持ちがよかった。心から爽快だった。

あいつはわたしを殺した。強姦は、女にとって殺人と同じだ。殺されたから、殺しかえしただけだ。

しかし待てど暮らせど、警察は来なかった。

彼と福子に接点らしい接点がなかったせいだろう。そもそも家族がいるのか、行方不明者届が出されたかも知らなかった。

そうして、その後も福子は殺した。

約三年間のうちに四人を殺した。

二人目は新興宗教の勧誘員だ。三人目は保険勧誘員で、四人目は果物の訪問販売員だった。みな、例の新聞拡張員と同じ目をしていた。元夫や、元義祖父や、元義妹とも同じ瞳だった。福子を弱者と見下し、利用しようとたくらむ卑しい目つきだった。

二人目から、福子は手口を変えた。

薬を混ぜるのはビールでなくラムコークにした。ラム酒とコーラの独特の風味が、薬臭さをうまく消してくれた。

ターゲットが眠りこんだあとは濡れタオルを顔にかぶせた。窒息死させてから解体するほうが、安全かつ静かだった。大判のビニールシートを買い、血を溜めるための盥もネットで購入した。なおこの頃、福子はインターネットを通じて、中国製の偽造運転免許証を手に入れている。むろん逃亡を視野に入れての入手だ。

——一人目が、一番気持ちよかった。

のちに福子はそう書き残す。

——一度目ほどの強烈な爽快感は、その後二度と得られなかった。

——それでも「もう殺すことしか、生きる意味がない」と思いこんでいた。

殺しながら、福子は淡々と生きた。

スーパーに毎朝通って品出しをし、陳列棚に商品を並べた。社割の弁当を食べ、図書館の本を読み、ネットサーフィンを楽しんでから眠った。

そして、四人目を殺した半月後。

はじめて警察官が福子のアパートを訪れた。

いかにも刑事臭のする、いかつい男たちだった。ドラマと同じく二人組なんだなと、他人事のように彼女は感心した。

翌日、福子は出奔した。

彼女が消えたと悟って、大家夫婦が部屋をあらためたのは翌週の朝だ。そうして彼らは、流し台の下から四つの頭蓋骨を発見する。

福子は重要指名手配犯となった。

当時、二十九歳であった。

14

回収した鍵で、未散は駅のコインロッカーを開けた。

奥に紙袋が押しこんであった。雑貨屋の袋だ。なにか平たいものが包まれている。袋を開けると、中身はA4用紙の束だった。ぱらぱらと未散はめくった。

目に付いた文字に、手が止まる。

——いやな名前、と母はしばしば言った。

——いやな名前だからかしら、本人も可愛く見えない、と面と向かってわたしに言った。

——母から殴られたり蹴られたりはなかった。ただ愛されなかった。わたしは実家では、透明人間でありつづけた。

これは。

未散は目を見張った。紙をさらにめくる。

——実家を出たい一心だった。

——他人に求められるのが嬉しかった。梯係長がわたしという個人でなく、〝若い女〟〝働き手〟〝介護の担い手〟を求めているのはわかっていた。でも見ないふりをして、目をそむけて結婚した。

——それほどまでに、あのときのわたしは実家から逃げたかった。

これは、福子の手記だ。未散はその場に立ちつくした。

ありがたい、と思った。なによりのクリスマスプレゼントだ、とも思った。

だが同時に「なぜ、いま?」といぶかった。なぜこのタイミングで、古沢はわたしにこれを渡すのだろう。

未散はコートのポケットを探った。スマートフォンを出す。

SMSアプリにメッセージが二通届いていた。どちらも福子からだ。

「言い忘れてた。一昨日の『報道TOP30』観たぞ。言ってる内容は悪くなかったが、もっと口数を増やせ。あれじゃ視聴者の印象に残らない」

「じゃあな、世良」

未散はしばし、棒立ちだった。

片手にスマートフォンを、片手に紙束を持って考える。「じゃあな」だって？　この手記を渡して、わたしに「じゃあな」？　どういう意味だ？

たっぷり一分近く考えてから、未散はきびすを返した。

日比谷線のホームへと走る。

やはり構内は閑散としていた。

行き先はすでに決まっていた。まずは東銀座駅だ。着いたら浅草線に乗り換える。

急がねばならない。早く。早く。足がもつれる。息が荒い。気ばかり焦る。

十二月だというのに、額に汗が滲んだ。

15

逃亡生活の中で、福子は一度だけ最川軍司に会った。

当時の最川は『町田・八王子連続殺人事件』において逆転無罪を勝ちとり、拘置所を出て娑婆に住んでいた。

居どころは最川の支援団体に訊いた。古沢福子とは名のれなかったので、梯ふく子と名のった。何度か手紙を交わす中で、最川には離婚前の姓を教えていた。

翌日、支援団体から連絡があった。「梯さんなら、電話番号を教えていい」と最川から許可が出たらしい。

さっそく福子は電話した。そして、最川が住む檜形市内のマクドナルドで待ち合わせをした。

最川とコンタクトを取ったのは、恋しさからではない。

ひとつ知りたいことがあったからだ。

逃亡生活をはじめてからというもの、福子は「殺したい」と思わなくなっていた。己の中から、ぬぐったように殺意が消えていると感じた。

福子にはそれが不思議だった。自分で自分がわからなかった。

――わたしは、殺しに飽きたんだろうか?

――あれほどの怒りが、殺意が、なぜ消えてしまった?

最川に会えばわかるだろうか、と思った。

あの男なら、きっとこうはならない。あの男は、またいずれ必ず殺す。そういう男だ。あの男といまのわたしと、いったいどこが違うというのか。

指定のマクドナルドに、最川は十分遅れでやって来た。

福子は彼にダブルチーズバーガーセットを奢り、自分はカフェラテで済ませた。

当時の彼女は、民宿で住み込みの清掃員をしていた。豊かとは言えないが、奢る程度の金はあった。ちょっとした株式投資で小銭を殖(ふ)やしてもいた。

一時間ほど最川となごやかに談笑し、別れたあと、福子は実感した。

——やはり、あの男とわたしは違う。

最川軍司へのシンパシーはとうに消えていた。

文通していた頃は意気投合できた。だが面会で顔を合わせた瞬間、その思いは砕けた。彼が福子を見下したのが、いやでも伝わってきた。

見慣れた目つきだった。取るにたらぬ女、と見下す目。どこからどう見ても冴えない女だと侮り、御しやすいだろうと舐めてかかる瞳。

この手の男は、容貌の劣る女に敬意を払わない。美しくなく、着飾ってもいない女を脅威と見なさない。本能的に侮り、見くびってかかる。それまでどんなに会話を重ねていても、知性を見せておいてもだ。

最川は賢い。すくなくとも馬鹿ではない。だがどれほど賢かろうと、このタイプの男は、こと女に関してだけは思考を狭める。

——最川をいずれ利用しよう。

そう決めた。

——舐められたなら、舐めかえしてやるまでだ。

その後も福子はあちこちの街と、あちこちの職場を転々とした。

場末のバーやラブホテルで清掃員として働いたり、スキー場でリフト券を売ったり、社員寮ありの工場で部品の組み立て作業に従事した。

ある日のことだ。

十時の休憩中、福子は工場の控室で、同僚と向かい合ってお茶を飲んでいた。ポットごとテーブルに置かれた無料サービスのお茶である。

相手は同じく住み込みで、三人の子を持つシングルマザーだった。

「あたしさ、正社員になりたいんだぁ」

「ふうん」

福子は気のない声を出した。だが相手はかまわずつづけた。

「一番上の子が、あたしの娘のくせして勉強好きでさあ。成績いいんだよ。優等生なの、生意気に」

シングルマザーは照れくさそうだった。

「『学校の先生になりたいから、大学行きたい』なんて言うんだよ、信じられる？ あたしの娘がだよ？ だからさぁ、お金貯めてやんなきゃじゃん」

「うん」

福子はうなずいた。自然と洩れた相槌（あいづち）だった。

シングルマザーはにっこりした。

「うん。そうだね」

「中学もやっとこさ出たあたしに、『大学行きたい』って言う娘ができるなんてさぁ。すごくね？ あれじゃんあれ。えーと、サイキョ？」

「快挙」

「そう快挙。だから『お金ない。無理』とか言えないじゃん。真ん中の子と下の子だって、行きたがるかもっしょ。あたしはこんなだから、いままでろくなもん買ってやれなかったし、ランドセルも体操着もおさがり着せてたダメ親だけどさ。『勉強したい』って言うなら、そんくらいはかなえてやんなきゃ――」

シングルマザーは、そこで言葉を切った。きょとんと福子の顔を覗きこむ。

「あれ？　どうしたん？」

「え……」

福子は己の頬に触れた。

指さきに、濡れた感触があった。

泣いている、と自覚できたのは一拍置いてのちだ。自分でも意味のわからぬ涙だった。だが、止まらなかった。

「……なんだろ、ごめん……。わたし、なんで泣いてんだろ」

ひとりでに喉が詰まり、声がこもった。

シングルマザーが「あはは、謝ることないじゃん」と笑う。

そう言われてはじめて、自分が「ごめん」と口にしたと福子は気づいた。こんなふうに他人に謝ることも、いったい何年ぶりだろう。

「あたしの話に感激しちゃったかあ？　わかるわかる、泣いていいよ」

「感激――したのかな。ほんとごめん。普段、泣くことなんてないのに……」

「はは、そんな恥ずかしがることないよ。急に涙もろくなるとか、よくあることじゃん。みんな歳とりゃ変わっていくんだって」

シングルマザーは福子の肩を叩き、微笑んだ。

「人間だもんね」


その夜。

消灯した個室で布団に横たわり、福子はつぶやいた。

——にんげん。

常夜灯のぼやけたオレンジいろを見ながら、ぼんやりと思う。そうか、わたしは人間だった。だから他人に謝罪し、他人の話で涙を流した。

そしてわたしが殺したあの四人も、人間だった。にんげんをころした。

福子は寝がえりを打った。

自首すべきでは、との思いが胸にこみあげた。人殺しになってからというもの、はじめて生まれた感情だった。

次いで自問する。殺したことを後悔しているか？　と。

答えはすぐに出た。

——していない。

後悔などしていない。だってあの新聞拡張員を殺さなければ、わたしは自殺していた。自分が死ぬか、あいつが死ぬかだった。

わたしは死にたくなかった。生きていたかった。自分を生かすために、あいつらを殺した。自分の尊厳を取りもどすことが、あのときのわたしには必要だった。

——それでも、罪は罪だ。

自首すべきではないか？

後悔しているか否かは関係ない。人を殺した。四人もの命を奪い、あまつさえ遺体をゴミのように捨てた。許されないことだ。償うべきではないのか？

ふたたび福子は寝がえりを打った。

胸の中で、あらゆる感情がとぐろを巻く。

かつて母は言った。「おまえだけ大学行ったら、ご近所が変に思うべさ」「お兄ちゃんの気持ちも考えな」昨日のことのように思いだせる。あの声を、鼓膜の奥ではっきりと再現できる。

父は言った。『早よ帰って家のことをやらんか、でれすけ畜生が！』

義祖母は言った。「あんがとね」「いつも、すまねえね」

そしてシングルマザーは言った。「『大学行きたい』なんて言うんだよ、信じられる？ あたしの娘がだよ？ だからさぁ、お金貯めてやんなきゃじゃん」

――わかるわかる、泣いていいよ。

――人間だもんね。

福子は枕に顔を埋めた。

16

エスカレータの段を、未散は全速力で駆けあがった。

普段ならこんなことはしない。だが今日のエスカレータは空いていた。霞ケ関駅と同じだ。下の段からてっぺんまで、人っ子ひとりいなかった。

エスカレータを昇りきる。

息が切れていた。ひとつ深呼吸し、顔を上げる。

目の前にガラスの自動ドアがあった。このドアの向こうは、羽田空港第3ターミナル国際線のスカイラウンジだ。

未散は自動ドアをくぐった。

中はやはり、がらんとしていた。もちろん無人ではない。だが常の半分も客がいないように感じた。空気にコーヒーの香りと、味噌汁の香りが入り混じっている。

未散はラウンジのフロアを大股で突っ切った。

ドリンクコーナーを通り過ぎる。カウンター席やソファ席をぐるりと見まわしてから、奥の通路へ向かう。

女子トイレのドアを開けた。誰もいない。一応、喫煙室も開けた。男性客だけだ。

最後に、マッサージチェアのある一角に踏み入った。

未散はつかつかと歩いた。

壁を向いて座る、一人の女性の背後で足を止める。

女性が振りかえった。

「――よう、世良」

十五年ぶりに会う福子は、まさに別人だった。

指名手配写真とさえ似ても似つかなかった。

コンタクトにしたのか、眼鏡をかけていない。そして太ってても痩せてもいなかった。無難なベージュのコートに、無難なグレイのニット。黒のスキニーパンツ。

髪はショートボブで、上品なダークブラウンに染められていた。どの角度から見ても平均的で凡庸で、どこにでもいる三十代女性だった。

「ここに入る、だけのために……搭乗券を買わされた」

荒い息を抑えながら、未散は言った。

「弁償しろ。大損だ」

「ふん」

福子が鼻で笑った。顔つきが一変した。

その表情は、その声音は、まさしく古沢福子だった。未散は思わず内頬を噛んだ。時間の針が、一気に十五年巻き戻った気がした。

「髪を染める金、あるんだな?」

福子が肩をすくめる。

われながらつまらない質問だ、と未散は思った。

「搭乗券を買うぶんもな。けど正規の手段で稼いだ金だ。心配すんな」

「古沢福子の名義で、稼いだ金じゃないよな?」

「その名をいま出すなよ」

福子は苦笑し、

「……まあ、誰も聞いてないか」

と小声で付けくわえた。姿勢を正し、体ごと未散に向きなおる。

「よくここがわかったな、世良」

それには直接答えず、

「高校二年の二学期、高科がやったことを覚えてるか?」

未散は言った。いつもの福子の物真似だ。

「ああ」

福子が真顔でうなずく。

「教員室に、答案用紙を盗みに入って捕まったんだよな。あそこが完全に無人になることなんてまずないのに、馬鹿なやつだ。まあ勉強についていけずにノイローゼ気味だったらしいし、判断力が落ちてたんだろう」

「あのとき、おまえが言ったんだ。……はっきり覚えてる」

未散は息継ぎし、言った。

「『わたしなら陽動作戦でいく。誰かを廊下で騒がせて、教師全員の注意がそれているうちに教員室に忍びこむ』ってな」

いま頃、都内の全警察官は大わらわだろう。

日比谷公園に人員を割き、港区の立てこもりに警官隊を派遣した。豊島区の小学校にはＳＡＴを送り、最寄りの署からも人員をかき集めた。日暮里駅前の爆弾騒ぎには警官隊だけでなく、爆発物処理班も投入せねばならないはずだ。

それでいて、最川軍司の移送にかかる手間と人員も削れない。当然、それ以外は手薄になる。ほかに目を向ける暇はなくなる。

――福子があのとき言った、陽動作戦そのものだ。

「最川と文通仲間だったとき、この作戦を立てたのか？」

「まさか。手紙は検閲されるんだぞ。そんな物騒な話ができるか」

福子は微笑んだ。

「だが娑婆に出た最川と、マックで会ったことがある。そのとき話したんだ。もしまた捕まったときは、派手な脱獄騒ぎを起こしたらどうか――ってな」

世の中はインターネットに席巻され、洗脳が容易になっている。ナチスの演説や、ルワンダの虐殺のラジオが担った役目を、いまやネットが一手に引き受けている。

——わたしには、そんな真似はとうていできない。

あの日、福子はそう最川に言った。

——だがあなたには、奇妙なカリスマ性がある。

——荒唐無稽な計画だし、脱獄できる可能性は低い。でもあなたの大好きな社会的混乱は引き起こせるかもしれない。あなたの名も、きっと後世に遺る。

と。

なるほど、と未散は納得した。

拘置所ではじめて顔を合わせたとき、最川が福子の名を聞いて態度を変えた理由がよくわかった。あのとき彼は、すでに計画を遂行するつもりだったのだ。

「古沢、おまえが『アバターM』なのか？」

道すがら考えていたことを、未散は尋ねた。

『アバターM』は『M派愛善志士』が台頭する前、やたらと最川を持ちあげたアカウントだ。Mアノンの始祖と言ってもいい。そのくせ世間の注目が集まる頃には、アカウントを消してしれっとフェードアウトしていた。

「そうだ」

福子はあっさり認めた。

「いま大暴れしてる、あの愛善志士とかいうやつは？」

「さあな。どこの誰かも知らない。ネットによくいる便乗系だろ。だが都合がよかったんで、バトンタッチさせてもらった」

「バトンタッチ……。それだけか？」

「たいしたことはしてない。匿名アカウントを複数作って、やつをちやほやしてやった程度だ。あいうやつはリアルで誉められ慣れてないからな。おだてに弱いんだ。狙いどおり、面白いほど増長してくれた」

「きっちり煽ってんじゃねえか」

未散は顔をしかめた。

福子が憎たらしかった。なのに、心の一部分では小気味よかった。そう感じてしまう自分に嫌気がさした。

いま一度息継ぎし、

「古沢」

未散は声音をあらためた。

「……『週刊ニチエイ』の発売日と、おまえがいつも電話してくるタイミングからして、関東エリアにいることはわかってた」

『週刊ニチエイ』は毎週金曜発売である。

土日配送のない地方は、どうしても店頭に並ぶのが遅れる。金土日のうちに記事を読んで、電話してこられるのは関東に住む者だけだ。

「おまえがＳＭＳに書いた『報道ＴＯＰ30』もそうだ。あれは関東ローカルで、配信もなしの超マイナー番組だ」

未散はつづけた。

「警察の警備を手薄にさせて、その隙に国外逃亡。日本とは引き渡し条約のない国へ高飛び……か。

だが関東エリア内で、国際線のある空港は限られている。おまえにしちゃ抜けてたな、古沢」

そう言いながらも、わざとだろうな、と未散は思っていた。

わざと福子はヒントをちりばめたのだ。未散がここに来るかどうか、フライトまでに間に合うかどうかは、彼女にとっても賭けだった。

「成田か、茨城空港かもしれないだろ」

福子が言う。未散は首を振った。

「あっちは千葉県警と茨城県警の管轄じゃんか。今回騒いでるのは、警視庁管内ばかりだ。だから羽田だと踏んだ」

未散は福子と目を合わせた。

福子の瞳は穏やかだった。凪いでいた。それでいて、この状況をすこしだけ面白がっていた。

「古沢。おまえはもっと早く、わたしに電話するべきだった」

未散は言った。苦々しい声が出た。

「結婚する前に、離婚する前に、殺す前に——。このわたしに、連絡してくりゃよかったんだ。そしたら何箇月だろうと何年だろうと泊めて、かくまってやったのに……。遅いんだよ、馬鹿が」

数秒、沈黙があった。

やがて福子がふっと笑う。

「世良、だからおまえはモテないんだ」

「なんだと」

未散は眉を逆立てた。福子が付けくわえる。

「正論ばかり言う女は、モテない」

「それは……まあ、そうかも」

力の入りかけた未散の肩が、すとんと落ちた。

「……最川軍司は、どうなる？」

「さあな」

短く福子は言った。

「最川が本気で脱獄するかどうかは、最川の問題だ。わたしには関係ない。それに最川が期待するほど、わたしはあいつを好きじゃない」

「…………」

未散はつばを呑みこんだ。そして、訊いた。

「おまえ、わたしのことも利用したのか」

最川をふたたび有名にしたのは未散の記事だ。

その記事を、未散に書かせたのは福子だ。

まさかここまでうまくいくとは思っていなかっただろう。だが福子の計画だったことは確かである。彼女にとって、未散は駒のひとつに過ぎなかったのか。

「そう思ってるのか？」

福子が首をかしげる。

「思ってなくもない、けど」

声が喉に引っかかった。

「でも古沢に信用されたからこそ、わたしは駒に選ばれたんじゃないか——とも、考えてる」

未散はふたたび福子の瞳を見つめた。

友人の双眸には、きらめく機知があった。知性があった。

ああ古沢だ、と未散は思った。

空港に来るまでの電車内で、福子の手記を急いで読んだ。熟読はできなかったが、大意はわかった。そうして未散は想像した。

自分が福子の立場だったら、やはり殺しただろうか、と。

――もし古沢と同じ境遇に置かれたなら、わたしだって殺意を抱いた。

それは確かだ。彼女のように、最後までやりとげられる自信はない。だが相手の男を殺そうと思いつめる自分は、容易に想像できた。

「――いい記事だったよ」

福子の声は静かだった。

「おまえなら、期待どおりに書いてくれると思った。……いつも歯がゆかったんだ。世良は、雑文やエロ記事なんかでくすぶってるやつじゃない。もっといいネタを書く機会さえあれば……ってな」

「なぜ、わたしに梯家を調べさせたんだ?」

未散は問うた。

福子がかぶりを振る。

「ひとつには、おまえの記事の資料になるだろうと思った。もうひとつは……じつを言うと、ぎりぎりまで迷ってた。わたしが殺すべきはあの四人じゃなく、父や祖父や、元夫だったんじゃないかってな。――でも、やめた」

彼女の表情は、奇妙に明るかった。

「わたしは、もう殺せない。殺したくないんだ。罪について、償いについて、葛藤してしまった。

一度ためらったら、人殺しには戻れない」

最川なら葛藤しない――と福子はつづけた。

「そこが、あの男とわたしの一番の相違点だ。あの男は後悔も葛藤もしない。わたしはあそこまでからっぽにも、怪物にもなれない。ただのつまらない人間なんだ」

言葉を切り、福子は微笑んだ。

「どうした？　世良」

エアコンの音がやけに大きく聞こえた。

「通報しないのか」

「するべきなんだとは、思う」

未散は声を押しだした。

そう、福子の賭けはこれだった。フライトまでに未散が間に合えば、彼女は逃亡を諦め、おとなしく逮捕されるつもりだった。

ファッションビルから飛び降りた清水萌佳が、スマートフォンの行方を運命にゆだねたように。

「でも――」

乾ききった唇を、未散は舐めた。

「でもおまえは、もう誰も殺さないんだろ？　無害なんだろう？」

じゃあいい――、と声が落ちた。

乾いた声だった。

そのまま未散はきびすを返した。

早足でスペースを出る。

振りかえるまい、と思った。まっすぐ前だけを見て歩いた。

通路を突っ切る。カウンター席やソファ席を通り過ぎる。コーヒーと味噌汁の香りを背に、ガラスの自動ドアをくぐる。

——あいつの行き先は、知らないままでいよう。

そう思った。

犯罪人引渡し条約を日本と締結しているのは、アメリカと韓国だけだ。

わが国の司法権が及ばぬ土地はいくらでもある。その中のどこを福子が目指すのか、自分は知らないままでいい。

空港のフロアはどこもかしこも磨きたてられ、清潔で、作りもののように空虚だった。漠然とした寂しさが漂っていた。人と人とが別れる場所だ、と思った。

——今日、わたしはここへ来なかった。

そうひとりごちる。

福子の思惑など、わたしは知らなかった。これから彼女がどこへ向かうかも知らない。知りたくもない。わたしは彼女の本を書く一介のライターだ。それだけだ。

——帰ったら、すぐ書こう。

そう己に言い聞かす。

福子は暗に「わたしを書け」と未散に命じた。そのつもりで手記を託した。未散なら書いてもいい、と思ってくれた。

ふっと脳裏に、からまる小指と小指が浮かんだ。

現実には、福子とゆびきりなど一度もしたことはない。だが浮かんだ映像は消えなかった。けっしてほどけぬ堅い輪のようだった。

自動ドアを抜け、空港から一歩出る。

いつの間にか、世界は雨に濡れていた。予報ははずれたらしい。

「傘、……買わなきゃな」

ぽつりと声が洩れた。

雨は音もなく降っていた。十二月の氷雨(ひさめ)だ。

包みこむように世界をやさしく濡らしていた。視界をぼんやりと霞(かす)ませる、半透明のカーテンだった。

ひとつ息を吸い、未散は歩きだした。

引用・参考文献

『世界を凍らせた女たち　女性連続殺人犯9人の愛と嘘』テリー・マナーズ 本間有訳　扶桑社ノンフィクション文庫
『邪悪な夢　異常犯罪の心理学』ロバート・I・サイモン　加藤洋子訳　原書房
『月下の一群　現代日本の翻訳』堀口大學　講談社文芸文庫
『消された一家　北九州・連続監禁殺人事件』豊田正義　新潮文庫
『完全ドキュメント 北九州監禁連続殺人事件』小野一光　文藝春秋
『魂の殺害者　教育における愛という名の迫害』モートン・シャッツマン　岸田秀訳　草思社
『平気でうそをつく人たち　虚偽と邪悪の心理学』M・スコット・ペック　森英明訳　草思社文庫
『陰謀論はなぜ生まれるのか　Qアノンとソーシャルメディア』マイク・ロスチャイルド　烏谷昌幸／昇亜美子訳　慶應義塾大学出版会
『ネットはなぜいつも揉めているのか』津田正太郎　ちくまプリマー新書
『陰謀論　民主主義を揺るがすメカニズム』秦正樹　中公新書

初　出

第一話　　「STORYBOX」2022年5月号
第二話　　「STORYBOX」2022年9月号
第三話　　「STORYBOX」2023年1月号
第四話～第六話
　　　　書き下ろし

櫛木理宇（くしき・りう）
一九七二年、新潟県生まれ。二〇一二年、「ホーンテッド・キャンパス」で第十九回日本ホラー小説大賞・読者賞を受賞。また同年「赤と白」で第二十五回小説すばる新人賞を受賞。「依存症」シリーズなどを手掛けるほか、『死刑にいたる病』『鵜頭川村事件』『少年籠城』『骨と肉』など著書多数。

逃亡犯とゆびきり
二〇二四年十二月十六日　初版第一刷発行

著者　櫛木理宇
発行者　庄野　樹
発行所　株式会社小学館
〒一〇一-八〇〇一　東京都千代田区一ツ橋二-三-一
編集〇三-三二三〇-五九五九　販売〇三-五二八一-三五五五
DTP　株式会社昭和ブライト
印刷所　萩原印刷株式会社
製本所　株式会社若林製本工場

造本には十分注意しておりますが、
印刷、製本など製造上の不備がございましたら
「制作局コールセンター」（フリーダイヤル〇一二〇-三三六-三四〇）
にご連絡ください。
（電話受付は、土・日・祝休日を除く九時三十分〜十七時三十分）

ISBN 978-4-09-386744-3